RI ETRA ALMANAKO 50

Mokrokalvo la gigant**egegeg**o

de Gunnar Gällmo

7

Gunnar Gällmo
(1946-2023)

La 8-an de decembro 2023 mortis la sveda tradukisto Gunnar Gällmo, kies kontribuoj aperis en *BA4* kaj *BA16*.

Gällmo i.a. tradukis klasikajn tekstojn de budhismo el la palia: *La Dharmo-pado* publikiĝis en 2002 kiel ero en la Serio Oriento-Okcidento de UEA. Li ne nur esperantigis (2003) la teatraĵon *Nemeza* verkitan de Alfred Nobel, sed ankaŭ, aperigante la verkon dulingve, unuafoje disponigis eĉ la svedan tekston libroforme al la sveda publiko, kio ebligis ties surscenigojn. Gällmo tradukis el la angla, dana, Esperanto, franca, germana, hispana, itala, nederlanda, norvega, kaj palia, al la sveda kaj al Esperanto.[1]

En sia *Izabelado*[2] li prifunebris amatan virinon, esperantiston: "...Voĉoj vokas, vent' susuras, / sed el tombo nur silento".

En 2021 li senpage disponebligis sian tradukon *La ĉaso al la meteoro*[3], el malpli konata romano de Jules Verne.

Dank'al Sten Johansson, ni omaĝe aperigas la ĉapitron 7 el la libretolonga rakonto *Mokrokalvo la gigantegegego* (Al-fab-et-o 1999) de Gällmo.

---

1   oversattarsektionen.se/manadens-oversattare/gunnar-gallmo

2   akademio-literatura.org/wp-content/uploads/2014/06/gunnargalmo_izabelado.pdf

3   lulu.com/es/shop/jules-verne-and-gunnar-gällmo/la-ĉaso-al-la-meteoro/ebook/ product-pw4n2g.html

Kiel dirite, la azoj antaŭvidis ke Toro elektu, kiel helpanton, Tiron, Odinon aŭ similan militeman heroon jam multon spertintan.

Sed Toro alimaniere decidis. Dum antaŭa aventuro li ekhavis helpanton, Ĉalvio nomata; kaj ŝajnas ke la knabo faris sur li bonan impreson.

Do al Ĉalvio li nun donis la taskon helpi lin.

Supozeble ankaŭ Rungniro kredis ke Toro elektos kunbatalanton enormegan; kaj ĉar li ne tute fidis sian propran kapablon venki Toron, li ja komprenis ke, se li povu venki la maljunan tondrodion, li devos certigi al si – nu ja – ian helpanton de tute speciala speco.

Kaj li do decidis provi, en la estonta batalo, psikologiajn metodojn.

Se la azoj ne lasis sin impresi de ordinaraj gigantoj, kiom ajn grandaj tiuj tamen estas, li pensis, nu, ĉiukaze, certe, ili, tiel nepre estas, lasos sin esti tutsimple frakasitaj, se ili renkontos giganton eĉ pli grandan, enorme pli grandan; ĉu ne?

Kaj li, kune kun siaj amikoj, do, ekprojektis la pramodelon de ĉiuj megalomaniaj planoj:

Ili decidis krei la giganton de gigantoj, ĉiuj kategorioj, tutsimple la plej grandan el ĉiuj gigantoj, gigintoj kaj gigontoj. (Pardonu al ili la nefundamentan gramatikon. Gigantoj estas tiaj.)

El argilo ili faris lin, tiun antaŭanton de ĉiuj ontaj golemoj, homunkuloj kaj frankenŝtajnaj monstroj, kaj vivon ili donis al li metante en lian bruston la koron de ĉevalino.

Lia nomo, ili decidis, estu Mokrokalvo. Naŭ mejlojn alta li estis, kiam li staris, kaj tri mejlojn larĝa subbrake.

Ekzakte pri kiaj mejloj temis ne estas tute klare, sed eĉ se estis nur romiaj mejloj, li devis, kiam li staris, havi sian nazon je alteco de almenaŭ dek tri kilometroj – kvankam la kilometro ne estis ankoraŭ inventita.

Nu, ankaŭ la oksigeninhalatoro ne estis ankoraŭ inventita, kaj lia nazo estis, kiam li staris, pli alte situanta ol la pinto de Everesto, ie en la stratosfero; do, kiel Mokrokalvo entute povis spiri, krom kuŝante, aŭ ĉu li eble povis alimaniere prizorgi sian aerbezonon, neniuj komprenas. La religio ja estas plena de misteroj.

Cetere, nek teologoj nek natursciencistoj fakte pripensis, vere seroze, kiel funkcias la internaj organoj de argila giganto kun ĉevalina koro. Jen nova esplorkampo por AIS!

La koro de Rungniro mem estis ŝtona, kaj triangula. Ŝtonaj estis ankaŭ lia kapo kaj lia ŝildo, kaj lia ĵetarmilo estis akrigŝtono.

Beletra Almanako (BA)

www.beletraalmanako.com

ISSN 1937-3325

Aperas numeroj februara, junia kaj oktobra.

N-ro 50 (Junio 2024; 2024/2). ISBN 9781595694850

Eldonas: ©2024: Mondial, Novjorko (Usono)

Respondeca eldonisto: Ulrich Becker

Redaktas: Probal Daŝgupto, István Ertl, Jesper Lykke Jacobsen, Suso Moinhos, Nicola Ruggiero, Anina Stecay.

Rubrikaj kaj kovrila fotoj: Lisheng Chang

Kiel mendi / aboni? Jen du ebloj:

❶ Por ricevi de nun aŭtomate ĉiun novan numeron de *BA* (ĝis eventuala malmendo), skribu retmesaĝon al *libroservo@co.uea.org* kun la indiko **"Konstanta mendo de *BA*"**. Zorgu nur havi sufiĉe da mono en via UEA-konto. UEA debetos vian konton je ĉiu nova numero.

❷ Ĉe Mondial vi povas aĉeti ĉiun unuopan *BA*-on samkiel alian libron. La **prezo** estas indikita en nia vendo-retejo: mondialbooks.square.site/beletra-almanako. Eblas ankaŭ pagi rekte al bank-kontoj en Eŭropo aŭ Usono. Demandu la eldonejon (informo@librejo.com).

Se vi loĝas en EU, prefere aĉetu aŭ abonu tra UEA: libroservo@co.uea.org.

Por aĉeti *BA* kiel bitlibron, vizitu bitlibroj.com.

Kontribuaĵojn oni sendu retpoŝte, prefere unikode aŭ x-alfabete, al la ret-adreso de *BA*: **redaktejo@gmail.com.**

Kontribuaĵoj sekvu la regulojn legeblajn ĉe: **beletraalmanako.com/kontribui**

Ankaŭ fotistoj, desegnistoj, ilustristoj bonvenas. Ili bonvolu skribi al la sama redakteja ret-adreso.

Eldonejoj dezirantaj aperigon de **recenzoj** bv. sin turni al la sama redakteja ret-adreso (sufiĉas la sendo de nur unu ekzemplero rekte al la recenzonto, post interkonsento kun *BA*).

Por **anoncoj aŭ reklamoj:** skribu rekte al **informo@librejo.com.**

Ĉiujn ceterajn demandojn pri la eldonado kaj dissendo bv. direkti al: **informo@librejo.com.**

Pri la enhavo de la kontribuoj responsas la aŭtoroj mem. Tio validas retrospektive por ĉiuj numeroj de *Beletra Almanako* ekde *BA1* (septembro 2007) ĝis nun. ◆ **La lingvaĵo de kontribuoj publikigataj en *BA* laŭeble konformu al la komunume evoluigata ĝenerala normo**, kun *NPIV* (presita kaj reta) kaj *PMEG* kiel ĉefaj referencverkoj, interkonsente kun la aŭtoroj.

Eldonejo: Mondial, 203 W 107th Street, #6C, New York, NY 10025, Usono

Faks-numero: +1-208-361-2863; Telefono: +1-646-807-8031

Enhavo

Beletra Almanako n-ro 50, Junio 2024 (2024/2)

3

* * *

Kovrila kaj rubrikaj fotoj: Lisheng Chang
(fonto: unsplash.com)

Prezento

de Probal Daŝgupto

Multaj el ni ĝeniĝas, aŭ eĉ fobias, pri la tendenco samrangigi Esperanton al la lingvoj uzataj en fantastaj aŭ sciencfikciaj verkoj, ekz. la klingona, la naavia, aŭ la laadana. Se por momento ni metas nian embarasiĝon flanken kaj eniras la sciencfikcian pensomondon, ekz. tiun de la televida felietono *Star Trek* kaj ĝiaj posteuloj, ni renkontas ne nur la klingonan, sed seriozan demandon kiu alparolas nin tute rekte. Temas pri demando kiu intertuŝigas la arton kun la koncepta kerno de la interlingvistiko.

En *Star Trek* oni imagas ke iam post nia epoko la homaro konatiĝas kun pli evoluintaj aliplanedanoj nomataj "vulkanoj". Ili komence traktas la homojn kiel metilernantojn en la arto konstrui kaj ŝofori interstelajn kosmoŝipojn kaj trakti kun diversaj specioj. Iom post iom ili koncedas ke la homoj estas principe samrangaj al ili. Tamen restas grava diferenco. La homojn tro gvidas la emocioj, dum la vulkanoj rekte, lojale kaj ne flankiĝante obeas la logikon. Ĉi tiu diferenco inter la vulkanoj kaj la homoj fadenas tra la tuta felietono.

Aŭdinte pri tio ĉi, eĉ komencanta esperantologo tuj ekpensos pri tiu ofte citata tekstero el la *Lingvaj Respondoj* de Zamenhof: *En ĉiu vivanta lingvo estas permesite uzi nur tiujn formojn, kiujn aliaj personoj jam uzis antaŭ vi; sed en la lingvo internacia oni devas obei sole nur la* logikon. *La logiko diras, ke ĉia verbo povas havi pasivon, se nur la* senco *ĝin permesas* (La Esperantisto, 1890, p. 32, represita en kolektero 111 en *Lingvaj Respondoj*, 6a eldono, editorita de Gaston Waringhien, Esperantaj Francaj Eldonoj, Marmande, 1962, p. 92-93).

Estas logike ligi tiun deklaron al la arkitekturo de facile lernebla lingvo. Se al kerna fasko da elementaj ideoj vi donis la formon de radikoj kaj afiksoj, se la plimulto de la vortoj en via lingvo (*lernejo, sukeraĵejo* ktp.) kunmetiĝis el tiu magra stoko da vorteroj, tiam vi disponas maksimume logikan arkitekturon. Al tiu arkitekturo la lingvo ŝuldas sian lernfacilecon. Kial necesas pli da lernotempo ĉe etnaj lingvoj kun unuonaj vortoj por *lernejo* kaj *sukeraĵejo*, kaj malhavantaj la kapablon esprimi la nocion "unuona"? Ĉar gvidas tiujn lingvojn la principo de emocia lojalado al la kutimoj de la malnovaj generacioj.

Ĉu de ĉi tiuj konsideroj, tamen, ni kuru al la konkludo ke Zamenhof aliĝis, kaj ke la nemalmultaj hodiaŭaj disĉiploj de lia logikama deklaro farita en 1890 same aliĝas, al la vulkana doktrino prezentita en *Star Trek*?

Progresinta esperantologo, tamen, konsilos nin malpli hasti, kaj tiros nian atenton al kontrapunkta komento de Waringhien. Sur p. x de sia antaŭparolo al la sesa eldono de la libro, ĝia editoro diras: *ne estas hazardo, se la vokoj al la "logiko" kiel pravigo datiĝas precipe de la pli fruaj jaroj, kiam ankoraŭ ne ekzistis sufiĉe abunda kaj diversaŭtora literaturo, por estigi lingvan tradicion. Tion ĉi jam de longe rimarkigis la unua Direktoro de la Akademia Sekcio pri Gramatiko, A. Grabowski, kiu komencis sian unuan raporton per jenaj vortoj: "Ĉar la Majstro donis al ni lingvon, kies unu eco estas la logikeco, kelkaj el ni volus fari ĝin la ĉefa eco, ne konsiderante, ĉu per tio ne perdus multe la tutaĵo... La kutiman uzadon povas okaze, sed ne povas ŝanĝi unufoje la logikaj konsideroj de apartaj individuoj" (O.G., Julio 1910)."*

Vi konas la nunan Esperanton kaj ĝiajn debatojn. Vi scias ke la disopinio inter Waringhien kaj ekz. Baghy nutras multajn konversaciojn ankaŭ en nia epoko. Ĉu ne interesu vin ke *Star Trek* surpodiigas dialogon inter homoj lojalantaj al sia emocia naturo kaj vulkanoj predikantaj la superecon de la senkompromisa logikamo? Ĉu vere Esperanto perdas sian tutan pejzaĝon kiam ĝi sidas samsalone kun la lingvoj konstruitaj por artaj celoj?

Lastatempe ni perdis amikon, kiu estis elstara interlingvisto: Wim Jansen. Ĉi tiujn konversacierojn mi dediĉas al lia memoro. Niaj legantoj konas lian debaton kun Federico Gobbo pri tio ĉu ankaŭ la klingona kaj ĝiaj samspecianoj meritas la atenton de la serioza interlingvistiko. Omaĝu al Wim, mi petas, daŭrigante kaj profundigante niajn konversaciojn kun li ankaŭ pri tiu temo.

ORIGINALA PROZO

Tele*vivo*

"Post kiam oni forigis la Muron, mi supozus ke ne plu estus dividitaj urboj, sed..."

"Kiun muron?" demandas Kloe kaj skuetas la kapon, tiel ke ŝiaj bukloj ŝajnas ĵetiĝi el la ekrano.

"Kiun? La nian, kompreneble. La Berlinan."

"Ĉu vi vere kredas je tiu blago?"

"Kia blago? La muro ja disigis la orientan kaj okcidentan Berlinojn dum jardekoj ĝis la reunuiĝo."

"Jen falsa historio, laŭ tio kion mi vidis en Smartview. Oni starigis la tiel nomatajn restaĵojn de muro por trompi nin kaj kredigi ke ĉio jam estas perfekta. Neniam ekzistis vera muro."

"Vi estas freneza! Kompreneble ĝi ekzistis, kaj oni pafmortigis homojn, kiuj provis transiri."

"Certe oni ja mortigis homojn. Tio okazas senĉese eĉ sen muroj."

Mi ne scias, ĉu aliaj paroj da geamantoj tiel kvereletas pri aferoj, kiuj ne vere tuŝas ilian interrilaton, kaj kiujn ili mem neniam povos kontroli. Verŝajne jes. Inter Kloe kaj mi tio estas plejparte ia ama petolado, kvankam komence mi fakte konsterniĝis pro ŝiaj ideoj pri la realo. Tiam mi pensis ke mi facile konvinkos ŝin, citante fidindajn fontojn, sed por ĉiu el miaj faktoj ŝi proponis malan, kiun ŝi elektis pli fidi. Nun mi jam preskaŭ tute alkutimiĝis al ŝiaj vidpunktoj.

"Ĉiuokaze", mi tamen insistas, "nun aro da urboj estas simile dividitaj. Bejruto, Damasko, Ĥarkovo, Nikozio, Kartumo, Karakaso. Kompreneble pluraj el ili estas plejparte en ruinoj."

"Mi ne kredas."

"Kiel do ne kredi? Ĉu vi ne spektas novaĵojn?"

"Tio estas falsaj filmoj, laŭ mi. Propagando por ke la militindustrio profitu per nia mono. Mi preferas aliajn novaĵojn, kiuj montras la veron."

"Ne eblus falsi tion. La raportistoj kaj filmistoj mem estis tie kaj proprapiede marŝis tra la ruinoj filmante. Atendu sekundon, mi montros mian ekranon."

"Nur virtuala realo. Ne kredu ĉion, kion vi vidas. Oni kreas tion per apo[1]."

"Prefere *vi* ne kredu ĉion, kion vi vidas en Smartview. Cetere, ĉu ni povos baldaŭ renkontiĝi reale?"

"Tro frue. Fakte mi preferas tute ne fizikumi."

"Kion vi volas diri? Ĉu neniam?"

"Tio estus plej bona. Mi trovas homajn korpojn sufiĉe naŭzaj."

"Dankon pro la komplimento."

"Ne prenu tion persone. Ni povos plu resti koramikoj, sed se ni renkontiĝus karne, vi eble volus tuŝi min, kaj tio detruus ĉion. Mi abomenas tuŝojn."

Ŝia diraĵo ŝokis min.

"Tamen jam de monato ni seksumas virtuale. Mi jam volas reale."

"Mi neniam riskos tion", ŝi persistis. "Mi preferas la teleamoradon."

"Bone, ĝi ja estas en ordo por komenco. Sed poste..."

"Ne insistu. Poste nenio. Cetere, ĉu vi bonvolus uzi iom pli altan voĉfiltrilon? Kiel vi scias, mi ne ŝatas la basojn."

"En ordo. Atendu... Nu, jen! Ĉu ĉi tiu tenoro sonas bone?"

"Perfekte. Ĉu ankaŭ mi uzu alian?"

"Tute ne. Mi preferas aŭdi vin tia, kia vi estas."

"Kia mi estas? Fred, vi ĉiam amuzas min!"

Kloe kaj mi ekkonis unu la alian en Materoom antaŭ du monatoj, kaj baldaŭ mi enamiĝis. Ankaŭ ŝi ŝajne preferis min antaŭ aliaj profiloj[2] en la retejo. Do ni delonge vivas kune, tage kaj nokte, kunmanĝas, gedormas, praktikas sekuran seksumadon per ekranoj, helmoj, teleamoriloj kaj sinkronigado de la korbatoj. Tamen ja facilus renkontiĝi fizike, ĉar ni ambaŭ loĝas en Berlino – almenaŭ tion ŝi asertas kaj montras per filmetoj de si mem en konataj lokoj.

Kompreneble mi scias ke facilus krei tiajn sen efektive ĉeesti surloke – ja ekzistas apartaj apoj por tio: Postcard, I'mhere kaj Trueview. Kiel ŝi mem aludis, kiam mi menciis la dividitajn urbojn, eblas eĉ filmi sin mem en neekzistantaj lokoj, se oni volas tion. Kaj multaj ja preferas viziti tiajn virtualajn lokojn ol tiujn de la malpura

---

1   **apo:** aplikaĵo por poŝtelefono aŭ alia portebla aparato (Reta Vortaro)

2   **profilo:** registritaj informoj pri uzanto de programo (Reta Vortaro)

kaj riska realo. Fakte, ŝi aliokaze diris ke ŝi neniam forlasas la domon, kaj ke tiuj filmetoj estas el antaŭa tempo, kiam ŝi kutimis eliri.

Komence de majo ekas la somero, kaj jam ekde la dua posttagmeze iĝas neelteneble labori en la apartamento. Tiam mi iras al la parkumejo, startigas mian aŭton kun la klimatizilo ĉe maksimumo kaj atendas dek minutojn en la ombro de reklamtabulo, ĝis mi povas enaŭtiĝi kaj ekveturi. Mi ŝatus krozi en la urbo, sed post kiam la reganta Popola Unio forigis la limigojn kaj kromimpostojn de privataj aŭtoj kaj ĉesis subvencii la publikan transporton, la trafikinfarkto iĝis tiel absoluta ke nenio plu moviĝas. Krome la konstruado de novaj duetaĝaj aŭtovojoj plurloke tute blokas la eblon trapasi. Ĉiusemajne kelkaj homoj mortas ĉe la stirilo pro hipertermio. Do mi iras rifuĝi en la kamparo.

Se diri la veron, mi tamen ne ŝatas la kamparon. Mi estas denaska urbano kaj sentas min sekura nur inter domegoj kaj densa aro da nekonataj homoj. En la kamparo ĉiu unuopa alia persono estas minaco. Tamen mi veturas sur malĉefaj ŝoseoj, laŭeble serĉante tiajn kun arbaro ĉe la orienta flanko por trovi ombron. Dume mi laboras, voĉverkante miajn raportojn kaj memuarojn, zorgante ne troigi mian berlinan akĉenton. Ŝajnas al mi skandalo ke la voĉinterpreta apo ankoraŭ en la nuna tempo ne perfekte komprenas la dialekton de la ĉefurbo! Sed ni berlinanoj neniam estis tre popularaj ekster la periferiaj antaŭurboj, kaj la informteknologiaj kompanioj grandparte ja nestas en Munkeno.

Pro sekureco mi nenie haltas sed ĉiam zorgas moviĝi. Tio ne estas garantio, sed ial mi sentas ke mi regas la situacion, dum la aŭto ruliĝas. Ĉiam mi nervoze gvatas la aliajn klientojn, kiam mi devas halti ĉe ŝargejo por replenigi la baterion. De temp' al tempo mi kontaktas mian koramikinon por babili. Mi revas pri tio ke ŝi iam akompanus min en la aŭtokrozado, sed mi jam scias ke tio ne okazos. Kloe ne plu forlasas sian loĝejon en la domturo ĉe Steinbergpark.

Iufoje mi veturis tien kaj haltis apud la alta apartamentaro. Mi tamen ne scias en kiu el la tridek kvin etaĝoj ŝi loĝas, nek eĉ al kiu flanko rigardas ŝiaj fenestroj. Fakte nur hazardo kaŭzis ke mi konas ŝian loĝlokon. Iam ŝi montris antaŭ la kamerao paketon ĵus liveritan, antaŭ ol malpaki la ŝikan bluzon, kiun ŝi mendis. Tiam mi legis ŝian adreson sur la pakumo. Sed kompreneble ĝi povus esti falsa. Ankaŭ ŝia nomo, eĉ la tuta profilo povus esti falsaĵo, kaj la voĉo, vizaĝo kaj korpo kun ĉiuj detaloj povus esti kreitaj de arta personec-programo. Mia koramikino Kloe eble estas blaganta perversa sepdekjarulo aŭ frumatura aknoplena adoleskulo – aŭ nura ret-roboto. Jen eble la vera kialo de ŝia rifuzo renkontiĝi fizike.

Tamen mi amas ŝin. Kaj dum restas tiu amo, ne vere gravas, ĉu ŝi estas karna persono aŭ ne, nek kian aĝon, sekson, koloron kaj formon havas ŝia karno, se ĝi ekzistas. Ŝi estas nek pli nek malpli certa kaj kredinda ol ĉio alia en la nuna mondo, kaj tion mi devas tutsimple akcepti. Pri ŝi validas la samo kiel pri la ĉiutagaj novaĵoj pri militoj, politiko aŭ klimato: mi estu dankema pro tio ke mi rajtas mem elekti kion kredi kaj kion pridubi. Jen la vera libereco kaj demokratio sen baroj kaj limigoj de tiel nomataj faktoj. Jam delonge ĉiu homo ja vivas en sia propra universo kun siaj propraj veroj.

Kiam la registaro malfondis la ŝtatan televidon, kaj la privataj kanaloj transformis la novaĵelsendojn en distrajn kvizojn, en kiuj la spektantoj mem elektas la enhavon per siaj alklakoj, mi komence sentis min iomete misorientita. Sed mi jam pli-malpli alkutimiĝis. Kaj esence ne gravas, ĉu Putin festis sian naŭdekjariĝon, kiel iu raportis en Trueclick, aŭ jam mortis kaj estas anstataŭita de nova gvidanto kun la sama nomo, kiel legeblis en Chewnews. La militoj plu daŭras kaj efektive necesas por la ekonomia kresko, precipe nun en la financa krizo, kiam la civila konsumado stagnas.

Ŝajnas ke ĉiuj klimatinstitutoj – krom la pure neadismaj trolfabri-koj[3] – konsentas ke ĉi tiu monato estas la plej varma majo iam ajn registrita, same kiel la antaŭaj estis la plej varmaj aprilo, marto kaj tiel plu retropaŝe, sed oni povas mem elekti, ĉu tio estas timiga minaco, normala evoluo aŭ eĉ bonvena pliboniĝo de la somera vetero. Kaj se denove ne pluvos en junio kaj julio, aŭ se male centra Eŭropo estos dronigita en la plej furiozaj inundoj iam ajn registritaj, ĉiu devos mem prijuĝi, ĉu tio estas normala, bona, katastrofa aŭ eble nura blago kreita de la politika elito – kiu tamen jam deklaras sin malelita – por altigi la impostojn, aŭ eble de iu alia blaganta tendaro, kiu volas nuligi la fundamentan homan rajton je konsumado kaj libera elektado. Finfine ĉio ja estas nur demando de gusto, sento kaj persona prefero.

Meze de julio mi jam rezignas proponi ke Kloe kaj mi renkontiĝu fizike. Cetere ni delonge kunestas preskaŭ nur nokte, ĉar la tagoj estas tro varmaj kaj premaj por riski fizikan aktivadon. La timo pri fortegaj

---

3   **trolo:** interreta provokanto (Reta Vortaro)

skualoj kun pluvegoj kaj sekvaj inundoj, kiel antaŭ du jaroj, ankoraŭ ne plenumiĝis. Male la seka aero estas spicita de malforta fumodoro el la arbaraj brulegoj en Turingio, 300 kilometrojn for de ĉi tie, kiujn oni ne plu kapablas estingi.

Sed unu tagon ŝi tute surprize proponas rendevuon, se tio plaĉus al mi.

"Kompreble mi volas", mi respondas. "Simple diru kie kaj kiam, kaj mi venos."

Do ŝi klarigas kiel ŝi imagas la aferon, kaj sabate je la tria horo nokte mi ekiras aŭte por atingi la rendevuejon je la indikita horo. Mi atendis ke la nokta trafiko estos relative modera, sed ŝajnas ke pli da homoj ol mi antaŭe supozis elektas tiun horon por moviĝi. Tamen mi ne longe fiksiĝas en la trafikkaĉo sed baldaŭ atingas la aŭtovojon numero dek en la direkto okcidenten. Ankaŭ sur ĝi estas sufiĉe da aliaj veturantoj, krom la karavanoj el longdistancaj ŝarĝaŭtoj, kiuj transportas la varojn nepre bezonatajn, kaj eble ankoraŭ kelkajn, tien-reen tra la mondo.

Iom antaŭ la kvara horo mi preterpasas la lageton Karpfensee kaj devojiĝas en la paŭzejon, kiun ŝi indikis. Mi veturas ĝis la plej fora fino de la parkumejo por personaŭtoj, kaj tie efektive staras blua Hongqi, kiel ŝi diris. Kiam mi bremsas mian ruĝan Mahindra apud ĝin kaj gvatas en la antaŭan sidlokon, la blua aŭto subite startas kaj ekrapidas foren antaŭ mi. Mi havas tempon nur vidi ke ĉe la stirilo sidas nigra silueto. Mi ne povas distingi, ĉu ĝi similas al Kloe en la videaĵoj, kun kiuj mi vivas preskaŭ ĉiutage kaj ĉiunokte jam de kelkaj monatoj.

Ŝi stiras sur la enirejon de la aŭtovojo, kaj mi kompreneble povas nur akceli mian aŭton sekvante ŝin. Kiam mi denove veturas sur la ŝoseo, ne plu videblas la blua Hongqi, ĉar ŝarĝaŭto kun pola numerplato intervenis kaŝante ĝin. Do mi rapidigas la veturadon kaj baldaŭ devancas tiun transportilon de mi-ne-scias-kiaj necesaĵoj venantaj de niaj orientaj gefratoj. Kaj tie antaŭe, ducent metrojn antaŭ mi, veturas ŝi. Mi piedpremas la akcelilon kaj post du-tri minutoj jam apudas ŝin en la pli rapida koridoro. Tie mi restas dum kelka tempo, gvatante flanken por espori, ĉu ŝi efektive estas ŝi. Ankoraŭ estas nur tagiĝo, do ne regas tre forta matena lumo, sed mi kredas rekoni ŝin, antaŭ ol mi devas devanci ankaŭ ŝian aŭton kaj retiriĝi en la dekstran koridoron por preterlasi kelkajn hastulojn. Sed post iom da tempo aperas ĉe mia maldekstra flanko la blua Hongqi, kaj mi povas denove ĝui ŝian profilon dum dudeko da sekundoj, antaŭ ol ŝi siavice devancas min kaj pluiras antaŭen, okcidenten. Jes, mi jam certas. Tio estas mia amatino en propra karno, kvankam trans kelkmetra distanco kaj du aŭtoglacoj.

Ĉe la granda aŭtovoja forko ni unu post la alia turnas nin suden kaj pluigas la alternan apudveturadon, dum la suno leviĝas ĉe nia maldekstra flanko. Kaj tiel daŭras nia rendevuo. Mi apudas ŝin, ŝi apudas min, alterne fojon post fojo, dum kreskanta ekscitiĝo, almenaŭ ĉe mi. Poste ni denove turnas nin kaj pluiras orienten, sed ie antaŭ Königs Wusterhausen mi perdas ŝin. La blua Hongqi ne plu apudas min kaj eĉ ne videblas, nek antaŭ nek post mi. Evidente nia rendevuo finiĝis, kaj cetere la trafikfluo jam komencas tiel densiĝi kaj la aliaj veturantoj tiel malpacienciĝi ke ne plu eblus apudi unu la alian pli ol dum kelkaj sekundoj sen veki koleron kaj eble eĉ riskon de mortodanĝera akcidento. Mi ne scias, laŭ kiu vojo ŝi malaperis, do restas al mi nur reveturi hejmen tra la densiĝanta aŭtopelmelo. Sed ne gravas. Mi finfine renkontis mian amatinon kaj povis propraokule vidi ke ŝi realas. Almenaŭ ŝia silueto ne virtualas.

Antaŭe, kiam ni teleamoris, mi kutimis enŝalti avatarojn[4] de diversaj stelulinoj el filmoj aŭ muzikvideoj[5]. Ne la krude pornajn, sed la pli allogajn kaj ekscitajn, kiel tiujn de Nataŝa Fulano, Linda Fjordheim aŭ foje eĉ Marilyn Monroe. Sed en la sekvaj noktoj post nia rendevuo sur la aŭtovojo numero dek, mi ne plu bezonas tiaĵon dum nia seksumado. Tute sufiĉas al mi imagi la silueton en la blua Hongqi, ĉar mi jam scias ke ĉi tio okazas kun vera fizika virino, ne nur kun programita masturbilo kaj ekrana tridimensia bildo, kvankam ankoraŭ necesas utiligi tian interfacon por kunligi nin. Kompreneble mi neniam demandos ŝin, kion aŭ kiun ŝi siaflanke enŝaltas. Mi preferas imagi ke ŝi elektas telekunesti kun mi kaj neniu alia. Jes, mi scias; mi estas ĝisosta romantikulo. Ĉu tio ĝenas? Finfine ĉiu el ni vivas en sia propra universo, en kiu ĉio kaj nenio estas vera kaj reala.

---

4   **avataro:** figuro, kiu reprezentas personon en fikcia surekrana mondo (Reta Vortaro)
5   **muzikvideo:** videaĵo prezentanta muzikaĵon kun akompana filmo (Reta Vortaro)

Min prenu!

de Mikaelo Bronŝtejn

*

La katino vivanta en la domo de Janĉjo ricevis de la panjo la nomon Katja. "Ĉu povas esti pli taŭga nomo por katino?" – diris ŝi. Por la senrasa hundeto vivanta en la domo la panjo rezervis la nomon Bruĉjo. Ja jes, pro ĝia bruemo ĉe veno de neŝatata vizitanto. Inter tiaj estis, ekzemple, la poŝtisto kun timiga leda sako da leteroj kaj la ŝajĥet[1], ĉiam kunportanta incitan odoron de sango. Cetere, propran nomon posedis eĉ la kokino kiu vivis en la domo, en ĉiu dua tagmezo ellasante freŝan ovon sur tapiŝeton ĉeporde. Do por la aktuale vivanta kokino pretis la konstanta nomo Indale[2]. La hejmbesta triopo kunvivis amike, ili eĉ dormis premante sin unu al la alia, dum vintraj noktoj, ne tre varmaj en la hejmo pro ŝparema hejtado – ja karbo por hejti la fornon kostis tro. Tiu kunvivado estis miranda por la gastoj sed ne por Janĉjo, kiu en sia sesjara aĝo estis akceptata en la amika animala kompanio kiel plenrajta membro. Ankaŭ por dormi kune apud la estingiĝanta forno.

Ilia domo kaj la suno, verŝajne, estis iamaniere parencaj; almenaŭ sian ardan koloron tiu astro ruĝflava ĉe mateniĝo kaj dum sunsubiro malavare havigis al ĉiuj loĝantoj. Koloron de oro kun bronzo havis la pompaj haroj de la panjo, la plej bela en la mondo laŭ la opinio de Janĉjo. Saman koloron havis la hararo de Janĉjo mem, sed ĝi estis kurte tondita. Rufaj estis la katino Katja, la kokino Indale, sed Bruĉjo, la hundeto, posedis grandajn rufajn makulojn-kontinentojn sur la tuta blanka spaco de la felo.

Negranda estis la domo. Similis ĝi al la ĉirkaŭa kabanaro, formanta la randurban straton, kiu etendiĝis al la bazaro. Krom la menciita amika kvaropo en la du ĉambretoj de la domo ĉeestis ja ankaŭ la panjo de

---

1 *ŝajĥet:* (jide) persono, kiu surprenis la pekon buĉi birdojn kaj brutaron por mangbezonoj de loka juda komunumo
2 *indale:* (jide) kokineto

Janĉjo. Pri banĉambro la mastrino eĉ ne revis – neniu najbaro posedis ĝin; kiel necesejo por du najbaraj domaĉoj servis budo, konstruita en la komuna korto. Sed kuirĉambro ĉeestis en la domo, kvankam ĝi servis ankaŭ kiel enirĉambro. Ĉiuj ĉi malkomfortaĵoj, netolereblaj por ĉiu ajn urbano pli bonhava, neniom lezis la knabeton, kutimiĝintan al tia vivo ekde bebaĝo. Cetere, tute ne multis bonhavuloj en la urbeto post la granda milito. Janĉjo eĉ fieris pri sia hejmo – speciale pro la hejmbestoj, kiujn multaj enviantaj stratamikoj ne havis.

Nu, ankaŭ Janĉjo ne havis ion gravan. Li ne havis patron. Naskita en 1945 li ne sciis, ke certa oficiro, jaron antaŭe, post forpelo de naziaj trupoj el la urbo loĝigita en lia domo por kelkaj tagoj, foriris kun sia regimento en okcidenta direkto. La oficiro promesis al la panjo, ke li revenos post la aspirata venko. Kelkajn liajn leterojn zorgeme konservis la panjo, sed li ne revenis mem. Janĉjo, informita de la panjo, tamen sciis, ke la paĉjo estas heroo kaj ke li pereis dum la milito samkiel multaj aliaj paĉjoj.

*

– Panjo! Panjo, nia Bruĉjo – ĉu ĝi estas hejme?!!

Janĉjo hastis. Kun singulta spirado li enkuris la domon, serĉante la hundeton. La kaŭzo hasti estis urĝa – en la straton estis veturanta la ĉaro de Motl la unukrura...

Motl la unukrura naskiĝis en la apuda strato de tiu kvartalo, kiu estis juda antaŭ la milito. Onidire, antaŭ dudek jaroj, malgraŭ ne tro elstara klereco, li estis enviinda fianĉo kun bonhavaj gepatroj kaj same bonhava multenombra parencaro. Tiuj zorgis svati por li fraŭlinon el familio same bonhava. La svatado estis bonŝanca. Antaŭ la milito Motl jam posedis nemave salajratan laborlokon de gardisto en la bazaro, propran dometon kun ĝardeno kaj du infanojn – ok kaj ses jarojn aĝajn.

La milito – tiu portis drastajn ŝanĝojn en ĉies vivon, ŝanĝojn, kiujn ankaŭ Motl ne evitis. Kiel viro sen sanproblemoj li estis rekrutigita en la unua semajno de la milito. Li bonŝancis supervivi retiriĝon de la armeo en 1941; vere tio estis granda bonŝanco. Multfoje la morto, fluganta ĉirkaŭ li kun obusoj kaj kugloj, estis tute apuda, sed se li trafus militkaptitecon, ĝi, la morto, venus tuj. La nazioj ne emis longe prizorgi militkaptitojn judajn. Poste, kun la sama armeo, la infanteriano Motl paŝis reen en okcidenta direkto. Dum jaro kaj duono. Dum li posedis du paŝilojn. Unu el tiuj estis forŝirita de obusero en la komenco de 1944; per la restinta, helpe de lambastono Motl revenis hejmen.

Sed forestis la hejmo. Restis profunda kavo anstataŭ lia kabano – post eksplodo de falinta obuso. Forestis ankaŭ la familio. La gepatroj, obstine fidintaj la kulturon de la germanoj, rifuzis esti evakuitaj kaj konvinkis agi same la edzinon de Motl kun la infanoj. Ne tro dika tavolo de argileca grundo kovris ilin nun. Ĉiuj ili kuŝis en tranĉeo ĉe rando de la urbo kun kelkmilo da ceteraj judoj de la urbo, mortpafitaj preskaŭ tuj post la invado de la germanoj.

Informiĝinte pri ĉio ĉi, Motl instaliĝis sur trabo apud la kavo kaj dum tagnokto drinkaĉis ian fiaĵon kun la informinto, antaŭmilita bazara konato, iom pli aĝa polo Tadeusz, moknomata Tacjko. Tiu Tacjko perdis la polmon de la maldekstra brako dum bombado de la urbo antaŭ la komenco de la germana invado. Pro tio lin rekrutigis nek la rusoj nek la germanoj, sed iel-tiel li travivis la militajn jarojn, vendante hejmajn aĵojn, ĉeokaze ŝtelante kaj almozpetante.

Post tiu drinkado kaj post la sekvanta kelkhora dormo Motl iris serĉi alian hejmon. Sed tiu Motl jam estis tute alia homo.

*

La kolharoj estis parte griziĝintaj pro la oldeco de tiu malrapide paŝanta ĉevalaĉo, kiu trenis la ĉaron. Motl la unukrura, leĝere tenanta stirrimenon en la manoj, ne tro zorgis pri la stirado – la ĉevalaĉo memstare elektis la dekstran stratflankon por paŝeti. Tacjko sidis apud Motl kaj turnadis la kapon dekstren-liven. En sia ununura mano, la dekstra, li tenis bastonon pli ol du metrojn longan; pinte de la bastono estis ŝnuro kun maŝo. Kaptinte per rigardo bezonatan objekton, Tacjko kapsignalis al Motl, kaj tiu haltigis la ĉevalaĉon. La objekto estis hundo, vaganta enstrate. Tacjko streĉiĝis, ŝtele descendis de sur la ĉaro kaj fajfetis elpoŝiginte pecon da ĉipa kolbaso aŭ porka lardo kun gluiĝintaj tabakeroj. La hundo turnis la kapon, flaris la aeron kaj heziteme direktis sin al Tacjko. Kiam ĝi aliris je unumetra distanco, Tacjko lerte svingis la bastonon, kaj la maŝo falis sur la kolon de la hundo. Tacjko tuj tiris la bastonon reen siadirekte, la maŝo premis la hundan kolon kaj tiu jelpis saltante kun peno liberiĝi. Vane. La ununura brako de Tacjko akiris la forton de ambaŭ poseditaj iam. La hundo duonsufokite trafis en kradumitan ĉerkosimilan kaĝon, instalitan sur la ĉaro. Tie ĝin boje kompatis kelkaj hundetoj, kaptitaj antaŭe; ilia komuna sorto estis priplorinda.

La oficon en la sanitara servo de la urbeto trovis Motl, kaj estis li kiu invitis la iaman konaton Tacjko kiel partneron-kunoficanton. Dum kelkaj jaroj la duopo okupis tiujn ĉi oficialajn etatajn postenojn. La tri kruroj kaj tri brakoj estis plensufiĉa ekipo por la okupataj postenoj. La tasko de la dupersona skipo estis kaptado de senhejmaj hundoj en la urbo. Onidire, poste la tuta predo estis uzata por produkti sapon, sed tiuj onidiroj ne vekis mizerikordon en la animoj de Motl kaj Tacjko. Ili ricevis pagon kontraŭ ĉiu kapo kaptita, do ankaŭ hejmaj hundetoj hazarde restintaj en la strato sen mastroj riskis trafi la damnitan kaĝon.

*

Larmoj aperis en la okulrandoj de Janĉjo. Post la maltrankvila respondo de la panjo li bruske sin turnis kaj impetis en la straton. La ĉaro de Motl estis jam proksima al lia domo. Ĝi moviĝis ne haste; en sekura distanco, por ne esti batitaj per la bastono de Tacjko, ĝin akompanis kelkaj knabetoj, kriantaj damnaĵojn, sed el la kradumita kaĝo aŭdiĝis ĥora plenda bojado de hundetoj kaptitaj.

Ŝajnis al Janĉjo jam defore, ke en la ĥoro ĉeestas ankaŭ la voĉo de Bruĉjo. Alkurinte la kaĝon li certiĝis, ke ne estis eraro – inter kvar hundetoj enkaĝe estis tuj rekoneblaj la rufaj makuloj sur la felo de la hejma ŝatato.

– Bruĉjo! Bruĉjo! – kriegis Janĉjo.

La hundo jelpis responde, vidinte lin, kaj saltis sur la kradaron de la kaĝo. Janĉjo forgesis timon kaj preterkuris la knabojn, obeantajn la sekuran distancon.

– For, judeto! – raŭkis Tacjko averte. – Tuj ci ricevos bastonon sur la dorson!

Sed Janĉjo neglektis la averton. Li antaŭkuris la ĉevalaĉon kaj haltis metron antaŭ ĝia muzelo. Ankaŭ la ĉevalo haltis senkomprene. La strata knabaro, restante en sekura distanco, scivoleme okulumis ĉion ĉi. Tacjko formetis la bastonon kaj saltis de sur la ĉaro. Alirinte Janĉjon li kaptis la kolumon de ties jaketo per sia ununura mano kaj tiris supren, preskaŭ levinte la knabon super la pavimon.

– For, judeto! – li ripetis kolere. – Ne malhelpu nin labori!

Li fortrenis Janĉjon flanken kaj direktis sin reen al sia loko sur la ĉaro. Sed Janĉjo plorante postiris lin.

– Redonu mian Bruĉjon! – li kriis tra larmojn. – Lasu ĝin!

Tacjko prenis sian bastonon kaj levis ĝin minace, sed Janĉjo kriis plu:

– Prenu min en la kaĝon! Lasu mian Bruĉjon!

Motl la unukrura, kiu ĝis tiu momento indiferente spektis la eventon, levis la manon malpermese.

– Lasu lin – ordonis li al Tacjko kaj turnis la kapon al Janĉjo. – Hej, bastardo rufa! Ĉu ci volas en la kaĝon?

Janĉjo ne sciis, kio estas bastardo, sed sentis ke ĝi estas ofendo. Li malrapide levis la okulojn al Motl, viŝis la vangojn, la nazon kaj respondis per fiera krio:

– Bastardo estas ci mem! Lasu mian Bruĉjon!

– Ho-ho-ho! – ridegis Motl. – Vidu tiun nazmukulon! Mi demandas: ĉu ci volas en la kaĝon?!

– Lasu Bruĉjon – ripetis Janĉjo sen moviĝi flanken. – Mi iros en la kaĝon...

Motl serioziĝis. Li pene alteriĝis de sur la ĉaro, kaptis la kubuton de Janĉjo kaj demandis:

– Kiu do estas cia hundaĉo?

– Jen – Janĉjo montris. – Tiu kun makuloj. Kaj kun kolrimeno.

La unukrurulo malfermis la pordeton de la kaĝo, ŝovinte tien la manon kaptis Bruĉjon, forĵetis ĝin teren kaj intencis fermi la pordeton. Sed Janĉjo puŝis lin ambaŭmane kaj tuj saltete kuris for al la knabaro. Motl ŝanceliĝis kaj peze falis teren. La tri hundoj kiuj restis en la kaĝo profitis la okazon por haste kun bojo kaj jelpo fuĝi for. Tacjko saltis al la knaboj svingante sian bastonon, sed ankaŭ tiuj mokkriante diskuris diversflanken.

*

Motl leviĝis, penseme forskuis polvon de sur la jako, de sur la pantalonoj, nehaste prenis sian lambastonon.

– Ŝajnas ke mi scias en kiu kabano loĝas tiu bastardo – li diris al Tacjko. – Atendu min ĉi tie kaj serĉu hundojn. Alie ni nenion ricevos hodiaŭ.

Janĉjo atingis la hejman pordon preskaŭ samtempe kun Bruĉjo. Ambaŭ ili preterkuris la embarasitan panjon, laŭte ekklukintan kokinon kaj la katinon, kiu sukcesis bruske salti flanken de tiu fulma duopo. Ambaŭ ili, obeante ian internan sufloraĵon, grimpis sub la liton de la panjo en la dormoĉambro kaj silentiĝis tie.

Sonis frapo kontraŭ la enirpordo, poste en la kuirĉambro aŭdiĝis klakado de lambastono. Janĉjo streĉis la orelojn por aŭdi la interparolon de la plenaĝuloj.

– Bonan tagon, Motl – sonis la voĉo de la panjo. – Kio grava okazis do, ke vi bonvolis viziti nin?

La frazo "Via bastardo ĵus lasis min sen taga salajro!", kiun Motl preparis anticipe, forvaporiĝis el lia kapo. Dum momento li rigardis la virinon, mallevis la okulojn kaj neatendite por si mem grumbletis:

– Do vi konas min...

– Kial ne? – ridetante respondis la panjo. – Ĉiuj konas vin. Do?

– Mi... Mi venis por demandi... eble vi bezonas ian helpon pri la mastrumo...

Janĉjo rampe eliĝis de sub la lito kaj ŝteliris al la kuirĉambro. Bruĉjo sekvis lin – mirinde sen eĉ unu ekbojo. Ambaŭ ili silente lokis sin flanke de la panjo, kie jam estis lokiĝintaj Katja kaj Indale. Janĉjo pretiĝis defendi la panjon, se io minacus ŝin, kaj kaptis per mano baskon de ŝia jupo. Kune kun la hejmbestoj li atente sekvis la movojn de Motl.

La panjo ridetis:

– Ho... certe, se en la domo mankas vira mano, helpo neniam malutilas. Ĉu vi ŝatus trinki glason da teo?

– Dankon – respondis Motl, reakirinte trankvilon kaj kuraĝon. – Mi volonte trinkus, sed iom poste, se eblas. Ja mi havas oficon, kaj nun mi devas labori... Vidu, mi havas unu kruron, tamen ja du manojn.

– Mi vidas – diris la panjo. – Venu trinki glason da teo post la fino de via laboro. Cetere, en la urbodomo mi havas konatinon, ŝi povus helpi vin pri alia ofico.

– Ni parolu pri tio – venis vico de Motl por rideti. – Ĝis revido.

Li ĵetis rigardon al Janĉjo, movis antaŭen sian grandan ŝovelilforman manon kaj leĝere karesis la kurte tonditajn rufajn harojn. Poste li ridetis ankoraŭfoje, turnis sin kaj eliris.

Janĉjo ne bone komprenis lian interparolon kun la panjo, sed trankviliĝante konstatis, ke tiu Motl tute ne estas timiga.

Decembro 2023

Sopirata renkontiĝo

de Carlo Minnaja 21

Vetero griza, malinvita al elhejmiĝo; nigraj kumulusoj opresis la maloftajn vojantojn minacante per pluvo; fragmentoj de sunlumo montriĝis malproksime, sen espero de baldaŭa alveno, sed mi rapidis al la loko de la rendevuo. Mi sopiris revidi ŝin post jaroj; ĉu kun espero? espero pri kio? Mi mem ne sciis; mia koro tumultis, mi konstruis al mi jam la renkontiĝon, preparis miajn vortojn, klopodante ilin kongruigi kun la supozataj respondoj de ŝi.

– Luiza, ni delonge ne renkontiĝas; kiel vi fartas?

Ŝia robo estis helgriza, kun floroj desegnitaj kaj kun orde, preskaŭ skrupule, aranĝitaj faldoj, gladitaj. Tiun robon mi ne ŝatis, ŝi ĝin surhavis antaŭ pluraj jaroj ĉe iu nia renkontiĝo, kiu poste montriĝis la lasta. Ĉu ŝi intence elektis surmeti ĝuste tiun? Ĉu por rekrei momenton? Haroj nigraj, krispaj: la ŝiaj, ĉiamaj. Mi, kiam knabo, revis pri hararo blonda, longa, bukla, sed ne gravas: ŝi aspektis aminda ĉiufrize.

– Ne malbone; jes ja, ni ne plu renkontiĝis ekde kiam vi min forlasis abrupte, voste al la jupo de tiu nova pseŭdoamikino.

Hm, hm... la suspekto, ke la vesto estis intencita fariĝis pli forta. Ŝia voĉo atingis min kvazaŭ el foro, aŭ tia mi ĝin perceptis.

– Ho, kara Luiza, ni jam plurfoje tuŝis la temon antaŭ ol ni disiĝis definitive; akvo pasinta, la Tero intertempe rivoluis plurfoje. Mi nun ŝatus se ni memorus pri niaj belaj tagoj; da tre ĝojaj, gajaj ni ja havis. Postaj aventuroj kaj vojoj de la destino ne nuligis la signifon kaj la emociojn kiujn ni spertis kune; ĉu vi forgesis pri ili?

Tikla demando; mi riskis, malgraŭ la timo, ke la respondo povas min ĉagreni. Se eĉ tion ŝi vere forgesis, ĉiuj miaj esperoj, se entute mi havis, estus for.

– Ne, mi ne forgesis; la plej emocia estis kiam mi vidis vin unuafoje. Mi estis dudek-jara, vi imponis el la katedro, sed vere ĉarmis kaj efektive ravis min via nuko, kiam vi turniĝis al la nigra tabulo kaj ĝin surstrekaĉis per la kreto kiun via dekstra mano trenis al desegnado de matematikaj formuloj por mi nekompreneblaj. Tiam mia rigardo kuris al la maldekstra mano, kaj rimarkante, ke ĝia kvara fingro estas okupata de ora ringo, mi pensis rezignacie: "Imagu, ĉu oni ne jam lin kaptis!" Sed vi friponis, vi estis tute libera, vi surmetis ringon por elmontri edzecan staton kaj vin defendi kontraŭ alkuro de inoj: vi bombaste supozis esti ege alloga.

– Jes, mi konsentas, estis tute aroganta sinteno, sed estis juna ankaŭ mi, kaj mi volis elekti trankvile el la bieno da inoj, ne tedate de aro da sinproponantaj kandidatoj por la rolo de fiksa kunulino.

– Prave vi agis, ĉar poste el tiu supozata aro vi elektis min, kaj mi tuj descendigis vin de via memelektita trono de Adoniso, mi rekonturis vin en viaj normalaj dimensioj kaj, ekzemple, tuj malkovris, ke la supozita edzoringo ne estas el oro, sed el tombako. Vi formetis ĝin, kaj ofte montriĝis kun mi en la ĉirkaŭa medio, montrante tiel la akiron de stabila sentimenta situacio, defendota kontraŭ eventualaj atakoj de aliaj inoj.

Da kunaj ĝojigaj momentoj memorindaj estis tuta aro. Mi proponis kelkajn, kaj ŝi sekvis eĉ senparole, sed ilin bildigante en si. Ŝi montris rideton kiam mi memorigis al ŝi, ke ŝi volis vidi dehejme partan suneklipson, sed mi ŝin kunprenis kaj stiris kelkcent kilometrojn por vidi ĝin totala. Mi revidis en mia rekonstruo kelkajn danĝerajn frenezaĵojn faritajn per freŝe akiritaj trafikiloj por montri mian aŭdacon kiel stiristo kaj tiel gajni poentojn en ŝia estimo.

Iun fojon per motorciklo, modelo Vespa, mi, kun ŝi ĉedorse, kun jupo, rajdanta kun ambaŭ gamboj pendantaj samflanke, kiel laŭdire rajdis amazonoj, klopodis temerare preterpasi kamionon kun remorko; sed mi renkontis sur la kontraŭa flanko de la ne tro larĝa strato alian kamionon kun remorko; ne estis sufiĉa spaco por kompletigi la preterpason, tiel ke, devancinte nur la remorkon, mi devis kuri samrapide meze inter ĝi kaj la ĉefmaŝino ĝis la renkontita kamiono kun remorko pasis for, kaj mi povis preterpasi la tuton; bonŝance Vespa havas mirindan spurtokapablon kaj tuj-tuje respondas al la komandoj de la stiristo, sed tiuj eble du aŭ tri sekundoj estis la plej angoraj en mia vivo. La timo pri la risko spertita kaŭzis, ke ni dum kelke da tagoj rezignis uzi la motorciklon kaj piediradis enurbe.

Alia frenezaĵo estis, ke mi obstinis, ke mi volas eniri almenaŭ parte la maron per la nova aŭtomobilo. Ni estis sur sabla strando, mi ventkape antaŭeniris kaj, kiam la akvo alvenis ĝis super la nivelo de la radoj enfosiĝintaj en la sablon, mi fiere kluĉis la retrorapidumon, kaj... la radoj enfosiĝis eĉ pli. Kion fari? Bonŝance estis je distanco de kelkdek metroj kamiono sur firma grundo, kaj ĝia ŝoforo, tie laboranta, ĝentile helpis kunŝnurante la postan akson de mia aŭto kaj la antaŭan akson de sia kamiono: ĉi lasta, multe pli peza kaj fortika ol mia aŭto, post tri aŭ kvar klopodoj, retroirante fortrenis mian aŭtomobilon el la sablo. Kiel rekompencon mi rapide alcelis vinbutikon kaj revenis kun mil dankoj kaj botelo da brando.

Aŭ jen alia, pli intima, pli emocia: estis printempo, nia loĝejo ricevis plenan lumon de la ora okcidenta sunsubiro. Nia filino estis spertanta sian unuan monataĵon (la vorto "menstruo" estis tro eksplicita biologie); ne ja pro tio, sed konekse, ŝi estis invitinta iujn lernejkamaradojn al nia hejmo, tiam ankoraŭ sufiĉe freŝe konstruita por esti konsiderata vidinda. Ŝi iom duonmallevis la ŝutrojn, tiel ke la kreita komplica ombro kaj la langvora muziko helpu al faligo de tabuoj kaj permesu iujn naivajn kisetojn aŭ karesetojn; je tiu tempo, je tiu aĝo ne decis pli avangardaj entreprenoj. La kanzono, kiu delikate aŭdiĝis el la gramofono, estis "Sailing" kantata de Rod Stewart (ekzistos ankaŭ tute alispeca posta versio interpretata de Christopher Cross); ĝi restis en mia impreso kiel etapo de nia vivo: nia ido ne plu estas knabino, ŝi fariĝis plena adolto, nia generacio jam forpasis, ni jam liveris al la mondo novan, plenan anon, kiu daŭrigos nian vojon, ĝustigos niajn erarojn, produktos ion bonan por si kaj por la ceteraj. Tiu momento restis en mia sento inter la plej profundaj memoroj.

– Kara Luiza, via memorigo pri tiu unua enklasa renkonto konsciigis min, pri kiom longe ni ne interrilatas: matematikon mi preskaŭ forlasis, ĉar ĝuste vi komprenigis al mi, ke la animo inspiriĝis pli multe el beletro; vi instruis al mi la valoron, la emocion de la vortoj, la sentojn kiuj transiĝas de aŭtoro al leganto tra la papero...

– Valoras eĉ pli la vortoj dirataj, susure, flustre, dum la lipoj alproksimiĝas, kaj antaŭ ol vi komprenis, kial la afero neniam funkciis kun la aliaj knabinoj...

– Ba, vi kopiis ĉi tiun esprimon el postaj surfelpaj surskriboj; kiam ni junis, tiuj motoj sur la vestoj ne estis kutimaj.

– Jes, sed ankaŭ vi konkurencis per ŝtelitaj romantikaj frazoj; kiam prudento nin konsilis ne ekscesi en la elspezoj, via sinteno estis: "dum estas sufiĉo, vivu la reĝo!; kiam ne plu, vivu Jesu'!". Kaj kiam mi demandis vin kiom vi min amas, vi respondis, ke "la mezuro en la amo estas ami senmezure"; kiu aŭtoris ĉi antikvan maksimon, troveblan nun en ĉiuj knablernejaj notlibroj?

La dialogo estis fluanta sur reloj por mi oportunaj; Luiza riĉis je citaĵoj el la multaj libroj legitaj kaj parkerigitaj, tial en diskuto mi estis ĉiam malvenka, sed tiujn malvenkojn mi ŝatis, ili donis al mi la sekurecon esti malsupera, do la rilatoj inter ni du ankoraŭ nun estis la samaj kiel antaŭe.

– Ĉu vere vi min amis senmezure?

Luiza ne respondis, sed post longa momento eklarmis, aŭ tiel ŝajnis al mi. Ŝiaj okuloj estis fermitaj, do mi ne povis ĝui tiun "palan koloron de seka folio", kiel ŝi mem diris pri ili. Mi tuj serĉis en la poŝo naztukon, mi jam supozis, ke kelkaj renkontiĝoj ĝin neprigas: *ludas la cigano, violono ploras, pri pasinta amo koro rememoras*. La okuloj montriĝis humidaj; aŭ ĉu eble estis nur mia imago, ĉar mi volis ŝin vidi ankoraŭfoje supera al mi en la sentoj, dum, inverse, ŝi ĉiam min opiniis supera al ŝi en la racio? Kial mi ne insistis, kiam post la disiĝo mi mesaĝis al ŝi per vacapo proponante almenaŭ konstantan amikan interkomunikadon? Tiam ŝia respondo estis frosta: "Mi ne ŝatas revarmigitajn supojn", kaj mi, eble malprudente, malkuraĝe, kovarde, opiniis ĝin definitiva...

Fakte dum ĉi tiu interparolado, de tempo al tempo, sed kun plia kaj plia ofteco ŝajnis al mi, ke parolas ne Luiza, sed la imago pri ŝi, kiun mi iam havis, kaj ke ŝi parolas preskaŭ per mia voĉo, kaj ke ĉiuj bildoj, kiujn ni memoris kune, estas imagoj miaj, kiujn mi introspektigas al ŝi. Ja nature, ĉar estis mi, kiu forte volis ĉi renkontiĝon, eble supozante, ke ĝi estos la lasta; tempo ne retroiras: *koro iam svenos, falos mi survoje, kaj ne plu revenos, kio pasis foje*. Ĉu ĝojige, aŭ, male, tristige rememori la iamon longe for? Supozo retrovi la junaĝon pasintan, fakte la junecan spiriton de la junaĝo pasinta. La konversacio ekstagnis, mi ne plu trovis temojn proponindajn, tial mi ŝtelis de Kalocsay la finan saluton: *Jam for... al voj'. Ni kisu nin je l' lasta foj'.* Jes, mi volis, vere postulis tiun lastan kison; ni ambaŭ ŝuldis ĝin al ni mem... Sed al mi estis malkomforte ŝin brakumi kaj levi ŝian kapon al mia nivelo por ankoraŭ lastfoje premi ŝiajn lipojn sur la miajn kaj miajn sur la ŝiajn...

Mi ekkaŭris por moviĝi pli libere, sed min skuas delikata tuŝo sur la ŝultro: mi turniĝas kaj ekkonscias, ke mi troviĝas en ĉambro nuda kaj frosta, kun la muroj kovritaj per nigraj drapoj. Aperas al mi du vizaĝoj kun mieno afabla, eĉ se senemocia: "Sinjoro, ni bedaŭras vin ĝeni, sed ni devas fermi kaj sigeli la ĉerkon, alie ni malfruas ĉe la funebra procesio."

La *bona* najbaro

de Debra Hamel

Ŝi ne sciigos sian edzon. Mikaelo nur plendus, kiel kutime, ke ŝi revemas, senatentas, ne pensemas – ne tute senkaŭze, ŝi devis konfesi. Lastatempe, forgesinte malŝalti la fornon, Rozo detruis multekostan paton, geedziĝdonacon de sia bopatrino. Lian koleron ne mildigis ŝia klarigo: finfine endorminginte la bebon, ŝi komencis kuiri vespermanĝon, sed oni telefonis, kaj telero falis, kaj Lilio vekiĝis kriante. Meze de ĉio ĉi, la pato fume brulis. Li aŭskultis ŝin, lipojn kunpremitaj, kaj foriris por televidi, skuante la kapon. Li multe komunikis per kapskuado.

Hodiaŭ, trarigardante poŝtaĵojn dum malofta libertempo, Rozo ŝire malfermis koverton kaj elkovertigis leteron antaŭ ol legi la nomon de la adresito. Tion ŝi tuj bedaŭris. "Kara," ĝi komenciĝis. "Mi skribas, ĉar..." Nun Rozo legis la koverton: la intencita ricevonto, Stefano Sawyer, loĝis ĉe la sama strato, sed en la numero 72 anstataŭ 27.

Rozo pripensis kion fari kaj decidis fermi la koverton per glubendo kaj faligi ĝin en proksiman poŝtkeston, por ke ĝi estu ĝuste liverita. Estus pli facile lasi la koverton en la propra leterkesto, de kie leterportisto prenus ĝin morgaŭ. Sed tio nur starigus al Mikaelo demandojn, kiam li revenos hejmen. Li rimarkus, ke la flago de la leterkesto estas levita (kio signifas, ke elironta poŝto enestas). Neeviteble li eltrovus ĉion kaj denove kapskuus. Tion ŝi preferis eviti.

Rozo trovis glubendon en skribotabla tirkesto kaj sidiĝis por prepari la koverton. Ŝi skribis "malĝusta adreso" sur ĝi, sed, antaŭ ol ŝi enkovertigis la leteron, ŝi denove ekrigardis ĝian buklan, knabinan manskribon. Vorto en la dua frazo ŝin kaptis. Kaj kia vorto! Ĝi perdigis al ŝi la memregadon. Jam leginte tiom multe, ŝi decidis, ke estus egale bone legi la tuton:

Kara,

Mi skribas, ĉar vi ĉiam remetas la aŭdilon kiam mi telefonas. Mi klopodis diri al vi, ke mi gravedas. Vi povas diveni, kiam tio okazis! Mi bezonas helpon. Bonvolu telefoni! Vi devas. Vi ne volas, ke mi telefonu vin, ĉu?

– Manjo

Rozo rigardis pli atente la koverton. La stampo indikis, ke oni enpoŝtigis ĝin loke, sed mankis informo pri la sendinto. Rozo supozis, ke Manjo agis prudente ellasinte identigajn informojn: la knabino ne volus, ke la edzino vidu ŝian nomon. Kaj Rozo tute ne dubis, ke ja ekzistas edzino: alie, kial la viro ĉiam remetas la aŭdilon?

Tiel enpensiĝante, Rozo daŭre sidis ĉe la skribotablo, kun koverto en mano, dum Lilio dormis en apuda ĉambro. Ju pli ŝi pripensis la aferon, des pli ŝi volis scii plu pri la paro: la kompatinda, graveda knabino kaj la viro – certe pli aĝa kaj monduma, ŝajnis al Rozo –, kiu tiel ŝin maltraktis. Kiel ili konas unu la alian? Kial ili ne povas komunikiĝi persone?

Rozo sin vekis el absorbiĝo. Bedaŭrinde, ŝi verŝajne neniam ekscios tiaĵojn. Ajnokaze, la aĉulo baldaŭ ne feliĉos. Rozo ridete imagis la scenon. Unue, li nur scivolemos pri la stato de la koverto, sed tuj post legado de la enhavo, la implikaĵo de la glubendo klariĝos: iu alia scias pri liaj fiagoj! Li estos tre ĉagrenita. Tamen, ŝi opiniis, li meritas la malfeliĉecon. Ŝi remetis la leteron kaj glubende fermis la koverton.

Sunsubiro venas malagrable frue en tiu tempo de la jaro. Rozo do kiel eble plej rapide pretigis Lilion por promeni al la poŝtkesto, konkursante kontraŭ la velkanta lumo. Ŝi ŝanĝis la vindaĵon, vestis Lilion per puraj vestoj, kaj malfacile enŝovis ŝin en neĝokostumon. Poste ŝi sekurigis Lilion en beboĉareto, enmanigis al ŝi plej ŝatatan pluŝbeston, kaj mem surmetis mantelon. Devus esti sufiĉe da tempo por poŝti la leteron kaj promeni mallonge dum restas lumo. Poste, ŝi komencos prepari vespermanĝon, ĉar Mikaelo alvenos hejmen je la sesa.

La poŝtkesto foris de ŝia domo je kvin domblokoj. Rozo puŝis la beboĉareton norden, zorge atentante la domnumerojn aliflanke de la strato. Atinginte la keston, ŝi eltrovis, ke ŝi preskaŭ atingis ankaŭ la numeron 72. De sia starloko, ŝi povis vidi la domon – duetaĝan, kun ĝardeneto, nealligita remizo, kaj ruĝa, kvarporda Honda en la aldoma vojo. Lampo brilis unuetaĝe, sed dum Rozo rigardis, oni ĝin malŝaltis. Ŝi atendis. Malhela figuro moviĝis malantaŭ fenestro, kaj tuj poste la ĉefpordo malfermiĝis: Stefano mem eliris. Li estis bone vestita per kompleto kaj kravato sub longa lana mantelo, sed vere, Rozo pensis, li aspektus bele portante ion ajn. Li havis kvardek kaj kelkajn jarojn, ŝi supozis, kaj harojn stile tonditajn. Li estis ĉarmulo, certe, tia, kiu povus delogi virinon multe pli junan malgraŭ sia edzeco – kaj tia, kiu montriĝus nefidinda, se ŝi telefonus kun problemo.

Rozo rigardis lin paŝi al la ruĝa aŭto, retroveturi en la straton, kaj foraŭti. Ŝi sentis sin ruĝiĝanta pro kolero: li daŭre ĝuas stilajn vestaĵojn kaj multekostan hartondon dum lia iama sekskunulino baraktas pro gravedeco kaj, ŝi imagis, monmanko. Rozo etendis la manon por faligi la koverton enpoŝtkesten sed paŭzis. La domo proksimas kaj Stefano ne plu hejmas. Mem liverante la leteron, ŝi ŝparus al la leterportisto kroman laboron. Pli grave, Stefano tiel renkontus eĉ pli baldaŭ la sekvojn de sia fieco.

Rozo puŝis la beboĉareton transstraten, supren laŭ la aldoma vojo, kaj laŭ mallonga pado kondukanta al la doma ĉefpordo. Ŝi malfermis la leterskatolon, kiu estis alfiksita al ligna fosto dekstre de la alporda ŝtuparo, kaj enmetis la manon por lasi la koverton. La hodiaŭa poŝto ankoraŭ restis tie. Stefano do verŝajne eltiros ĝin ĉi-vespere anstataŭ morgaŭ, kio plaĉis al ŝi: ju pli baldaŭ, des pli bone. Rozo enŝovis la leteron inter la tieajn kovertojn – fakturoj, ŝi pensis, ĉar palpante ŝi sentis la konturojn de tiaj eltranĉitaj fenestroj, kiuj videbligas la adreson de ricevanto. Kaj malantaŭ tiuj, ŝi palpis malgrandan kartonan skatolon. Ŝi klinis sin kaj enrigardis por pli bone diveni la enhavon de la pakaĵo, sed ĝuste tiam aŭdiĝis ŝuŝo kaj klako de la ĉefpordo, kaj subite staris tie virino, tenante la pordon malfermita kaj ŝin rigardante.

Rozo haste rektiĝis, eltirante la manon, kaj diris la unuajn vortojn, kiuj venis enkapen: "Vi havas poŝton!" Ŝi ridetis malkonvene. "Mi volas diri, ke oni transdonis al mi leteron erare. Mi metis ĝin ĉi tien."

"Ho, nu…"

"Mi ne legis ĝin!" Rozo aldonis, ruĝvanga denove, sed ĉi-foje pro embaraso. "Komprenebla. Sed mi ja malfermis la koverton. Vi vidos. Mi stulte ne legis la nomon antaŭe." Ŝi aŭdis sin ridi nekutiman ridon, kiu sonis al ŝi falsa.

"Nu, do, dankon," la virino hezite diris.

Rozo estis certa, ke la virino – sendube la edzino! – taksis ŝin stranga. Kaj kial ne? Rozo sciis, ke ŝi agis azene, sed vere tio ne surprizis. La virino estis bela kaj blonda kun aristokrata mieno. Eĉ en malpli embarasaj cirkonstancoj, Rozo sentus sin malsupera.

"Nedankinde. Nu, mi devas daŭrigi mian promenon!" Rozo tro gaje diris, kaj ŝi adiaŭe svingis la manon kun nekonvena entuziasmo. La bedaŭrinda gesto, ŝi tuj konstatis, certe fortikigas la strangan impreson, kiun ŝi faris. Ŝi forpaŝis kun Lilio, preskaŭ direktante la beboĉareton en heĝon, kaj daŭrigis norden laŭ la trotuaro. Ŝi sentis sur si la okulojn de la virino ĝis ŝi eskapis trans la sekvan stratangulon.

Rozo vidis Stefanon denove la sekvan posttagmezon. Ŝi haltis ĉe benzinstacio kilometrojn for de la hejmo, kaj jen li, pozante virmodele apud la aŭto antaŭ la ŝia. Vidinte lin, ŝi tuj plonĝis malsupren kaj ŝajnigis serĉi ion engantuje. Preskaŭ minuton ŝi restis tiel, kun mamo dolore premiĝanta kontraŭ la manbremsilo, sed fine ŝi sentis sin stulta. Stefano ne vidis ŝin lasi la leteron kaj do ne povus ligi ŝin al ĝi. Ŝi rektigis sian sidon.

Stefano ankoraŭ staris tie, fermante la benzinujo-ĉapon. Poste li abrupte turnis la kapon kaj rigardis rekte al ŝi. La okulumo daŭris nur unu-du sekundojn, sed dume ŝi povis nur senmove rigardi lin rigardantan ŝin – kiel timigita muso fiksita surloke per kata rigardo. Poste li elpoŝigis ŝlosilojn kaj enaŭtiĝis. Rozo forte elspiris, ne plu sentante sin predo. Li vere rigardis ne min, ŝi diris al si, sed la aŭton. Li eĉ ne povus klare vidi min tra la glaco! Krome, li ne scias, kiu mi estas. Ŝi aŭdis lian aŭton starti. Nu, ŝi pensis, krom se lia edzino jam atentigis lin pri mi. Ekzemple, ĉu eblas, ke la paro preterveturis tiun matenon kaj vidis min en la ĝardeno? "Jen la kurioza virino, kiu malfermis vian leteron," la edzino dirus...

Denove maltrankvila, Rozo rigardis Stefanon forveturi. Li eble ne jam sciis, kiu ŝi estas, sed tio povus ŝanĝiĝi.

Rozo vidis Stefanon multfoje dum la sekvaj semajnoj. Unu tagon li serĉis razkremon en apoteko. Starante for de li je du koridoroj, ŝi gvatis lin super la bretoj de varoj. Alian matenon ŝi flankentiris fenestro-kurtenon dum ŝi brosis la dentojn, kaj jen li, kaŭrante sur la trotuaro antaŭdome. Ŝajnis, ke li devis laĉi ŝuon, sed dume li fiksrigardis ŝian salono-fenestron. Li estis en superbazaro iun sabaton kaj librovendejo la sekvantan mardon, kaj ŝajnis al Rozo, ke li preskaŭ ĉiam ien aŭtas:

jen li haltis apud ŝi ĉe trafiklumoj; jen malantaŭe en la traveturejo de rapidmanĝejo.

Komence Rozo strebis kredi, ke la oftaj ekvidoj signifas nenion. Ŝi tiom multe rimarkas Stefanon nur ĉar ŝi pripensas lin. Same, tuj post aĉeto de nova aŭto, ŝajnas, ke samspecaj aŭtoj estas ĉie. Tamen, kiom ofte oni povas vidi proksime la saman viron antaŭ ol suspekti lin? Rozo fine konvinkiĝis, ke Stefano ne nur scias, kiu ŝi estas, sed ankaŭ intencas per la "hazardaj" renkontoj maltrankviligi ŝin. Kial, ŝi ne sciis, sed li ja sukcesis.

Eble helpus, se ŝi povus paroli kun Mikaelo pri la afero. Ŝi klopodis. Unu vesperon ili veturis por preni menditan picon, kun Rozo ĉe la stirilo. La parkejo estis preskaŭ plena, sed restis unu neokupita spaco aparte proksima al la restoracio. Rozo komencis turni en la lokon, sed ĝuste tiam oni malfermis la pordon de apuda aŭto, kaj jen denove Stefano. Rozo anhelis kaj abrupte preterveturis, cedante la spacon.

"Kion vi faras?!" Mikaelo blekis. Tiam ŝi maltrafis plian liberan spacon, ĉar ŝi ne vidis ĝin, kaj li denove kriegis. "Plian lokon! Ĉu vi frenezas?" Ŝi daŭre ĉirkaŭveturis enparkeje, li daŭre balbutis kolere, Lilio ekploris, kaj ĉio ĉi tiel maltrankviligis Rozon, ke ŝi preskaŭ trafis piediranton. Kiam ŝi finfine parkis, Mikaelo ŝove malfermis la pordon kaj elaŭtiĝis. Li estis formarŝonta, sed antaŭ ol li povus batfermi la pordon, ŝi haltigis lin.

"Atendu," ŝi diris, kaj ŝi komencis klarigi. "Mi estas nervoza pro la viro, kiu eliris el tiu aŭto pli frue. Li timigas min." Sed estis klare al ŝi laŭ lia mieno kaj subtila kapskuado, ke li ne taksas la aferon serioza. Fakte, li apenaŭ aŭskultis. Tuj post kiam ŝi finis paroli, li komencis konatan prelegon pri ŝia malkapablo vivi en la reala mondo. Ĉi-foje Rozo ne ĝenis sin respondi. Ŝi ne jesis nek promesis pli bone atenti. Ŝi nur silente sidis, atendante la finon.

"Krome," aldonis Mikaelo, "eĉ se vi vere timas, mi estas ĉi tie. Kio povus okazi?"

Li parolis senironie. Poste li fermis la pordon kaj forpaŝis al la picejo, lasante Rozon sola kun la bebo. Ŝi sidis en la malvarma aŭto atendante lian revenon – kaj duonatendante, ke la vizaĝo de Stefano subite aperos en la mallumo ekster la fenestroj.

Rozo ne reparolis al li pri Stefano – eĉ post kiam Manjo estis murdita.

La fraplinio de la loka gazeto majuskle anoncis la novaĵon: LOKA VIRINO TROVITA MORTINTA! Rozo legis la artikolon kun tremantaj manoj:

Madelino Banks, 24, longtempa loĝanto de nia urbeto, estis trovita mortinta hieraŭ proksime al la publika promenvojo en la kvartalo Orienta Roko, ŝajne viktimo de hazardo. Oficiro Brenner de la polico surlokis kaj priskribis ŝiajn supozitajn finajn momentojn: "Laŭ nia kompreno, ŝi promenis laŭ la pado, kaj ŝi glitfalis kaj frapis la kapon kontraŭ tiu granda ŝtono tie malsupre."

Rozo preskaŭ povis vidi la scenon: tiu oficiro, Brenner – dika, mezaĝa, liphara (aŭ tiel ŝi imagis) – starante antaŭ fono de aŭtunaj folioj, fingromontris al unu el la bazaltaj ŝtonegoj, kiuj, Rozo sciis, punktas tiun regionon.

"Laŭ sia patrino," la artikolo daŭris, "la mortinto ne troveblis jam kelkajn tagojn. Oni ŝin laste vidis dum ŝi eliris el sia domo ĵaŭdon matene. La viktimo estis graveda, kiam ŝi mortis. Ŝin postvivas ŝiaj gepatroj kaj frato."

Rozo tute ne dubis kio okazis. Stefano kaj Manjo – mallongiĝo de "Madelino," ŝi nun sciis – disputis pri ŝia gravedeco. Ŝi rifuzis aborti la bebon. Verŝajne ŝi volis, ke Stefano eksedziĝu kaj ŝin edzinigu. Eble ŝi eĉ minacis rakonti ĉion al la edzino. Kaj Stefano, por forigi la problemon, mortigis ŝin – batis ŝian kapon kaj ĵetis ŝin malsupren en ŝtonplenan ravinon, por ke la ŝtonegoj batu ŝin plue. Terure! Kaj poste, li... kio? Rozo pensis pri la okazoj, kiam ŝi lastatempe vidis lin, ordigante ilin mense, kaj baldaŭ la ŝoka vero ŝin trafis: la senhontulo iris postmurde al McDonalds. Tie Rozo vidis lin ĵaŭdon je tagmezo, malantaŭ si en la enveturejo.

Rozo paŝis de ĉambro al ĉambro kun Lilio surkokse, pripensante kion fari. Eblas paroli al tiu liphara policano, sed ĉu tio helpus? Rozo okulferme imagis la telefonkonversacion. Ŝi balbute klarigus: viro al ŝi nekonata mortigis virinon de ŝi neviditan. Tion ŝi sciis per letero, kiun ŝi ne povus montri. Rozo skuis la kapon. La oficiro certe ne kredus ŝin. Li provus trankviligi ŝin, dirante, ke la morto preskaŭ certe estis hazarda. Li surpaperigus ŝian informon. Sed kroĉinte la aŭdilon, li ŝercus kun kolegoj: anoncoj pri kadavroj aperigas la strangulojn, ĉu ne? Kontakti la policon do atingus nenion. Kaj paroli kun Mikaelo pri la afero ne estis konsiderinde. Li reagus malpli ĝentile pri ŝiaj teorioj ol la policano.

Pensi pri Mikaelo memorigis ŝin, ke necesas plani vespermanĝon. Ŝi kontrolis horloĝon – estis la kvara – kaj ekrigardis trafenestre. La suno jam staris malalta. Dum momento tio surprizis ŝin, sed tiam ŝi rememoris, ke ĵus finiĝis la somera tempo: mallumiĝos do je unu horo pli frue. Kiam Mikaelo revenos hejmen, la suno estos jam delonge subirinta.

Ŝi paŝadis enkuireje, malfermante-fermante la fridujon kaj ŝrankpordojn, decidante kion prepari. Tamen ŝiaj pensoj daŭre revenis al la murdo. Ĉu Stefano vere fuĝos senpuna? Tio ŝajnis probabla, ĉar, Rozo imagis, neniu alia vidis tiun leteron. Rozo povus esti la sola estaĵo, kiu povus ligi lin al Manjo kaj, sekve, al la murdo. Do fakte li...

Abrupte ŝi anhelis, ĉar fulme ŝin trafis konstato: por sin protekti, Stefano devos silentigi ŝin! Kaj laŭ lia perspektivo, ju pli baldaŭ, des pli bone.

Rozo staris antaŭ la kuireja fenestro kun korpo senmova sed menso kuranta.

Kompreneble, Stefano volus agi dum Mikaelo forestas, kiel nun.

Ŝi rimarkis denove la subirantan sunon.

Kaj verŝajne li agus kiam estas mallume, kiel baldaŭ.

Ŝi balancis la bebon por ĝin trankviligi.

La konkludo ŝajnis al ŝi neevitebla: "Okazos ĉi-nokte," ŝi diris laŭtvoĉe.

Rozo nun serioze komencis plani – sed ne vespermanĝon. Ŝi ne havis kutimajn armilojn. Ne estis pafilo endome, kaj la solaj tranĉiloj estis sufiĉe neminacaj kuiriloj. Tamen haveblis aliaj iloj uzeblaj. Ankoraŭ portante la bebon surkokse – ĉar Lilio ekplorus demetite – ŝi rapide traserĉis la domon, kolektante aferojn utilajn por sindefendo. Ĉion ŝi faligis amase sursofen: la tranĉilojn; basbalklabon; martelon; pezan alĝustigeblan boltilon; levstangon el la remizo; aerosolan senodorigilon (ĉar ŝi povus ŝprucigi ĝin en liajn okulojn); insekticidon (samkiale); maldikan metalan stangon de rompita seĝo; kaj duktbendon – ne armilon, sed uzeblan por ĉirkaŭligi enrompinton post kiam ŝi senpovigis lin.

Rozo nun komencis kaŝi unu-du el tiuj armiloj en ĉiu ĉambro

de la domo por eventuala uzo. Ŝi kaŝis tranĉilon malantaŭ kuseno en la salono, ekzemple, kaj ŝi metis la insekticidon sur breton en la manĝoĉambro. La levstangon ŝi lokis surlite, kaŝante ĝin sub angulo de la litkovrilo tiel ke ĝi estu facile atingebla. Por la dua-etaĝa banĉambro ŝi planis ion pli komplikan: ŝi malfermis la kranon por plenigi la banujon per akvo kaj alportis enĉambren malgrandan hejtilon. Konektinte ĝin al plilongiga elektra ŝnuro, kiun ŝi etendis trans la ĉambro, Rozo ŝaltis la aparaton kaj metis ĝin sur la fermitan kovrilon de la neceseja bovlo. De tie, ŝi povus facile ekkapti ĝin post kiam ŝi puŝis Stefanon en la banujon. Tio, ajnokaze, estis la plano. Neniu povas prognozi kio fakte okazos, ŝi konsciis. Oni povas nur sin prepari por ĉiu eventualo. Tion ŝi faris, kaj fakte ŝi fieris pri si. Tute ne paralizita de timo, Rozo alfrontis la problemon de sia postvivado – ĉar ja temis pri tio – kun tia logiko, kiu plaĉus eĉ al Mikaelo, se li scius kion ŝi faris.

La suno estis preskaŭ subirinta, kaj Rozo estis preskaŭ preta. Ŝi malŝaltis la lumilojn ĉie krom en la kuirejo, por ke Stefano pensu, ke ŝi tieas. Ŝi tiris ludkaĝon en la salonon. Lilio devos resti tie dume, kaj Rozo devis iel silentigi ŝin. Ŝi povis elpensi nur unu rimedon: subaĉetadon per sukeraĵo. Ŝi malvolvis grandegan stangobombonon, preskaŭ kvin colojn diametre, kaj enmanigis ĝin al la bebo. Lilio neniam antaŭe gustumis tian dolĉaĵon, kaj ŝi baldaŭ suĉis ĝin kiel drogdependulo. Rozo demetis ŝin enludkaĝen, gluecan sed silentan, krom la ŝmacado. Dum ekstere la krepuska lumo paliĝis, Rozo sidis en la salono, lasante la okulojn adaptiĝi al la mallumo, atenta pri nekutimaj bruoj. Martelo sursofis apud ŝia dekstra mano, tranĉilo kaŝiĝis maldekstre sub kuseno, kaj la duktbendo kuŝis antaŭe, surtable. Estis 5:07.

Je 5:40 sonis la pordsonorilo, kaj Rozo preskaŭ saltis de la sofo. Kion ajn ŝi atendis, ŝi certe ne atendis tion, ke mortigonto tiel anoncos sian ĉeeston. Rozo ŝtelpaŝis al la fenestro por vidi ĉu eble estas aliulo, najbaro aŭ liveristo. Apenaŭ movante flanken la kurtenon, ŝi kapablis gvati la vizitanton: estis ja li.

Rozo devis adapti sin al la neatendita cirkonstanco. Ŝi ekrigardis al Lilio, jam dormanta kun la stangobombono gluita alvizaĝe. Tiam, martel-en-mane, ŝi piedpintis al la pordo, kviete malŝlosis ĝin, kaj retiriĝis en la ombrojn de la salono.

"Eniru!" ŝi vokis. "Ĝi estas malŝlosita."

Nenio okazis dummomente. Tiam la anso malrapide turniĝis, kaj la pordo iom malfermiĝis, kaj subite li staris en la koridoro. Kiel ŝi antaŭvidis, li turnis sin al la kuirejo ĉar de tie venis la sola lumo.

"Saluton!" li laŭtvokis. "Ĉu iu ĉi-tieas?"

Turninte sin tiudirekten, Stefano faris sin vundebla de malantaŭe, ĉar lia dorso nun frontis al la salono. Rozo tuj komprenis, ke ŝi devas kapti la okazon antaŭ ol ŝi perdus la avantaĝon. Kun koro brue batanta, ŝi rapidis elombre, celis lokon apud lia orelo, kaj svingis forte la martelon.

La atako ne laŭplane okazis. Svingomeze, la martelo resaltis de la plafono. Sekve la bato ne estis tiel forta kiel ŝi intencis. Tamen, ĝi sufiĉis por senkonsciigi lin. Liaj genuoj faldiĝis kaj li planken sinkis. Rozo rapide havigis al si la duktbendon. Ŝi rulis Stefanon surventren, kunligis liajn pojnojn malantaŭ la dorso, kaj volvis la bendon ĉirkaŭ liajn maleolojn. Poste ŝi telefonis al la polico kaj eksidis ensalone por atendi.

Baldaŭ alvenis policaŭto, samtempe kiel Mikaelo enremiziĝis. Tiam multe okazis rapide. Duopo de policanoj eniris tra la ĉefpordo. Iliaj radiokomunikiloj raŭkis. Mikaelo rapidis en la domon kaj laŭte demandis, kio okazas. Lilio ekploris pro la bruo. Unu el la policanoj genuiĝis apud Stefano kaj kontrolis lian pulson. La alia, pli aĝa, petis, ke Mikaelo sidiĝu en la salono. Li do eksidis sursofen apud Rozo kaj metis sian brakon ĉirkaŭ ŝiajn ŝultrojn. Rozo brakumis Lilion kaj zumis por trankviligi ŝin, ŝtele foriginte la stangobombonon de ŝia vizaĝo antaŭ ol Mikaelo rimarkis ĝin. En la koridoro, la pli juna policano vokis ambulancon per sia radioaparato. La alia ekpostenis proksime al kie Rozo kavetigis la plafonon per la martelo. Li demandis al ŝi, kio okazis.

"Li provis mortigi min," ŝi diris. Subpreminte siajn emociojn dum horoj, ŝi komencis tremi. Mikaelo pli firme tenis ŝin.

Stefano rekonsciiĝis ĝeme kaj babilis ion ne senchavan.

"Li nomiĝas Stefano Sawyer," ŝi diris. "Li loĝas ĉi-strate."

La policano, kiu genuis apud Stefano, elfosis monujon el lia poŝo. Li ekstaris, trarigardante ĝin, kaj aliĝis al sia kolego. "Laŭ lia stirpermesilo," li diris, "tiu" – li kapgestis al la batito – "estas Marteno Sawyer, ne Stefano. Li loĝas en Kalifornio." Ambaŭ viroj fiksrigardis la permesilon dum momento, kaj tiam levis la okulojn al Rozo, atendante klarigon. Ŝi ne povis elpensi ion por diri.

"Kiu estas Stefano Sawyer?" la juna policano demandis, turniĝante al la koridoro. Kiam li turnis sin, Rozo rimarkis, ke lia surbrusta etikedo tekstas "Brenner."

Marteno klopodis levi la kapon, sed ĝemante lasis ĝin surplanken. "Mia frato," li diris. "Mi gastas ĉe li." Grimacante, li palpis la sangan haŭton super la orelo. "Ŝi frenezas," li diris. "Mi neniam antaŭe vidis ŝin. Mi nur volis diri al iu ĉi tie, ke la domo likas, kaj ŝi atakis."

"Kio?" Mikaelo diris. Li ekstaris de sur la sofo kaj paŝis al la koridoro. "Kion vi diras?"

"Akvo gutas ekstere," Marteno diris. "Mi klopodis esti bona najbaro."

Mikaelo ekrigardis al la policanoj kvazaŭ por permeso kaj eldomiĝis al la perono. Ankoraŭ sidante sursofe, Rozo fermis la okulojn. Ŝi ne bezonis vidi por scii, kio okazas: Mikaelo staris sur la ŝtuparo, nekredeme rigardante supren, dum akvogutoj metronome gutadis de super lia kapo, kie la dua etaĝo de la domo elstaris duonmetron preter la unua. Ŝi forgesis fermi la kranon de la banujo.

Mikaelo kolere ektiris la gazpordon, transpaŝis la koridoron, kaj laŭte supreniris la ŝtuparon – BUM BUM BUM.

"La domo likas!" li kriegis.

Kiel dramece li agas, kiel kolera knabo, Rozo pensis.

BUM BUM BUM! La planko vibris pro la stamfado.

Ŝi daŭre sidis sursofe kaj aŭskultis – fermokule, penseme, rezigneme. "Atentu la hejtilon," ŝi flustris.

Tri koncertoj de Khatia[1]

de Cho Sung Ho

Tio okazis hazarde antaŭ kelkaj jaroj, ke mi unuafoje spertis ŝian prezentadon. Poste mi spektis du pliajn ŝiajn koncertojn. Khatia Buniatishvili. Ŝi estas mondfama pianistino el Kartvelio.

I

Spektado de ŝia recitalo ne estis celata de komence. Mi estis rezervinta alian koncerton, kiu poste nuliĝis neatendite. Mi serĉis alternativon kaj apenaŭ sukcesis aĉeti bileton por ŝia koncerto. Ŝajne temis pri sidloko malrezervita de ŝatanto, ĉar ĝi estis en tia loko, ke eblis detale vidi de proksime ŝiajn trajtojn kaj ludantajn manojn.

La spektantoj, kiuj ŝtopis la vastan halon escepte de kelkaj sidlokoj en balkonoj, atendis la pianistinon senspire. Meze de laŭta aplaŭdo Khatia vestita en dekoltita, scintilanta ruĝa robo aperis sur la scenejo kaj klinsalutis la spektantaron. La aplaŭdo apenaŭ dampiĝis, kiam ŝi sidiĝis ĉe la piano kaj komencis ludi la unuan pecon. Kun senstreĉa mieno ŝi ludis aplombe pecon post peco, kvazaŭ la klavaro estus ŝia tuta mondo kaj ŝia unusola ripozejo. Jen sindetene. Jen ekstravagance. Dum ŝi ludis la pecon *Hungara rapsodio n-ro 2* de Liszt, ŝi eĉ duonstariĝis levante sian lumbon super la tabureton kaj frapegis klavojn kvazaŭ frakasante la instrumenton.

La sonato *Pasio*, kvankam ne tiom ofte aŭdata kiom liaj simfonioj kaj konĉertoj, estas plia kaŭzo, ke Betoveno estas mia plej ŝatata komponisto. Estas mirinde, ke unu sola instrumento kapablas profunde esprimi tiel vastan gamon da homaj sentoj. La komponaĵo ludata de Khatia memorigis min pri pentraĵo de la brita artisto William Turner. Dum ŝiaj fingroj trakuris la klavaron, tempesto ekfuriozis, forblovis ĉion, poste sereniĝis, kaj la sceno ripetiĝis en mia

---

1 La rakonto estas reverkita en Esperanto surbaze de tri apartaj recenzoj en la libro "Klasika muziko sur scenejo" korelingve verkita de la aŭtoro.

kapo kelkajn fojojn. En *Reminiscencoj de Don Juan* de Liszt la erotikulo reenkarniĝis fingrofine de Khatia kiel naiva, petolema bubo. Rapide flugis du horoj, dum kiuj mi mergiĝis ĝisfunden de la fantazia mondo kreita de la pianistino kaj apenaŭ reemerĝis.

Post la koncerto okazis sesio por ŝia aŭtografo. Kiam mi eliris el la halo, jam formiĝis longa vico, plejparte el gejunuloj, serpentante de antaŭ la budo tra la fojero. Nu, ne malkuraĝiĝu. Mi kun hontemo stariĝis fine de la vico. Malgraŭ la elĉerpa ludado, Khatia afektante neniom da laco surskribis unu post alia sur programbroŝuroj, diskalbumoj aŭ aliaj memoraĵoj kunportitaj de fanoj kaj fojfoje eĉ pozis kunfotiĝi kun ili. Kiam mi, blankharara, aperis el la vico, ŝi komence ŝajnis mirigita, sed tuj prenis deteniĝeman mienon kun rideto kaj surskribis kunportitan diskon de ŝia ludaĵo. Estis evidente, ke ŝi altiras multajn fanojn tra la mondo, ne nur per sia distinginda virtuozeco, sed ankaŭ per sia humila sinteno.

2

Sekvajare ŝi denove vizitis mian urbon. Dankon, Khatia. Mi hastis frue kaj sukcesis rezervi perfektan sidlokon por observi ŝian ludadon. Ĉifoje akompanis la solistinon fama orkestro el Svislando por ludi la pecon *Pianokonĉerto n-ro 2* de Raĥmaninov. La komponisto verkis ĝin, post kiam li rehabilitiĝis de depresio, kiu premis lin de post la fiasko de lia unua simfonio. Tial la muzikaĵo estas vervoriĉa, plena de ĝojo kaj espero, kaj fariĝis majstroverko amata tra generacioj. Khatia ludis, kiel antaŭe, ne nur per siaj fingroj sed per sia tuta korpo. Ŝia emocio ĉerpita el profunde de la koro verŝiĝis sur ĉiujn ŝiajn pasiajn movojn. Foje kun la vizaĝo preskaŭ tuŝanta la klavaron, foje kun la talio rekte leviĝinta alten.

Malsame ol lastfoje, tamen, tio ne estis simpla ludado de instrumento, sed proksimis al prezentarto. Ĉu ŝi estis ĝisekstaze empatianta kun la komponisto? Ŝi ŝajnis obsedita de narcisismo. Ŝi ŝajnis fajfi pri aliaj, pri la aŭskultantaro kaj pri mi. Ebria de interne eferveskanta emocio ŝi de tempo al tempo mistuŝis klavojn, tiel ke la dinamiko de la muzikaĵo ne estis plenumata kiel atendite. Tonoj de *pianississimo*, foje eĉ tiuj de *pianissimo*, ne aŭdeblus, se mi ne tenus min senspira. Nu, kial ŝi zorgu pri miaj artaj emoj? Ŝi finis la ludadon sin amuzinte, katenite en la mondo kreita de si mem kaj nur por si mem. Mi elreviĝis. Mi perdis ŝin kaj ŝi perdis min. Mi preterlasis la duan sesion de *Simfonio n-ro 5* de Mahler. Kompreneble ankaŭ la aŭtografsesion, kiu estis okazonta post la tuta programo.

3

Mi denove spektis koncerton de Khatia en la sekva jaro. Aŭ mi *devis*, se vortumi ĝuste, ĉar mi volis konstati, ĉu ŝia ludmaniero restas intertempe senŝanĝa aŭ alie kiel ĝi evoluas. Ĉu Khatia povus disrompi la muron ĉirkaŭ si kaj elfuĝi al la ekstera mondo? Ĉu vere ŝia populareco venas nur de ŝia linda aspekto kaj bravura ludado?

Pianokonĉerto n-ro 1 de Ĉajkovskij ekis per latuninstrumentoj pli solene ol la simfonio *Sorto* de Betoveno. Kaj baldaŭ sekvis la piano de Khatia. Mirakle! Malkiel mi antaŭzorgis, ŝia ludado de komence intensigis miajn korbatojn. Dum videble malplivigliĝis ŝiaj prezentartecaj movoj, ŝia klavado kontraste plipreciziĝis, tiel ke ne nur tonoj de arda *fortissimo*, sed ankaŭ tiuj de *pianississimo*, kiuj apenaŭ aŭdeblis lastfoje, sukcesis liveri emocion sufiĉe solidan por kortuŝi la aŭskultantaron. Ŝi tamen tenis flegman trankvilecon por maltaŭzi la hararon per la maldekstra mano, dume frapante klavojn per la dekstra. Ŝia bravura prezentado, nun moderigita, ne estis plu troa pompa garnaĵo baranta al ŝi la ludadon, sed grava propraĵo iganta ĝin pli alloga. Anstataŭ veki ŝin el la deliro laĉanta ŝin, male mi ensorbiĝis en la fantazion elkovitan de Khatia. Ŝi altiris la spektantojn al si per sia sorĉa ĉarmo. Ŝi revenis al mi, kvazaŭ ŝi estus aŭdinta mian soifan alvokon. Kiel feliĉige!

Ĝis antaŭ ol la koncerto komenciĝis, mi ne intencis ĉeesti la aŭtografsesion, ne simple ĉar mi jam posedis surskribitan kompaktdiskon, sed ĉefe ĉar lastfoje mi desapontiĝis pri ŝia prezentado. Sed ĉi-foje la ludado kontraŭe ravis min kaj krome la atendovico ne estis tiel longa, tial mi ŝanĝis mian penson kaj prenis lokon vicofine. Atendante mi renkontis amikon, kiu fanfaronis, ke li kunfotiĝis kun ŝi ĉe la pasintjara koncerto. Mi do elkuraĝis peti ŝin pozi kun mi. La unuan fojon mi kunfotiĝis kun fama artisto. Mi konservos la foton kune kun la albumo, kare por ĉiam.

Pordoj

de Ulrich Becker

"Pordoj" estas la provizora (kaj, se mi iam finos la verkon, la verŝajna) titolo de romano, kiun mi ŝatas nomi pseŭdo-aŭtobiografia, ĉar unu duonon en ĝi mi spertis aŭ aŭdis de familianoj kaj konatoj kaj la alian duonon mi simple inventis. Do, la kutima fikcio de tro ambiciaj aŭtoroj. Mi lasos al la legantoj diveni, en kiuj partoj mi "mensogis" kaj kie mi priskribis la veron. Eble, pro embaraso, mi iam malkaŝos al miaj filinoj kaj nepinoj (se ili penos kompreni la tekston), sur kiuj paĝoj ili povas trovi viverojn de mia familio.

El la multaj skizoj kiujn mi ĝis nun enkomputiligis, mi decidis finvortumi la unuajn kelkajn paĝojn kaj prezenti ilin, kuraĝigite de amikoj, en ĉi tiu numero de BA.

> There was a Door to which I found no Key;
> There was a Veil past which I could not see;
> Some little Talk awhile of ME and THEE
> There seemed—and then no more of THEE and ME.
>
> *
>
> For in and out, above, about, below,
> 'Tis nothing but a Magic Shadow-show,
> Play'd in a Box whose Candle is the Sun,
> Round which we Phantom Figures come and go.[1]

(Du strofoj el *Robajoj*, de Omar Ĥajam[2],
en la traduko el la persa anglen de Edward FitzGerald)

Pli ol unu fantomo hantis Eŭropon en la pasinta jarcento.

Sole Germanion hantis eĉ kelkaj el ili. Se la vetero kulpus, oni povus kompreni la humorojn de la lando. Ŝtormoj ŝanĝiĝas ĉi tie al

---

1 Jen estis pordo, por kiu mi ne trovis ŝlosilon; jen estis vualo, post kiun mi ne povis vidi; ŝajnis esti iom da parolado, dum iom da tempo, pri mi kaj vi – kaj poste nenio plu pri vi kaj mi. * Ĉar ene kaj ekstere, supre, ĉirkaŭe, malsupre, ĉio estas nenio alia ol magia ombro-prezentado ludata en kesto, kies kandelo estas la suno, ĉirkaŭ kiu ni fantomfiguroj venas kaj malaperas.

2 *Robajoj* (persa kvarlinia fiksforma poemo), literumita ankaŭ *Rubaiyat* (en la persa: رباعیات عمر خیام) estas la titolo kiun la brita poeto kaj tradukisto Edward FitzGerald (1809-1883) donis al kolekto de poemoj de Omar Ĥajam (1048-1131).

bluĉielaj sunaj ondegoj. Neĝofalo interŝanĝiĝas kun dolĉaj printempaj florodoroj. Pluvetoj kaj inundoj finiĝas en kampoj kovritaj de polvoj. Sed la vetero ne kulpas. La germanoj, ene de nur unu jarcento, komencis per soifado je granda milito – ili incendiis Eŭropon kaj sekve perdis sian imperion. Ili poste ĵetiĝis en jardekon longan karnavalon kaj, ankoraŭ ebriaj, interbatalantaj kaj seneliraj, postkuris danĝeran klaŭnon, kiu kondukis ilin en duan mondan militon vundantan la planedon por ĉiam. Ili devis akcepti la dividon de sia lando en du landetojn, el kiuj unu vegetis kaj subpremis, dum la alia forgesis kaj dominis. Ili fine reunuigis la du landetojn kaj daŭrigis la ludon de retenemo kaj dominado.

Ne kulpis la vetero.

Kulpis miaj geavoj, iliaj gepatroj kaj la tuta idaro. Kulpis la grandaj ĉiesaj nenifaroj kaj nenipensoj, la monavido kaj la amuziĝozo, sed ĉefe kulpas la izoliĝo: se oni kredas sin supera, oni izoliĝas kaj fremduliĝas kaj forgesas amikojn kaj iam kraŝos, kaj tiel okazis, plurfoje, ene de tiuj cent jaroj.

Se mi povus skizi mian vivon per etapoj, mi dirus ke mi naskiĝis en komunismema socio, sub kies principemaj kolonoj mi ekmoviĝis kaj en kies kadro mi komencis pensi, kiel infano kaj adoleskulo. Kie mi provis orientiĝi, por trovi mian lokon kiel juna adolto. Kaj iam ekesperis – dum la multe pli postaj kvin jaroj de *glasnost* kaj *perestrojko*[3] – pri perfektigo de malperfekta socio. Kaj eĉ pli poste, kiam la berlina muro jam estis historio, mi eklernis kapitalismon, kaj fine translokiĝis al Usono, por transvivi en la koro de la monda imperiismo.

Mi povus diri ankaŭ – kiel alia versio de la vivoskizo – ke mi iam estis infano, kreskis al lernanto en gimnazio, al studento en universitato, fine fariĝis ĵonglisto de diversaj profesioj – de instruisto al grafikisto al eldonisto al verkanto al tradukisto, kaj retro, en cirkloj, dum la jardekoj inter junaĝo kaj olduliĝo.

Sed mi povus diri ankaŭ – kiel tria versio de la sama vivo – ke mi vivis sub la violentaj manoj de duonpatro kaj kun la karesoj de silenta patrino, fuĝis la gepatran domon ĉe mia dekoka naskiĝtago, lernis kompreni – dum mia armea tempo – la diferencon inter viroj kaj viroj, inter kalkulemo kaj adaptiĝemo, inter maladaptiĝemo kaj stulteco,

---

3   *Glasnost* (ruse, гласность; proksimume: publikeco, travideblo) kaj *perestrojko* (ruse, перестройка: transformado) estis du slogan- aŭ agitvortoj dum la periodo en iama Sovetunio, dum kiu Miĥail Sergejeviĉ Gorbaĉev estis ĉefo de la ŝtato kaj de la komunisma partio de la lando.

inter eltenado kaj despero; poste edziĝis kaj generis du filinojn; kaj fine kaj multe tro malfrue, iel, kiam venis la ĝusta paro da varmokuloj, trovis la kuraĝon komenci vivon kun alia viro.

Finfine mi sentas min preta paroli pri ĉi tiuj aferoj, pri la interparoloj, familiaj historietoj, la mozaikeroj, ĉar nur nun mi ekkomprenas, kiel ili aspektas ĉiuj kunaranĝitaj.

La mondo ŝanĝiĝis, mi mem oldiĝis kaj, ĉefe, troviĝas for de la lokoj, de la Germanio de mia junaĝo, kie la eventoj disvolviĝis. Disvolviĝis, vere, aŭ volviĝis, sed ja ne evoluis – ĉi tiu vorto ne helpus, ĉar laŭ mia kompreno, evoluo estas iompostioma, kiel en la naturo, en kiu estaĵoj lernas el la neperfekto de siaj antaŭuloj kaj transformadas aŭ kompletigadas siajn rimedojn aŭ korpajn elkreskaĵojn, donante novajn ludokampojn al siaj gefiloj, kiuj siavice evoluas plu, nun flugas, iam ruĝe floros aŭ ekparolos.

Sed la disvolviĝo de la eventoj, pri kiuj mi skribas, estas kiel fadenbulego ruliĝanta, saltanta, sob, dekstren, sor kaj liven, de ie, kaj ien, ien ajn, kaj retro. Tra herbejoj kaj trans arbotrunkojn, sub pontoj kaj sur vilaĝaj padoj, eble sopirante oran valon, kiun ĝi neniam atingos. Sed survoje, ĝi postlasas spurojn en formo de fibroj, fadeneroj, kiuj disiĝinte de la bulo trovas hazardajn novajn hejmojn. Tian vivaron mi rekonas, ĉar mi vivis en ĝi, nenion alian mi rekonus.

Ĉi tie, en Novjorko, homoj uzas du kliŝojn parolante pri germanoj: ke ili estas ordemaj kaj ke ili estis nazioj. Eble ili ŝatas trian kliŝon: la imitadon de la parolmaniero, de la ligneca akĉento, kiun germanoj, parolantaj la anglan, postlasas. Sed mi eltenas. Mi estas tro juna – el historia vidpunkto – por esti nazio, kaj germaneca akĉento kaj ordemo ŝajnas al multaj, eĉ ĉi tie, avantaĝoj. Konsekvence, mi ekhavis laborojn kaj vivon, kaj povis, provis povi, forgesi. Dudek kvin jarojn mi bezonis. Dudek kvin jarojn da vivemo inter multetna popolo, da amikeco kun hindoj, araboj kaj sudamerikanoj, da flirtado kun afrikanoj kaj ĉinoj, da kvereloj kaj ebriaj tostoj kun japanoj kaj brazilanoj, kaj da seksumado kun ĉiu el la tuta mondo kunfluinta ĉi tien, kun ĉiu, kiu konsentis. Dudek kvin jarojn da purgatorio.

Ke junaĝe, tie en Germanio, mi neniam vere komprenis la esencon de mia patrino – tiu ĉiam gaja kaj flirtema, amata, amanta kaj desperplena animo, kiu eksilentemis nur dum la kunvivo kun unu el siaj multaj viroj – kaj de mia avino (la patrino de panjo), pri kiu mia frato ĉiam asertis ke ŝi aspektas kiel la franca aktorino Simone Signoret (kaj li pravis), tiu nekompreno ŝuldiĝas al la fakto ke mi spertis kaj vidis ilin kiel individuojn; same patron, avojn, la alian avinon, iliajn gefratojn kaj praulojn kaj la tutan grandan familion – individuojn interagantajn tra la tempo. Sed kiam mi komencis ekrigardi ilin kiel komundevenan kaj kunagantan grupon, kiel tuton, kiel intencon, kiel la tiean vivon mem, mi paliĝis, ĝisoste ŝokiĝis. Tiel, ĝi fariĝis faktoro, fenomeno, karakterizaĵo, kun kiu ne nur necesis kalkuli, sed kiu premis sian stampon sur onin – sur min, por esti preciza.

Fojfoje mi pensas, ke ĉio okazis antaŭ longa tempo kaj tiel fariĝis malgrava, sed la tempo, tiu ĉiesulino, kiu tiel leĝeranime faciligas al multaj rapidajn klarigojn kaj senkulpigojn, ĝi estas ja nur inventaĵo de la homoj por krei momentojn, fazojn, etapojn, periodojn, vivojn, eraojn. Envere, ni estas ĉio kio akumuliĝadis en nin, ĉio samtempe, kaj nova momento nenion elĵetas el ni.

La granda familia enigmo naskiĝis en la tago de la morto de Kurt, unu el miaj du avoj. Jam dum tuta semajno liaj du filinoj, la 15-jara Rita (mia panjo) kaj la pli juna Katarina (mia onjo), krome lia edzino Elfriede (mia avinjo, kun siaj larĝaj molaj vizaĝsulkoj, la ĉiam ridantaj, varmaj okuloj, la bukletoj el brungrizaj haroj, ĉiuj pruntitaj de la franca aktorino), sidadis ĉirkaŭ lia mortolito, el kiu li, ĝis antaŭ kelkaj tagoj, lamentadis al ili pri la enorma fidestino de sia generacio. Unue, en 1916, kiam li aĝis dek naŭ jarojn, oni volvis uniformon ĉirkaŭ lin kaj sendis lin militservi al Francio, de kie li revenis en 1918, nedamaĝita. Kaj nur iom pli ol du jardekojn poste, oni denove dekoraciis lin per militistaj necesaĵoj kaj forsendis lin eksterlanden, ĉi-foje al Rusio, de kie li same revenis, en 1946, sed duonmorta. Kaj dum la sovetiaj tankoj ruliĝis tra la stratetoj de la ĉirkaŭaj dispafitaj germanaj urbetoj, li prepariĝis, en la familia dometo rande de sia nedamaĝita vilaĝeto, al la morto, post nur duonvivo. Li parolis kaj paroladis, senspire kaj senenergie, sed ja paroladis, pri la damnindeco de tiuj du militoj, kaj diris eĉ ne unu vorton pri la dudek jaroj inter ili, dum kiuj li edziniĝis, fondis familion, do naskigis du filinojn, kaj perlaboris por ili decan vivon sur la familia farmbieno kaj en la familia vilaĝgastejo.

Tiu en la mortolito, paĉjo de mia panjo, prisilentis la jardudekon, kiu ŝajnis al lia filino, la juna Rita, tuta epoko da feliĉo – epoko kiu komenciĝis longe antaŭ ŝia naskiĝo kaj daŭris ŝian tutan vivon de, ĝis tiam, 15 jaroj. Tiun epokon makulis nur fojaj flustroj post la patra dorso kaj onidiroj pri li, kiujn Rita subaŭskultis kiam adoltoj babilaĉis inter si en la kuirejo aŭ la korto. Unu el la flustraĵoj plendis pri tio, ke paĉjo plenumis sian "devon de edzo" nur malvolonte, kaj nur en la unuaj jaroj, kaj nur sporade post insistegoj de la edzino, kaj ke estis miraklo ke naskiĝis du filinoj, kaj fine, ke la lito de la edzino dum la pasintaj dek jaroj restis tiel frida kiel la lumbo de la edzo...

Sed antaŭ ol li mortis, fakte en la frumateno de lia lasta tago, oni aŭdis frapetojn al la dompordo. Kurt jam dum tagoj ne plu parolis, nek donis multajn vivosignojn, krom dum subitaj momentoj, en kiuj la tri inoj vidis lin gapadi al unu el ili, senkomprene. Avinjo kapsignis al la pli aĝa filino, Rita, tiam knabino kun gaja vizaĝo sub malmultaj brunaj bukloj – tra kiuj, jam en la junaĝo, videblis la krania haŭto – kaj minca kvazaŭ transvivinta grandan hungroperiodon. Tiu knabino Rita do sobiris, ja saltetis, la ŝtuparon, por vidi kiu venis en tia nekonvena momento. La ŝtupoj scivole knaris, dum ŝi proksimiĝis desupre al la dompordo.

"Bonan matenon al vi, fraŭlino", apenaŭ aŭdeble, kun franca akĉento, diris svelta kvardek-kaj-iom-jarulo, mezgranda, iam certe tre bela, nun faltvizaĝa, kun kelkaj ankoraŭ nigraj haroj, tre seriozmiena – eble eĉ trista – kaj kun la dekstra mano en la maldekstra, kvazaŭ li timidus. "Ĉu tio estas la hejmo de Kurt Umbach?"

"Kiu volas scii?" la knabino Rita demandis, gravmiene. Fremdulojn oni ne enlasu.

Dum tiu fremdulo hezitis doni klarigon aŭ serĉis la ĝustajn vortojn, Rita kaŝokule esploris liajn sekajn lipojn, liajn sekajn vangosulkojn, la palajn okulojn, la seriozan, rezignacian rigardon. Li aspektis kiel homo kiu jam delonge marŝis trans siaj korpaj kapabloj, sed daŭrigis la marŝadon, malgraŭ ĉio.

Post la dorso de la ulo vekiĝis varma, polva somertago, la kokinoj jam disiradis sur la korto, la ŝafoj blekis en la stalo, la kampoj atendis la dunglaboristojn – se iuj troveblis, en tiuj mizeraj, senviraj postmilitaj tempoj. La matena suno ekhejtis la aeron kaj suĉis la lastan likvon el la grundo, se iu restis. Tiel paca ĉio nun estis, pli ol jaron post la fino de la milito, en la eta saksa vilaĝo Dittersbach.

Li devas esti soifa, pensis Rita, kaj tiam la viro ekparolis, iom haste:

"Mi estas Simon. Mi renkontis Kurt dum la unua milito kaj ni estis amikoj."

Li prononcis "Simon" france, samkiel ĉion alian.

Rita pripensis kelkajn sekundojn kaj poste simple diris "Venu!" kaj turniĝis. La viro sekvis ŝin, softe ferminte la dompordon malantaŭ si. Senvorte ili supreniris sur la brunlignaj ŝtupoj bonvenige knarantaj. Duonvoje Rita turniĝis al li kaj demandis: "Sed vi estas franco, ĉu ne?"

Simon kapjesis, sen diri ion. Rita rigardis lin kelkmomente, kaj tiam plu supreniris.

Ŝi malfermis la litoĉambran pordon kaj per gesto montris al Simon la mortoliton de Kurt.

Francojn Rita ja konis, ŝi ne timis ilin; kontraŭe, ili amuzis ŝin. Antaŭ ne tro longa tempo, du francaj militkaptitoj laboris sur la kampoj de la familio kaj en la staloj, François kaj Michel (mi kredis, kiam ŝi rakontis al mi ĉi tiun epizodon, ke ŝi eĉ ne konis la verajn nomojn de la du malamikaj ekssoldatoj, sed nomis ilin tiel ĉar tio estis la solaj du francaj virnomoj konataj al ŝi). Michel kaj François kutimis ŝerci kun Rita, eĉ flirteti, kaj amuze fajfi post ŝi, kiam ŝi revenis, 14-jara kaj en sia freŝa uniformo de la nazia BDM[4], el la lernejo. La du francaj viroj rikoltadis dum la aŭtuno aŭ, kun duonnudaj korpoj, preparis la kampon por la printempo. Ili ŝajnis ĉiam gajaj, almenaŭ kiam Rita ĉeestis, krom unufoje, en oktobro 1944, kiam aro da bruegaj aviadiloj kovris la ĉielon, hastantaj orienten, kaj pliaj kaj pliaj, ĝis iam en la foro, ie en la direkto de la saksa urbo Freiberg, ĉe la horizonto, videblis altaj griznigraj fumoj. Ĉiuj vilaĝanoj – kaj iliaj kaptitoj – ŝtoniĝinte staradis, gapadis al la horizonto, kaj atendis ĝis la korbatoj retrankviliĝis.

Sed ĉi tiu Simon, la tria franco kiun Rita renkontis en sia vivo, tute ne aspektis gaja, eĉ kontraŭe. Dum li unue prezentis sin – samvorte kiel malsupre al la knabino – nun al ŝiaj patrino kaj fratino, kaj poste rigardis la senmovan, dormantan kapon de Kurt super la blanka litaĵo, Rita kuris en la kuirejon kaj alportis por li glason da akvo.

Ŝi denove, kun granda intereso, observis lin. Li ankoraŭ staris en la mezo de la ĉambreto, liaj okuloj estis senmove direktitaj al Kurt, lia korposupro iom klinita antaŭen, kvazaŭ iu magnetismo tiris lin al la lito, sed la piedoj estis gluitaj al la brunaj lignoplankoj. Io en ĉi tiu bildo diris al ŝi ke Simon preferus esti sola kun Kurt, kaj ŝi tiel signalis al Katarina kaj al sia patrino. La du inoj senvorte ekstaris kaj

---

4   Mallongigo de *Bund Deutscher Mädel* (germane; *Ligo de germanaj knabinoj*); nazia organizo inter 1933 kaj 1945, por adoleskantinoj inter 14 kaj 18 jaroj. La membreco estis deviga, krom por knabinoj kiuj pro "rasaj" kialoj ne rajtis membriĝi.

sekvis Rita-n eksteren. Dum panjo Elfriede kaj franjo Katarina sobiris al la teretaĝa kuirejo por komenci la preparlaboron por la baldaŭa matenmanĝo, Rita deekstere, softe, tiris la ĉambropordon por fermi ĝin, sed en la lasta sekundo hezitis kaj lasis centrimetron da aperto, tiel ke ŝiaj okuloj povis spekti la scenon ĉirkaŭ la lito.

Daŭris plian minuton, ĝis la korpo de Simon ŝoviĝis en la travideblan strion, kiu nun ŝajnis al ŝi kiel filmo kiun ŝi spektas aŭ alia mondo aŭ vivo kiun ŝi kaŝobservas. Simon kliniĝis super la kapon de Kurt kaj movis siajn lipojn, sen ricevi reagon. Li poste prenis la livan manon de Kurt en ambaŭ siajn manojn kaj lasis ĝin tie por kelkaj sekundoj, rigardante ĝin. Poste li komencis knedi ĝin kvazaŭ li volis revivigi ĝin, kaj fine li lante tiris ĝin al siaj lipoj kaj kisis ĝin. Nur tiam Rita rimarkis, ke li ploras.

La senmova sceno memorigis al ŝi pentraĵon: la du viroj, unu en la lito kaj la alia deflanke klinita super li, unu mano de la mortanto en du vivaj manoj, la silenta plorado – ĉio daŭris eternecon, ŝi sentis.

Tiam Simon subite rektiĝis kaj rigardis dum kelkaj sekundoj en la direkton de Rita. Poste, per teneraj, lantaj movoj, li remetis la manon de Kurt sur la litotukon apud lian alian manon, kaj rapidpaŝe forlasis la ĉambreton. Li pasis Rita-n kaj sobkuris laŭ la knarantaj ŝtupoj, fine forlasis la domon sen retrorigardi. Rita staris ĉe la fenestro de la supra etaĝo kaj vidis lin vanui, sur la kampopado en la direkto de la horizonto, rapidpaŝe, tien, kie la suno nun leviĝis, kvazaŭ kun nova celo aŭ decido aŭ espero.

Kiam ŝi reeniris la dormoĉambron de paĉjo, ŝi malkovris, apud la lito, en la loko kie ĵus staris Simon, brunetan foton sur la planko. Kliniĝinte, ŝi prenis ĝin en sian manon kaj vidis la vizaĝojn de la multe pli junaj paĉjo kaj Simon, ridantaj, iliaj vangoj preskaŭ intertuŝantaj. Io en la esprimoj de la du okul- kaj lipoparoj elradiis tiom da feliĉo ke Rita, senvole, ekridetis. Ĉu paĉjo do iam vivis en pli ĝoja mondo? Ĉu ŝi mem iam atingos tian mondon? Ŝian senton de kunfeliĉo rapide anstataŭis doloreta premo en la stomako, kiu forviŝis ŝian rideton el ŝia vizaĝo. La premeton ŝi tuj rekonis kiel scivolemon.

Kun salto ŝi turniĝis, kuris el la ĉambro al la ŝtuparo, celis sob, prenis ĉiam du ŝtupojn samtempe por atingi kiel eble plej rapide la dompordon al ekstere.

Ŝi kuris trans la kampojn, sur la sama pado, direkte al la horizonto kaj la ekvarmiĝanta lumo el la suno, kuris per siaj junaj gamboj tiel rapide kiel ili ebligis al ŝi, kun la foto en la dekstra mano, kaj kiam ŝi atingis la plej altan punkton en la kampo, ŝi vidis lin, en la foro, transirantan ponteton super la rojo Lützelbach, post kiu la strateto disforkiĝis – liven al la urbeto Hainichen, dekstren al la 758-jara urbo Frankenberg – kaj kie grupoj de arboj denove kaŝis lin de ŝia vido.

Daŭris pliajn sep-ses minutojn, ĝis ŝi, anhele, atingis la ponteton kaj, trans ĉi tiu, la vojforkiĝon. Ŝi plurfoje rigardis liven kaj dekstren sen plu revidi lin, nur plu anhelis, eĉ tiom ke ŝi devis iom kliniĝi antaŭen por trankviliĝi, kaj kiam ŝi rerektiĝis, ŝi eksentis nur malplenon kaj triston kaj – post plia rigardo al la foto en sia mano – senesperon.

Kiam ŝi reproksimiĝis al la gepatra domo, ŝi vidis panjon kaj fratinjon stari antaŭ la pordo. Ili ploris. Ŝi ne bezonis atingi ilin por kompreni ke paĉjo estas mortinta.

Jen ĉio kion mi scias pri tiu avo. Mi ne konas lian vizaĝon, nek liajn staturon, voĉon, humorojn. Mi scias, ke li posedis farmon – kie laboris, krom li, dumtempe dungitaj fremduloj – kaj vilaĝan gastejon, kies sola laborantino estis mia avino Elfriede, kies ĉarmo kaj mister-magneta rideto, pruntitaj, laŭ mia frato, de la franca aktorino Simone Signoret, helpis allogi drinkemulojn de la propra kaj de najbaraj vilaĝoj. Plion mi ne scias. Nek kiel la loĝdomo aspektis, nek kiel ĝi estis ekipita. Eĉ la knarantajn ŝtupojn mi devis inventi.

Mi nur divenas, kiel la tri reagis post la morto de paĉjo Kurt. Lia pli aĝa filino, Rita, ekfloris kaj signalis al la junaj viroj de la vilaĝo, ke ŝi pretas ekĝui la vivon, iam subiĝi al alia masklo, se iu pretas protekti ŝin. Katarina, la minca, eklevis sian aristokratecan nazon, ĉar ŝi pensis ke ie devas ekzisti grafo aŭ iu prezidanto de io, kiu pretas forpreni ŝin de ĉi tie. Kaj Elfriede, la panjo, la vera regantino de la familiaj kampoj kaj gastejo, ekkalkulis la monon disponeblan al la familio, kalkulis kaj rekalkulis, ĝis ŝi sciis kion fari kun kiu parto de sia posedaĵo kaj kiel ekonomie elturniĝi el la dilemo de senedza virino.

Neniu el la tri pluploris aŭ eĉ plutristis. La vivo ja kontinuas.

...

ORIGINALA POEZIO

Por Madzy kaj Gerrit[1]

Kiel du arboj en kreskad' libera
per brancoplekto kreas ombron benan,
du homoj formis ligon senkatenan
kaj montras, ke ja eblas pli espera
vivordo. Egaleco ne per fera
fanfaro stridas, sed harmoniplenan
arion kantas; hejmon mondhavenan
konstruas reciproke amo vera.
Oazo vi por tiu, kiu venis
el roka, korsekiga hejm-arido;
inspiro-fonto pri l' ebleco homi.
Pro vi la fidon ree mi ekprenis,
ke la infanojn mi sukcesos sproni
al serĉo por aŭtenta viv-divido.

Danke, kun amo
Krys

11.04.1991

---

[1] Partoprenante la feston por la 80-jariĝo de Gerrit Berveling en Hago, redaktoro István Ertl rimarkis jenan poemon en lia gastlibro, kies omaĝan kaj premieran aperigon la verkinto permesis. Notindas ke ekzistas muzikigo fare de BA-aŭtoro Doron Modan: verkoj.com/verkistoj/doron-modan/oazo. Madzy estas Madzy van der Kooij, la edzino de Gerrit Berveling.

Serio originala literaturo:

Paulo Sergio Viana: **La ŝirmejo**

ISBN 9781595694843. 102 p.

Ĉi tiu libreto estas la rezulto de jardekoj da volontula kuracista laboro de la aŭtoro en malriĉaj maljunulejoj en Brazilo. Li tie kunvivis kun homoj en la fino de ilia vivo – tro ofte tragika fino. Unu tagon li ekhavis la ideon verki fikciaĵon pri tiu kruela situacio. Kompreneble, en la libreto vi ne trovos ĝojigan, optimisman rakonton. Male, ĝi celas atentigi homojn pri grava socia problemo.

La libro enhavas du sendependajn partojn, kiuj ambaŭ fontas el la sama problemaro. La unua estas taglibro de maljunulo enfermita en azilo; la dua estas raporto de maljunulino en tre simila situacio, sed alternas en ĝi ŝiaj personaj notoj kaj rakontoj pri la okazaĵoj en la maljunulejo...

Mendu ĉe Mondial aŭ UEA!

www.esperantoliteraturo.com

Balado pri la
grafo Trubaduro

de Luiza Carol

La grafo De Luna estas fikcia rolulo de la opero *Il Trovatore* de Giuseppe Verdi. La libreto de la opero apartenas al Salvadore Cammarano kaj Leone Emanuele Bardare, kiuj inspiriĝis el la teatraĵo *El trovador* de Antonio Garcia Gutiérrez. La unua parto de tiu ĉi balado resumas la libreton, aldonante kelkajn imagitajn detalojn kaj komentojn el la vidpunkto de la grafo De Luna. La libreto finiĝas per la murdo de la trubaduro Manriko fare de la grafo. La dua parto de la balado estas imaga epilogo, kiu daŭrigas la rakonton pere de aliaj fikciaj eventoj.

1. RAKONTIST(IN)O:

Hodiaŭ vi aŭskultos malnovan historion
de mezepoka tempo en suna Hispanio.

Malgaja luno gapis, murmuris milda vento,
suspiris lignofajro en korto de gastejo,
kaj apud ĝi la gastoj aŭskultis fascinitaj
mallaŭtan melodion de fremda trubaduro.
Sur la liut' videblis pentrita ruĝa floro,
kaj brilis ringrubeno sur la etfingro lia
kiam li pinĉis lerte la delikatajn kordojn.
Trankvile, lia blanka azeno maĉis fojnon.
Kaj jen, post kelkaj tristaj arpeĝoj nostalgiaj,
la trubadur' komencis deklami siajn versojn.

2. TRUBADURO:

Soleca ĉiam estis la riĉa juna grafo.
Eĉ dum la infaneco la amon li ne konis,
ĉar lia patro iris tro ofte al militoj

aŭ estis okupita tro ofte per ĉasado,
dum la patrin' iradis al baloj aŭ festenoj.
Maljuna, dika kaj tre dormema vartistino
estis zorganta pri li sename, senpacience.
Sed unu tagon, vere mirakla okazaĵo
jam ŝanĝis lian vivon: frateton li ricevis!
Per kiom granda ĝojo la bebon li rigardis!
Per kia tenereco li flustris al li kantojn!

Ho, ve! Post kelka tempo, la bebo malsaniĝis!
La vartistino certis, ke ciganin' lin sorĉis.
La patro de la bebo senlime ekkoleris
kaj tiun ciganinon tre haste brulmurdigis
vivantan sur ŝtiparo. Terura tragedio!
La malfeliĉulino kriadis: "MI SENKULPAS!
HO, VENĜU MIN, FILINO! HO, VENĜU MIN, FILINO!"
La punbrulig' kruela okazis dum amaso
da homoj ridis, ĝojis, ke fine oni venkis
la malbenitajn sorĉojn de la herezulino.
Kaj plej feliĉa estis la frato de la bebo,
la tre juna grafido tremanta pro kolero
kontraŭ la kulpigita maljuna fremdulino.
Ho! L' amo al la bebo venĝemon ekflamigis
en menso de l' infana naiva grafa ido.
Tutkore li esperis, ke baldaŭ lia frato
jam plene resaniĝos, ĉar sorĉo malaperos...

Ho ve! Kruela estis por li la senreviĝo,
ĉar en la sekva tago la bebo malaperis!
Kaj en la varmaj braĝoj de la antaŭa fajro
kiu englutis vivon de tiu ciganino,
aperis ankaŭ blanka skelet' de iu bebo!
Oni supozis tiam, ke la kolera bela
filino de l' mortinto, por venĝi la patrinon
bruligis tiunokte la etan beb-grafidon.
Sed tute malaperis la juna ciganino,
kaj ne troviĝis spuroj de ŝiaj elmigradoj.
Imagu la teruran traŭmegon de la frato...

Neniu povus trafe priskribi la malamon
kiun li jam ekhavis al tuta gent' cigana.
Li ludis ĉiutage plej agresemajn ludojn,
revante neniigi la tutan ciganaron
kiam li estos grafo plenkreska kaj potenca...
Kaj jen post kelkaj jaroj forpasis lia patro,
kaj ties lastaj vortoj konsternis lian filon:
"PROMESU, KE VI SERĈOS VIAN PLI JUNAN FRATON!"
Ĉu daŭre espereblas, ke lia frato vivas?!
Ĉu do alia bebo forbrulis en la fajro?!
Ĉu eble lia patro rimarkis ion strangan
pri tiuj blankaj ostoj trovitaj en la cindro?!
Ĉu pli maldikajn krurojn? Ĉu kapon malpli rondan?
La maljunul' forpasis kaj prenis en la tombon
sekreton bruligantan l' animon de la filo.
La juna grafo sentis kaj naŭzon kaj kapturnon.
Ĉu vere espereblas, ke lia frat' ne mortis?!
Ĉu ŝanco de feliĉo por li ne vaporiĝis?!

Freneze li komencis traserĉi la vilaĝojn,
la urbojn, la tendarojn kaj eĉ la monaĥejojn,
sed spurojn de la frato li ne kapablis trovi,
kaj pacienco lia finfine elĉerpiĝis.
Li eĉ komencis pensi, ke lia patro fakte
deliris kiam petis de li la fraton serĉi.
Krom tio, lian koron alia revo kaptis:
li volis jam konkeri la amon de fraŭlino.
Li ĉiutage pensis pri bela Leonora,
kaj dum vesperoj provis al ŝi deklari amon.
La graf' parkere lernis amason da amkantoj
kaj lernis akompani sin per la harpsikordo.

En eleganta, rava palac' Alĥaferia
la grafo ade kantis por la nobelaj gastoj,
sed nur pri Leonora li pensis suspirante,
ĉar nur rideton ŝian esperis li ricevi.
Ho ve! Dum la plejparto de l' gastoj lin aplaŭdis
kaj dankis pro la kantoj, la bela Leonora

indiferenta ŝajnis kaj hastis jam foriri.
Ŝi ĉiam malaperis pli frue ol aliaj.
Imagu la koleron de l' ĉagrenita grafo,
kiam dum unu nokto konsterne li malkovris
ke Leonora havas sekretan koramikon!
Ĉi tiu estis fremda soleca trubaduro,
kantanta kaj ludanta per tre simpla liuto,
sur kiu eblis vidi pentritan ruĝan floron.
Li havis plaĉan voĉon, sed certe ne trejnitan.
Li kantis simplajn kantojn de li mem elpensitajn
kun vortoj kiuj venis sincere el la koro,
sen ajna prilaboro de ritmoj kaj de rimoj.
Sed ĉiuj longaj penoj de l' kompatinda grafo
ne povis realigi tioman emocion...
La graf' aŭskultis gape, ĝisoste fascinita...
En lia kor' miksiĝis admiro kaj envio,
plezuro kaj angoro, ekstazo kaj veneno.
Okazis, ke la lunon subite kaŝis nubo,
kaj ĝuste tiam venis fraŭlino Leonora.
Similaj kvazaŭ fratoj la du junuloj estis;
pro tio Leonora hazarde konfuziĝis
en la mallum' subita, kaj ĵetis sin en brakojn
de la gapanta grafo! Sed nur post dek sekundoj,
ŝi tre embarasiĝis kaj amoplene arde
la trubaduron kisis. Fatala okazaĵo!
Kolero kaj ĵaluzo la grafon frenezigis...
Postulis li ekscii la nomon de l' rivalo.
Manriko li nomiĝis. Kaj do per tiu nomo
la grafo al duelo alvokis la fremdulon.
Sed tuj evidentiĝis, ke ankaŭ en skermado
la trubadur' superas la koleBaman grafon.
Manriko venkis brave la grafon en duelo
kaj pruvis sian noblan animon pardoneman,
afable donacante al la venkito vivon.
Ho, kia humiligo por la orgojla grafo!
Kaj kiom alte kreskis l' admir' de Leonora
por tiu grandanima heroa trubaduro!

Rapide pasas tempo, se varmaj sentoj bolas.
Okazis tiutempe multege da militoj
tra l' tuta Hispanio. Malnoblaj ambicioj
flamigis nobelulojn, kaj por plenumi ilin
multege da subuloj riskadis siajn vivojn.
Ĝismorte interluktis eĉ nekonatoj, vane.
Manriko kaj la grafo hazarde apartenis
al du rivalaj grupoj freneze militantaj.
En kampo de batalo denove renkontiĝis
la du rivalaj viroj. La grafo venkis tiam,
post longa kaj sensenca skermado lacigega.
Kruele, senkompate, la grafo forte frapis
la bravan trubaduron kaj lasis lin mortonta,
kuŝanta sur la tero, en spasmoj tordiĝanta...
La graf' foriris haste. Ne volis li rigardi
vizaĝon de l' mortonto. Ĉu eble pro la honto?
Li kuris por anonci fiere sian venkon
kaj laŭte fanfaronis ĉie ĉe la konatoj,
ĉar volis li certigi, ke Leonora sciu.
Kaj vere la novaĵo pri l' morto de Manriko
atingis la orelojn de Leonora baldaŭ.
Absurde, senracie, la grafo daŭre pensis
ke amon de virino meritas la plej forta,
kaj sekve Leonora al li jam apartenos.
Ho, ve! Post kelka tempo, fraŭlino Leonora
pro granda malfeliĉo, anoncis, ke ŝi volas
neniam edziniĝi kaj iĝi monaĥino.
Ŝi jam alproksimiĝis al monaĥeja pordo,
sed kaptis ŝin survoje la graf' malpacienca,
kun la intenc' perforte fariĝi ŝia edzo.
Sed ve! Kia miraklo okazis ĝuste tiam!
Aperis apud ili... Manriko plenvivanta!!!
Feliĉo jam plenigis l' animojn de l' amantoj...
Al Dio ili dankis pro la miraklo granda...
Despero jam plenigis l' animon de la grafo...
Li pensis, ke mistera potenco superhoma
protektis la rivalon kaj tiun revivigis...
La trubadur' denove batalis kun la grafo,

denove venkis lin sed denove lin pardonis,
kaj fuĝis kun feliĉa fraŭlino Leonora...
La geamantoj baldaŭ jam planis geedziĝi
en sia rifuĝejo ĉe bela fortikaĵo.
Sed tiam malamego, ĵaluzo kaj despero
jam ŝajnis frenezigi la malfeliĉan grafon.

La graf' kaj liaj homoj ariĝis por konkeri
la fortikaĵon kie la geamantoj estis,
ĉar ties geedziĝon la graf' volis malhelpi.
La koro de la grafo nun estis tiom plena
je malameg-veneno, ke ŝajnis, ke eĉ guto
ne povus aldoniĝi, ĉar jam la koro krevus...
Sed ve... la homa koro kapablas ja absorbi
senfine grandan kvanton da ege fortaj sentoj,
kelkfoje eĉ miksitaj en strangan amalgamon...
Ĉu tiun senton kiun la grafo havis nun por
fraŭlino Leonora, ni povus nomi amo?
Ĉu ĝi malamo estis? Ĉu nur dezir' frustrita?

Kaj ĝuste tiam... io tute neatendita
okazis kaj surprizis la tutan soldataron.
Hazarde, oni kaptis maljunan ciganinon,
patrinon de Manriko! Kaj iu eĉ rekonis
ŝin kiel la filinon de tiu ciganino
murdita sur ŝtiparo antaŭ tre multaj jaroj!
La trubadur' Manriko do estis ja cigano,
lia avino estis herezulin' danĝera,
kaj pri lia patrino oni suspektis multe:
ĉu eble ŝi brulmurdis la beban grafideton?
Ĉu eble ŝi forŝtelis lin, kiel foje pensis
la tre maljuna grafo antaŭ ol li forpasis?
En la anim' de l' grafo, malamo al ciganoj
miksiĝis kun envio al la rivalo lia.
En la anim' de l' grafo, soifo al la venĝo
ricevis novan nomon de nobla sankta devo.
Li diris laŭte, firme, ke oni devas nepre
defendi la popolon kontraŭ la herezuloj,

do kontraŭ la ciganoj, kiuj per aĉaj sorĉoj
alportas malfeliĉojn al decaj piaj homoj.
La grafo diris ree kaj ree tiajn vortojn,
ĝis sin mem li konvinkis, ke liaj sentoj noblas.

La rado de la sorto turniĝis rapidege.
La trubadur' eksciis, ke oni planas baldaŭ
mortigi lian karan patrinon sur ŝtiparo
samkiel oni foje mortigis la avinon.
Li kuris tuj por savi la vivon de l' patrino...
kaj falis malprudente subite en kaptilon.
La grafo fine ĝuis ĝisfunde sian venkon:
li kaptis la rivalon kaj eĉ patrinon lian!
Dum li plezure pensis elekti plej kruelajn
metodojn por mortigi la du malfeliĉulojn...
fraŭlino Leonora vizitis lin kuraĝe!
Ŝi pretis aparteni memvole al la grafo,
sen plendoj, senproteste kaj tute senprokraste,
kondiĉe, ke li lasu sian rivalon fuĝi.

La grafo konsterniĝis... silentis dum minuto...
Antaŭe li ja planis perforte ŝin ekhavi...
La nova cirkonstanco ŝajnis al li ekscita...
Li pensis, ke verŝajne la trubadur' ne povos
tro malproksimen fuĝi, ĉar estis li vundita;
kaj igi la rivalon ĵaluza kaj senhelpa
estus amuze fakte por la malica grafo...
Do li akceptis ĝoje tiun proponon strangan.
Fraŭlino Leonora eĉ petis la favoron
mem doni al Manriko tiun elirpermeson.
La grafo volis ŝajni afabla kaj konsentis.

Fraŭlino Leonora eliris kaj li restis.
Kvarona horo pasis... Duona horo pasis...
Fraŭlino Leonora ankoraŭ ne revenis...
Manriko ne eliris el la malliberejo...
La grafo iris vidi kio okazas tie.
Ho ve!! Kion li vidis en tiu prizonĉelo!!

Fraŭlino Leonora surplanke kuŝis morta,
Manriko larmoplena kisadis ŝian manon,
dum apud ili dormis la ciganin' ronkante...
Kio okazis tie? Fraŭlino Leonora
jam senhezite, kaŝe, englutis la venenon
kiun ŝi portis ruze sub sia ringrubeno.
Ŝi tenis la promeson laŭvorte, ĉar ŝi fakte
al graf' jam apartenis sendube, sed... mortinta!
Manriko evidente patrinon ne forlasis
kaj ne forfuĝis sola el la prizona ĉelo.

La grafo konsterniĝis. Kolere li ordonis
la morton de Manriko. Li diris al servistoj
atendi en la korto kaj lasi lin eltiri
perforte la sekretojn el la maljunulino
sen ajnaj ĉeestantoj. Li fulmrapide vekis
la ciganinon, poste malfermis la fenestron
kaj ŝin devigis spekti la murdon de la filo...

La malfeliĉulino, vekita el koŝmaro,
subite enŝovita en la koŝmar-realon,
jam ŝanceliĝis pene inter real' kaj sonĝo...
Per ege stranga voĉo ŝi kriis laŭte, klare:
"LI ESTIS VIA FRATO! MI VENĜIS VIN, PATRINO!"

La grafo senmoviĝis, surdiĝis kaj mutiĝis.
Tra sia tuta korpo li sentis fulmofrapon.
Li aŭdis en la menso la kriojn el la flamoj:
"HO, VENĜU MIN, FILINO! HO, VENĜU MIN, FILINO!"
Li aŭdis en la menso la voĉon de la patro:
"PROMESU, KE VI SERĈOS VIAN PLI JUNAN FRATON!"
La planko kaj plafono komencis balanciĝi...
Li sentis, ke kurten' de mallumo sur lin falas...
"KAJ MI ANKORAŬ VIVAS..." – li flustris... ... kaj li svenis.

....

[Ĉi tie finiĝas la resumo de la operlibreto.
Ekde ĉi tie komenciĝas imaga epilogo.]
....

Kurteno de mallumo leviĝis malrapide,
kaj du okuloj nigraj fascine lin rigardis
per tia granda amo kian li eĉ ne povis
kompreni... Li ektimis... Li pensis, ke li sonĝas...
Li sentis mildan manon viŝantan lian frunton...
Konsterne li demandis: "Virin', kiu vi estas?"
Tenera voĉo flustris: "Manriko, kara mia...
Manriko, amo mia, mi estas via panjo...
Ĉu vi ne plu memoras? Mi estas via panjo...
Vi svenis pro la ŝoko... Vekiĝu jam, karulo!
Mi estas via panjo... Jes... panjo Asusena...
Mi savis vin, denove... Ho dankon, bona Dio!
Vian patrinon fidu... Ni devas fuĝi, fuĝi...
Ĉi tie ĉiuj pensas, ke estas vi la grafo.
Vi diru, ke vi iras kun mi, por ke vi trovu
fin-fine vian fraton. Ek, ek! Ni devas hasti!
Klarigojn pri la plano mi diros al vi poste..."
La grafo pensis tiam, ke la virin' deliras,
ĉar ŝi jam freneziĝis pro la ĉagreno granda.
Sed estis io stranga en ŝia voĉ' hipnota,
en ŝiaj nigraj, grandaj okuloj nekutimaj...
Tra lia menso fulme trapasis aĉa penso:
"Ciganoj faras sorĉojn. Mi estas ensorĉita..."
Kvazaŭ ŝi aŭdis lian neeldiritan penson,
ŝi flustris al li milde: "Nur unu solan sorĉon
kapablas mi plenumi, kaj ĝi nomiĝas AMO.
Ne estas en la mondo pli granda sorĉ' ol amo,
kaj jen la granda amo de panjo Asusena
la duan fojon savas vin de tutcerta morto.
Domaĝe, ke ĉi-foje fraŭlino Leonora
ne plu povas ekĝoji... Ek! Ek! Ni devas hasti!"
La grafo restis muta kaj tute konfuzita.
Je la unua fojo en lia vivo, iu
rigardis lin kun amo, alvokis lin tenere...
Li tuj stariĝis vigle. Nur tiam li eksentis
doloron en la kapo, pro la subita falo
sur la cementan plankon. Li prenis sian glavon,
kaj prenis de la fingro de Leonora ŝian

fatalan ringon, kiu alportis al ŝi morton.
Li vokis la servistojn kaj diris, ke li iros
al tre sekreta provo de ruza spionado
por trovi sian fraton, kaj li bezonas tiun
maljunan ciganinon por sekvi iujn spurojn...

Ili foriris baldaŭ, en la matenkrepusko.
Sed kien ili iris? La graf' ne sciis klare,
sed "panjo Asusena" supozis, ke li konas
tre bone la sekretan kaŝejon en montaro...
Kaj kiom longe daŭros ĉi tiu kunvojaĝo?
La graf' scivolis, tamen preferis ne demandi,
aŭskultis fascinite la longajn babiladojn
de panjo Asusena kaj ŝin ne plihastigis.
La grafo havis multajn potencajn malamikojn
al kiuj aldoniĝis ankoraŭ iuj novaj,
ĉar Leonora havis venĝeman familion,
kiu lin nomus kulpa pro ŝia sinmortigo.
La grafo do deziris eviti renkontiĝojn.
Pro tio, ili ŝanĝis vestaĵojn dum la vojo.
Neniu plu kapablis rekoni la duopon...
La graf' aĉetis por si malnovan simplan jakon,
por ŝi aĉetis robon tre belan kun ĉapelo
kaj tre komfortajn ŝuojn. Tuj poste, li akiris
azenon blankan, mildan, kun ruĝa mola selo.
Ŝi rajdis la azenon kaj li postsekvis ilin.
Ili aspektis kvazaŭ grafino kun servisto.
Ĉiuvespere, ili alvenis al gastejoj.
Ŝi dormis sur matracoj en belaj bonaj litoj,
dum li kaj la azeno tranoktis en ŝirmejoj.
Post du semajnoj, ili alvenis al la monto
kie troviĝis tiu kaŝej' de Asusena.
Ĝis tie ili ade babilis. Sed pri kio?

Evidentiĝis baldaŭ, ke la maljunulino
ne freneziĝis fakte, nek estis ŝi ebria,
sed nur tre konfuzita, tre laca kaj malsana.
La grafo kaj Manriko similis okulfrape,
kaj tiu simileco obsedis la maljunan

patrinon Asusena. Krom tio, ŝi de longe
ne vidis tute bone. En la prizona ĉelo
ŝi sonĝis, ke amikoj el la cigantendaro
alvenis por malhelpi la murdon de Manriko.
Rapide tiuj agis... la jakon de Manriko
surmetis sur la grafon kaj ŝtopis ties buŝon...
Tuj poste ili fuĝis rapide kiel ombroj...
Gardistoj senkapigis la grafon fulmrapide...
Sed la senkapa grafo tuj vekis ŝin per skuo,
devigis ŝin rigardi la murdon de Manriko...
Jen kiel la realo miksiĝis kun la sonĝo...
Jen kial ŝi eldiris la terurigajn vortojn...
La grafo poste svenis, kaj lia glavo falis
el lia mano... Tiam ŝi vidis liajn manojn.
"La manoj de Manriko!!" – ŝi pensis, ĉar ŝi kredis
ke la etfingrojn longajn kaj strange kurbiĝantajn
nur unu sola homo posedas en la mondo:
Manriko, nur Manriko! Ho, ŝi ne povis scii,
ke ja similajn fingrojn la graf' De Luna havas
kaj ties patro havis... Ŝi pensis, ke la sonĝo
ne estis sonĝ' sed fakto, ĉar jen la fian grafon
Manriko anstataŭis! Jen kial ŝi kondutis
subite tiom strange, sed ŝi ne perdis menson.
Ŝi estis ege laca post tiom da eventoj,
ŝi sentis sin malsana, sed ŝi babilis multe.
Ŝi sentis, ke la morto forprenos ŝin tre baldaŭ,
kaj ŝi bezonis nepre bilanci sian vivon,
konfesi siajn multajn sekretojn al Manriko.
Kaj ho, per kia amo ŝi diris ties nomon!
"Manriko, kara mia! Vi estas mia filo,
alian mi ne havas. Vi estas mia filo!"
Kvazaŭ hipnotigita, la grafo respondadis
al nomo de Manriko kaj al la am' patrina...
Senhaste la duopo iradis, faris haltojn,
ĉar panjo Asusena jam sentis sin lacega.
Ŝi longe kaj obsede parolis pri tiama
traŭmat' de sia vivo, aŭtodafe' terura.
Ŝi ofte diris: "Tion ne povas vi imagi..."
Kaj li respondis: "Panjo, mi ja imagi povas..."

Ŝi estis konvinkita, ke ŝia kara panjo
neniun sorĉon faris, ĉar ŝi eĉ ne kapablus.
Ŝi venis por rigardi manplatojn de la bebo
kaj vidi ties sorton per la manplat-linioj.
Ŝi tiun arton lernis de iu praavino.
Tre ofte nobeluloj invitis ŝin por tio,
kutime oni dankis kaj pagis ŝin pro tio,
kaj ŝi klopodis ĉiam neniun tro timigi
kaj diri nur bonaĵojn, bonhumorigi homojn...
Ŝi ne intencis fari malbonon al la bebo,
ĉiuokaze fakte ŝi eĉ ne tuŝis tiun...
Ho ve! Ŝi mem ne fidis je la manplat-linioj.
Se ŝi kapablus scii la sombrajn perspektivojn
de sia propra sorto, ŝi povus ĝin eviti...
Ŝi estis kulpigita pro aĉaj sorĉofaroj,
sed certe se ŝi povus, ŝi uzus tian arton
por savi sian vivon... La fakto, ke ŝi mortis
per plej kruela morto, estas la vera pruvo,
ke ŝi ne povis sorĉi, do ŝi senkulpa estis...

Humile li aŭskultis, larmante, suspirante.
Ŝi longe kaj obsede ripetis tiujn vortojn
de la patrin' en fajro: "HO, VENĜU MIN, FILINO!"
Ŝi longe kaj obsede priskribis tiujn homojn
ridantajn kaj ĝuantajn la fian kruelaĵon.
Precipe ŝin obsedis la frato de la bebo,
la plej malica knabo kiun ŝi iam vidis,
sen ombro de kompato je tiom frua aĝo...
Ŝi ree diris: "Tion ne povas vi imagi!"
Kaj li respondis: "Panjo, mi ja imagi povas!"
Vidante tiun knabon, la junan aĉan monstron,
ŝi pensis, ke la eta frateto en lulilo
fariĝos baldaŭ same kruela fiestaĵo...
"HO, VENĜU MIN, FILINO!" – kriadis la patrino...
Kaj ŝi ekpensis tiam, ke la plej justa ago,
kiun ŝi povus fari por venĝi la patrinon,
estis forĵeti tiun bebeton en la fajron,
por savi la homaron de unu plia monstro...
Ho, kiom idiota kaj kruelega penso!

Ŝi volis puni tiun senkoran riĉan grafon
per murdo de senkulpa kaj anĝeleca bebo...
"Mi estis ja sencerba, senkora kaj freneza..." –
jen kion ŝi murmuris plorante, suspirante.
Ŝi diris ke, ŝi iris por ŝteli la bebeton
dum ĝuste tiu nokto post la aŭtodafeo.
Ŝi portis sian propran bebeton en la brakoj,
ĉar ŝi ne povis lasi lin sola tiom longe.
Senbrue ŝi sukcesis eniri en la ĉambron,
kie la vartistino bruege ronkis apud
lulil' de suĉinfano. Do Asusena kaptis
la bebon kaj forkuris rapide, singardeme.
Sur la ŝtiparo daŭre flagretis kelkaj flamoj...
La lun' prilumis ame la du infanojn kune...
La eta beb-grafido malfermis la okulojn...
Al la nekonatin' li ridetis kun fidemo...
La kor' de Asusena fandiĝis pro kompato...
Tuj poste ĝi hardiĝis... Ŝi pensis pri la krioj
de la patrin' en fajro... Ŝi pensis pri la ĝoja
malica frat' de l' bebo... Ŝi fermis la okulojn...
kaj ĵetis en la braĝojn la korpon de la bebo...

Ŝi fuĝis, fuĝis, fuĝis... Ĝis ŝi kaŝiĝis ie
kaj volis jam mamnutri sian plorantan bebon.
Jen kiam ŝi malkovris... la hororaĵon! Ho ve!
Ŝi vidis manplatetojn kun la etfingroj strangaj
tuŝantajn siajn mamojn... Ŝi murdis sian filon!!!
Ŝi tenis fremdan bebon en la tremantaj brakoj...
Ŝi estis mamnutranta la fraton de la monstro...
Ŝi volis tuj strangoli tiun abomenaĵon...
Sed li estis senhelpa kaj tremis pro malvarmo...
kaj li estis malsata kaj premis ŝian bruston...
Li estis delikata samkiel eta floro...
Kaj li rememorigis al ŝi iun ikonon...
Ondeg' de kulpo, honto, kaj granda sankta amo
ekkaptis ŝian koron kun nekredebla forto.
Ŝi sentis ke ŝi pretus oferi sian vivon
por tiu anĝeleto senkulpa kaj senhelpa.
"Vi suĉis mian lakton kune kun mia amo" –

rakontis ŝi plorante – "Mi amas vin, Manriko...
Mi amos vin ĝismorte... Pardonu min, Manriko,
pro tio ke mi ŝtelis vin de la familio.
Se tio ne okazus, vi vivus en palaco,
sed amon tiom veran vi ne ricevus tie."
Hezite li etendis la brakon kaj karesis
tre milde ŝian frunton, dirante: "Jes, mi scias."
Ŝi diris: "Mi ne volis redoni vin al via
kruela vanta patro, patrino fifrivola
kaj tre malica frato. Mi amas vin, Manriko."

Kaj Asusena daŭre rakontis kaj rakontis...
El ŝiaj vortoj baldaŭ la grafo ekkomprenis,
ke sole danke al ŝi Manriko reviviĝis,
kiam ŝi prenis lin el la batala kampo
vunditan kaj sangantan. Ŝi flegis liajn vundojn
kaj savis lin el morto! Jen kiel jam solviĝis
mistero, kiu hantis la menson de la grafo.
Jen kial ŝi supozis, ke la eskapo nuna
estas la dua fojo, kiam ŝi savas lin.

Nenion li demandis, sed ŝi babilis daŭre.
Ju pli ŝi estis laca, des pli ŝi babilemis.
Ŝi diris, ke ŝi devis forlasi sian edzon,
ĉar tiu ne akceptus ricevi fremdan bebon.
Ŝi diris, ke ŝi iris al iu bona pastro,
kiu rebaptis lin per nova nom': Manriko.
Ĉi tiu nomo estis la nom' de ŝia patro.
Kaj ŝi rakontis multon... ĝis en la lasta tago
ili forlasis padon kaj iris tra arbaro.
Mirakle ŝi sukcesis orientiĝi bone,
ĝis ŝi finfine diris, ke ili jam alvenis.
Alvenis kien? Kien? Nenion eblis vidi
krom klara rivereto kaj alta griza roko.
La graf' postsekvis ŝin kaj nenion li demandis.
Li helpis ŝin por ligi la lacan azeneton.
Ŝi tuj iris malantaŭ maljuna dika arbo
tuŝanta per la branĉoj la altan rokan muron.
Li ne plu vidis ŝin. Sed, scivole kaj zorgeme

li tuj postsekvis ŝin. Ho! Malantaŭ tiu arbo
kaŝiĝis enirejo de groto en la roko.

Li helpis ŝin forpuŝi fortikan lignan pordon
kaj ili tuj eniris. Li helpis ŝin bruligi
kandelon kaj rigardis ĉirkaŭe scivoleme.
Li vidis du matracojn kaj kelkajn lankovrilojn,
du kuprajn kuirpotojn, kulerojn kaj tranĉilojn,
malnovajn ŝuojn, vestojn, ĉapelojn kaj mantelojn,
skatolojn kun kandeloj, kun semoj, fazeoloj,
biskvitoj kiel tiuj videblaj sur la ŝipoj,
kaj grandan mielpoton. Liuto de Manriko
kaŝiĝis en angulo, kune kun eta ligna
ikon' pri Dipatrino pentrita tre naive.
Nek seĝojn nek kusenojn li vidis en la ejo.
Ili sidiĝis kune sur belan lankovrilon
trikitan antaŭ longe de panjo Asusena.
Laŭ ŝiaj babiladoj, la grafo ekkomprenis,
ke ŝi per la trikado sukcesis perlabori,
samkiel per vendado de framboj kaj de floroj.
Dum kelkaj jaroj ŝi eĉ fariĝis purigisto
ĉe nobla familio. Jen kiamaniere
ŝi pagis por Manriko kvar jarojn lecionojn,
por ke li povu legi kaj skribi kaj kalkuli,
kaj eĉ liuton ludi... La grafo ege miris
ke ŝi ne plu deziris denove trovi edzon
kaj havi siajn proprajn infanojn. Al li ŝajnis,
ke pro la kulposento ŝi sin mem tiel punis...
"Mi sentas, ke tre baldaŭ la vivo min forlasos..." –
ŝi diris anhelante. "Mi jam konfesis pekojn
kaj malpezigis mian animon maltrankvilan.
Mi ja mortigis bebon, kiam mi estis juna,
malsaĝa, kolerema samkiel knabineto.
Manriko, kara mia, promesu, ke neniam
ciganojn vi malamos, nek alian popolon,
ĉar en la tuta mondo nur unu raso estas,
nur la infana raso malsaĝa, kolerema..."

Ŝi fermis la okulojn kaj petis lin ekkanti.
Li prenis la liuton kaj li komencis kanti
je la unua fojo per siaj propraj vortoj.

Li kantis pri lilio sovaĝa kaj fortika,
lilio de montaro, la ruĝa "asusena",
kuraĝe alfrontanta la ventojn kaj la pluvojn...
Ŝi prenis lian manon kaj kisis la etfingron.
Jen kiel ŝi forpasis trankvile, sen doloroj.

Li fosis ŝian tombon apud tiu kaŝejo,
starigis lignan krucon el branĉoj de l' arbaro,
kaj poste li foriris rajdante la azenon.
Li sciis, ke neniam li sentos sin la sama.

3. RAKONTIST(IN)O:

Finiĝis la balado. La fajro estingiĝis.
Malhela nubo viŝis la larmojn de la luno.
Foriris la poeto kun sia azeneto.
La gastoj ĝis malfrue parolis kaj suspiris.

La trubaduro daŭre migradis tra la mondo
kaj ofte li deklamis la samajn tristajn versojn.
De tiam pasis tagoj, semajnoj kaj monatoj...
kaj jaroj... kaj jardekoj... Rompiĝis la liuto,
la ringo jam perdiĝis, forpasis la azeno,
la trubadur' forpasis maljuna kaj malgaja...
Sed la balado daŭre vagadas tra la mondo,
kortuŝas la animojn de homoj trans jarcentoj.
Aliaj trubaduroj transprenas tiujn versojn,
forigas kelkajn partojn, aldonas kelkajn erojn...
Nun ili rajdas siajn biciklojn aŭ skuterojn,
nun ili ludas banĝojn, gitarojn, ukulelojn...
Sed ili ja asertas, ke la homaro daŭre
malsaĝas, malkompatas kaj ege malmaturas,
kaj ili ja asertas, ke nur la am' kapablas
homaron plibonigi kaj vivon plibeligi.

===FINO===

Gloso:

traŭm/o = traŭmat/o

TRADUKITA PROZO

Nokte[1]

de Grazia Deledda
(el la itala tradukis Carlo Minnaja)

Pri Grazia Deledda (Nuoro, 1871 - Romo, 1936) vidu la ampleksan noton en *BA* 48, p. 43.

Fontoj (kun kompleta verkolisto):

eo.wikipedia.org/wiki/Grazia_Deledda

www.bitoteko.it/esperanto-vivo/eo/2020/09/27/grazia-deledda

– Rakontu, do, kial vi min perfidis, post du jaroj da fervora amo, – diris fine Simona sin turnante al Elija. – Se vi memoras, ni devis geedziĝi tuj, ĉar mi estis patrino. Vi ekveturis kun ĉevalo ŝarĝita je kaŝtanoj, fromaĝo kaj lignaj iloj, kiujn vi estus vendinta en Nuoro[2] por aĉeti por mi la edzinan ringon kaj la juvelojn. Vi devis reveni post kvar aŭ kvin tagoj kaj vi min lasis preskaŭ plore. Forpasis dek jaroj, dek jaroj da angoro, da larmoj, da malamo, sed ŝajnas al mi hieraŭ... Vi ne revenis, kaj unu monaton poste mi eksciis vin edziĝinta al junulino el Fonni![3] Rakontu! Se vi havas pravigon, mi ripetas, ni vin mortigos per ununura fusilpafo, alie, kiel veras Dio,[4] kiel veras, ke vi estas tie, ligita, ni vin bruligos viva.

La tono de Simona estis tiel akra, ke horortremo trakuris la tutan korpon de Elija. Tamen, tion kaŝante, li respondis senemocie:

– Mi timas nek la fajron, nek la kuglon; mi diros al vi, kiel okazis. Ne estis mia kulpo, mi diras, sed la volo de Dio! Aŭdu!

1 *Di notte*, el *Racconti sardi*, "Sardaj rakontoj", 1894, editore Giuseppe Dessì, Sassari; reaperigita en Grazia Deledda: *Opere complete di prosa e poesia*, "Kompleta verkaro poezia kaj proza", Wisehouse, l'Aleph; 2020, eldono Kindle, p. 222-230

2 Provinca ĉefurbo en Sardio

3 Urbo en la provinco de Nuoro

4 Itala esprimo indikanta la absolutan verecon de aserto

Kaj li komencis:

Jes, pasis dek jaroj, kaj ŝajnas hieraŭ! Mi ekveturis pensante pri vi kaj pri nia estonta vivo... sed Dio volis alimaniere! Mi estis je duhora distanco de Fonni, kie mi planis pasigi la nokton por daŭrigi la vojaĝon al Nuoro, kiam komencis neĝi. Mi tion ne prizorgis, kutiminte al ĉiuj misveteraĵoj, kaj plueniris laŭ la dekliva pado, tra la intermontaj krutaĵoj, marŝante piede antaŭ mia ĉevaleto tiom ŝarĝita. Kaj dum longa marŝado, la vento frapis la neĝon sur mian vizaĝon algluante ĝin al miaj vestoj, al miaj manoj, eĉ al la okulharoj kaj al la lipoj. Baldaŭ mia kapoto estis kovrita de ĝi, kaj la bisako de la kaŝtanoj, kaj la dorso de la ĉevalo, ĉio, absolute ĉio...

La pado malaperis sub la neĝo, sed mi, kiu min opiniis sperta pri la lokoj, plueniris senĝene, rektalinie, kun la okuloj fiksaj sur la horizonto, kie de tempo al tempo mi supozis ekvidi la silueton de Fonni. La vento hurlis freneza tra la montoj kaj la nokto impetis, sed la neĝo subvenis konstante... falis konstante, amasiĝante sur miajn spurojn, kaj neniu vivosigno interrompis la sovaĝan solecon de la montoj.

Mi pentis, ke mi ne haltis ĉe iu ŝafejo renkontita duonhoron antaŭ ol la neĝo komencis fali kaj kie la paŝtisto estis min invitinta pasigi la nokton, antaŭavertante min pri la proksima ŝtormo, kaj abrupte, tute senespera, mi pensis turniĝi kaj reveni tien. Mi eĉ decidis surrajdi la ĉevalon, ĉar maleblis al mi pluiri piede, sed ĉar la besto estis elĉerpita pli ol mi, tiel peze ŝarĝita kia ĝi estis, mi ĝin malŝarĝis el tiu tuta pakaro, kiun, kiel eĉ malbone laŭeble mi povis, mi sekurigis sub arbo, esperante pri retrovo la morgaŭon, ĝin surrajdis kaj ek!

Antaŭen, antaŭen, – mi diradis ameme al mia povra ĉevaleto – ĉinokte ni ripozos tie kaj morgaŭ leviĝos bela suno, kiu permesos al ni reveni ĉi tien. Ni reprenos nian varon kaj iros al Fonni. Alveninte tien, nenio plu timinda! Antaŭen, antaŭen!

Dum iom da tempo la ĉevalo ŝajnis partopreni en miaj ideoj kaj marŝis, sed je iu punkto ĝi ekmalrapidigis la paŝon kaj fine haltis. Vane mi ĝin instigis, ĝin karesis, ĝin batis, ĝi ne plu moviĝis kaj mi devis deseliĝi kaj ree ekvoji piede, posttrenante la povran beston.

Ho! kia aĉega nokto: la vento estis ĉesinta, sed la nokto dominis densa kaj senviva sur la monto kaj la neĝo faladis konstante. Milda lumo blanka, transigata de la mantelo kiu kovris la rokojn, ebligis al mi ne fali en iun krutaĵon; sed iom post iom miaj okuloj vualiĝis, miaj gamboj sensensiĝis sub la malsekaj gamaŝoj kaj mia tuta korpo iĝadis malvarma kaj inerta kiel la neĝo sur kiu mi treniĝis ŝanceliĝante. Iun fojon mi kaj mia ĉevalo falis en fosaĵon; mi releviĝis apenaŭe, sed la ĉevalo ne plu moviĝis kaj mi tute ne pensis ĝin helpi.

Mi ree ekvojis, sed fortoj min plu kaj plu forlasis; post duonhoro da peniga kaj senutila marŝado, nebulo min atingis, akra, densa, nigra, kaj min ĉirkaŭis forigante la lastan lumoflagron. Unu paŝo plia, kaj mi falus en iun abismon; aliflanke, maleblis al mi daŭrigi, ĉar nun la neĝo atingis mian genuon. Mi estis malseka ĝisoste; mi ne plu vidis, kaj kiel la okuloj same vualiĝis mia menso! Mi falis sur la neĝon kaj rekomendis mian animon al Dio.

Kiam mi rekonsciiĝis, estis plena tago. Mi troviĝis etendita en lito varma, fine de tre vasta kuirejo, en kies centro, en fajrujo el ŝtono, ardis grandega fajro, kies varmeto atingis ĝis mi. El la kvanto da potoj kaj aĵoj, kiuj meblis la kuirejon, mi divenis, ke mi troviĝas en hejmo de personoj bonstataj; iu junulino pretigis la manĝon apud la fajrujo, kaj laŭ ŝia vesto mi ŝin rekonis kiel Fonni-aninon. Do mi estis en Fonni. Kiu min portis tien? Kiu min savis? Kia diferenco inter la stato de dek horoj antaŭe kaj la nuna! Inter la lito el neĝo sub la nigra ĉielo kaj la nebulo kun la morto ĉeflanke, kaj la lito varma, en kiu mi vekiĝis kaj la bela junulino, kiu min apudis, eble spionante mian revenon al la vivo!

Jes, vere bela junulino! Kiam ŝi alproksimiĝis al mi, mi rigardis ŝin mirigite, min demandante, ĉu eble temas pri vizio. Mi estis neniam vidinta tian belecon; nur nian Madonon de la Dolĉa Lakto,[5] en la festotagoj.

Tiaj la okuloj grandaj kaj nigraj, tiaj la haroj, tia la haŭto rozkolora, la buŝo eta, la nazo silueta, la kolo blankega, la persono tuta, finfine, tuta...

Ŝi havis nur jupon, striktan, kiu desegnis ŝiajn bele formitajn koksojn, kaj ebligis vidi la etajn piedojn, vestitajn per ŝuetoj plenaj je flokoj, fantastan korseton nigran, kaj malgrandan korsaĵon malligitan sur blankega ĉemizeto, sub kies faldoj modeliĝis naskiĝanta sino, ĉar la junulino eble havis maksimume dek ok jarojn.

Mi ŝin rigardis ĉarmite, kaj dum ŝi alĝustigis miajn kovrilojn sur la ŝultro, tremo trairis mian tutan personon.

– Kiel vi fartas?... – min demandis la junulino palpante mian pulson. Jam de kvin horoj vi deliras! Kiel vi nomiĝas?

– Kaj vi? – mi demandis raŭkvoĉe. – Kie mi estas?

– En mia hejmo. Mi nomiĝas Kozema[6]... Ĉi-nokte mia servisto pasante sur la monto trovis vin preskaŭ mortinta, sur la neĝo. Li vin prenis sur sian ĉevalon kaj vin portis ĉi tien. Vi estas en Fonni, sciu! Post longa kuracado vi rekonsciiĝis, sed tuj vin atakis la febro kaj la deliro, tiel ke mi ne povis scii, kiu vi estas.

---

5 Fresko kun la Madono mamnutranta infanon Jesuo inter Sanktulinoj Katarino kaj Luĉia, trovita en 1825 en preĝejo nun renomita laŭ tiu pentraĵo, en Sassari, sardia provinca ĉefurbo

6 Pron.: 'kozema

Mi rakontis mian historion ne prisilentante la kaŭzon de mia vojaĝo kaj la baldaŭan edziĝon kun Simona. Kiam mi volis ellitiĝi, ŝi tion malebligis, dirante, ke mi malsanas kaj ke la kuracisto, vokite nokte al mia lito, ordonis, ke ŝi ne lasu min ne nur reforveturi, sed eĉ leviĝi. Kaj mi restis!

Frosto kaj febro baldaŭ ree montriĝis, febro fortika kiu min dancigis en la lito, kiu taŭzis ĉion ĉirkaŭ mi, en iu vortico freneza kaj vertiĝa. Mi restis do tiel inter vivo kaj morto dum unu semajno. En tiuj horoj de sufero kaj spasmo mi pensis pri vi, Simona, sed miaj okuloj, mia penso taŭzita de la febro vidadis Kozeman, la belan Kozeman kiu iris tien-reen tra la kuirejo, piedpinte por min ne ĝeni, kiu kliniĝis ofte sur mian liton, metante sur mian frunton sian manon blankan kaj friskan, kiu maldormis tutajn noktojn ĉe mia lito, min magnetante per siaj okuloj de senkulpa knabineto kaj tial pli danĝera.

Iun nokton ŝtorman kiel tiu en kiu mi perdiĝis, mi aŭdis, ke la kuireja pordo leĝere malfermiĝas kaj ke envenas persono, kiun unua-momente mi ne bone distingis. Ŝi alproksimiĝis piedpinte al mia lito, haltis, rigardante min longe, per brilflagrantaj okuloj en la mallumo. Tremo min invadis, malgraŭ mia kontraŭeco. Kion do ŝi volas? Kial ŝi min rigardas tiel? Kial mi tute tremas sub ŝia rigardo?

Subite ŝi kliniĝis sur min kaj min kisis.

Ŝiaj lipoj ardis kiel braĝoj kaj mi ekskuiĝis kvazaŭ iu min tuŝis per brulanta fero. Supozante, ke ŝi min vekis, Kozema retiriĝis je unu paŝo kaj delikate eksidis apud la fajrujon. Sed mi ne moviĝis kaj plu ŝajnigis, ke mi dormas. Sekuriĝinte, Kozema revigligis la fajron kaj klinis la kapon sur la surgenue interkrucitaj brakoj. Ŝajnis al mi, ke ŝi ploras... mi ne kapablus diri, kio dume okazis ene de mi, sed certe mi estis forgesinta la ĉevalon, la kaŝtanojn, la edziĝon. La kiso de Kozema ardigis mian vizaĝon, kaj mil konfuzaj pensoj trairis mian cerbon.

Ĉu sonĝo, do? Kion signifis tio? Ke Kozema enamiĝis al mi, tiel, dum malmultaj tagoj, ŝi tiel bela, tiel juna kaj riĉa? Al mi fremdulo, nekonato, kiun ŝi sciis promesita al alia virino?

Vane mi pensis intense pri vi, Simona, pri via stato, pri mia sankta promeso. Kiom pli forta estis mia decido, jen Kozema tie, antaŭ mi, fascina, bela, kiu min ĉarmas per sia rideto, per sia rigardo fiksa sur la mia kaj per kiu ŝi diras al mi multajn aferojn, kiujn ŝi ne aŭdacas esprimi voĉe.

Iun nokton, dum Kozema min kisis, mi kaptis ŝiajn manojn kaj dis-malfermante la okulojn mi ŝin fiksrigardis je la malcerta lumo de la fajro. Ŝi diris nenion, sed tuttremis kaj atendis, ke mi parolu.

– Kozema, kion signifas tio? – mi demandis severe.

Ŝi lasis sin fali surgenuen kaj kaŝante la vizaĝon inter la manoj, ŝi murmuris:

– Pardonu min! Mi amas vin ĝis morto...

– Sed ĉu vi ne scias, ke mi estas edziĝinta? – mi diris.

– Tio ne veras: mi scias ĉion... mi scias, ke vi estas fianĉo kaj la staton en kiu troviĝas Simona. Sed mi scias ankaŭ, ke la tuta vilaĝo diras, ke vi ne estas la nura patro de...

– Kozema – mi kriis freneze, – kalumniu neniun. Diru al mi, ke vi min amas, ke vi min volas, sed ne kalumniu.

– Mi diras, kion mi aŭdis – ŝi rebatis. Kaj ŝi rakontis al mi mil historiojn, kiujn mi ne bone memoras, kiujn mi ne bone aŭdis, sed el kiuj aperis por mi klara ununura afero: ke mi estas mistifikita en aĉa maniero kaj ke vi, Simona, ne min amas, sed tion ŝajnigas por vin kovri pri kulpo, pri kiu ne nur mi estis komplico... Ho! kia hororo, kia hororo!

Kozema promesis al mi iujn pruvojn, sed poste subite ŝi eksploregis, singultante.

– Ho Elija, se vi scius, kiel mi suferas! Mi vin amis ekde la unua vido kaj tuj mi rimarkis, ke via eniro en mian hejmon certe portos al mi la morton. Sed mi petas de vi nenion, nenion. Se vi volas foriri, do foriru, sed memoru pri mi. Konsideru, ke vi aŭdis nenion el miaj lipoj kaj edziĝu al Simona, sed kiam vi estos malfeliĉa, memoru, ke mi estas pli malfeliĉa ol vi.

Tiel Kozema parolis dum longa horo, ĉiam kliniĝante sur min, bruligante mian vizaĝon per sia arda spiro, malsekigante miajn manojn per siaj larmoj.

La fajro estingiĝis kaj ni restis en la mallumo.

– Adiaŭ, adiaŭ, – diris Kozema. – Nun mi foriras, morgaŭ vi foriros kaj ni ne plu intervidiĝos. Memoru pri mi, Elija, memoru. Adiaŭ, adiaŭ, ja iru for; mi petas de vi nenion!

Ŝi petis de mi nenion, sed intertempe ŝi kovris mian vizaĝon per kisoj kaj larmoj: larmoj kiuj ŝajnis gutoj el likva plumbo; kisoj longaj, frenezaj, kiuj bruligis miajn lipojn, okulojn, vangojn, kiuj fine eĉ deprenis de mi la restintan racion.

– Kozema – mi diris raŭkvoĉe, premante mian kapon inter la manoj kaj reciprokante la kisojn: – mi vin amas kaj mi restos.

Du tagojn poste, konkludis Elija, pastro venis en la hejmon de Kozema kaj nin geedzigis sekrete. La saman tagon oni faris la anoncojn kaj tri semajnojn poste, antaŭ la leĝo, mi estis por ĉiam ligita al Kozema.[7] Kiam, post la paso de la unuaj ardoj, mi reprudentiĝis kaj mi rimarkis la misfakton, kaj mi konvinkiĝis, ke la onidiroj pri vi, Simona, estas veraj kalumnioj, estis tro malfrue.

– Kaj kiu certigas nin, ke ĉi tiu tuta historio ne estas fabelo? – ekkriis Tanu, la patro de Simona, per voĉo terura.

---

7 Se dum tri semajnoj neniu prezentas faktojn, kiuj jure malebligas la geedziĝon (ekzemple, ke unu membro de la paro estas jam edz(in)iĝinta, aŭ ke la konsento estis trudita aŭ eltordita), ĝi iĝas valida.

Elija klinis la kapon kaj en liaj okuloj mortis la espero. El la vizaĝo de liaj ekzekutantoj, neniel kortuŝitaj de liaj vortoj, li vidis sian kondamnon, kaj sentis la superhoman turmenton de la mortkondamnito en la juno de siaj jaroj, sed li ne volis tion montri por ne aspekti kovarda.

– Vi mortos! – verdiktis morne la patro de Simona.

Ekestis longa silento. La sorto de Elija estis decidita; li ne rajtis eliri el tiu fatala hejmo, kie dek jarojn antaŭe li pasigis multajn feliĉajn horojn. La historio de Kozema estis neniel ŝanĝinta la sangajn decidojn de la familio de li senhonorigita, kaj la fusilo brilis konstante en la manoj de Petro, la frato de Simona. Neniu tremo el timo kaj hezito pasis tra tiuj koroj durigitaj de vivo akra kaj peniga, kiuj havis kiel religion la venĝon kaj la malamon al Dio.

Iun nokton ili estis ĵurintaj, ĉirkaŭ tiu sama fajrujo, je tiu sama fajro, kiu neniam estingiĝas, lavi per la sango la ricevitan ofendon, kaj, atendita dum longaj jaroj, fine venis la decida horo.

Kaj ili estis mortigontaj viron kun koncentriĝo preskaŭ religia, certaj plenumi devon, konvinkitaj ĝin perfidi, se oni pardonas, altfrunte, antaŭ tiu Dio, kies maksimojn ili ne konis, sed kiun ili supozis kruela kiel ili mem.

– Iru for! – diris Petro al Simona.

– Ne, mi restas ĝis la lasta momento – respondis la junulino per voĉo firma, kiu intense emociis Elijan.

Petro levis la fusilon...

La vento, la pluvo, la tondroj plaŭdis ekstere kun nedireebla bruo; ili ŝajnis krioj homaj kaj disfalado de montoj; la justa kolero de Dio pro krimo kiu plenumiĝas en tiu domo nigra kaj senviva, loĝata de demonoj rolantaj kiel homoj.

Petro alcelis Elijan, sed dum li estis tiranta la pafrisorton, bruo seka kaj sonora, certe ne kaŭzita de la vento, frapis sur la pordeton riglitan, kiu rigardis al la korto. Ĉiuj sin rigardis reciproke timigitaj, kun la lipoj palaj, la koro senmova, kaj la fusilo refalis sur la genuojn de Petro.

Kiu povas esti? Ĉu ili estas malkaŝitaj, perditaj?...

Sed fulmrapide Simona ekstaris eksplode kaj kriante – Gabina, Gabina! – ĵetiĝis al la pordo, tremante, kaj malfermis.

Ŝi trovis fakte la infaninon sternita tere, malseka kaj sveninta.

Gabina, vidinte kaj aŭdinte ĉion, ne povis rezisti, kaj estis sveninta plena de timego kaj hororo.

– Filino mia, Gabina, eta Gabina, filineto mia! – diris Simona prenante ŝin en siajn brakojn kaj ŝin portante apud la fajrujon. Vidinte ŝin tiel livida, malvarma, malseka, kun la okuloj fermitaj kaj la vizaĝo ankoraŭ misformita de la timego, Simona ŝin kredis mortinta, kaj tute forgesante Elijan, kiu voris la infaninon per la okuloj, komencis plori spasme, ŝin vokante per la plej dolĉaj nomoj, ŝin senigante de la akvotrempitaj vestoj, varmigante la kuntiritajn piedetojn kaj ŝin kisante furioze.

Sed Gabina ne donis vivosignon.

– Gabinjo... Gabinjo mia... filino mia... koro mia, dolĉa koro mia! Ve'! Ŝi mortis... ŝi mortis... mia adorata filino, mia nura ĝojo!... Floreto mia, Gabina, povra, povra... Kiel mi sukcesas elteni... Dio mia, kiel mi eltenos... Ŝi mortis... vidu, paĉjo mia, tuŝu, ŝi mortis... ŝi estas malvarma... ŝi mortis, Dio mia!

Simona gestadis kaj baraktis; ŝi ŝajnis freneziĝanta, kaj kelkmomente ŝi parolis, kelkmomente ŝi ridetis, ĉar al ŝi ŝajnis, ke Gabina rekonsciiĝas, poste ŝi rekomencis plori kiel frenezulino.

Tanu kaj Petro intertempe sin rigardis konfuzitaj kaj gapantaj. Certe la etulino estis aŭdinta kaj vidinta ĉion. Do?...

Elijao silentis kaj fiksrigardis ĉiam la infanon, morna kaj malĝojega.

– Ho, se ŝi estus mortinta, se vere mortinta?

Onklo Tottoi, male, kiu estis tre superstiĉa, amare ridetis pensante, ke tie sube estas la mano de Dio kiu ilin punas, aŭ almenaŭ ilin avertas; la lumo inundis la animon de la maljunulo kaj granda ideo brilis en lia menso. Li prenis Gabinan el la sino de Simona kaj ŝin demetis inter la brakojn de Tanu dirante al li:

– Portu ŝin supren, al la lito... kaj vi, Petro, kuru kaj venigu la kuraciston...

– Paĉjo!?! – eklaŭtis la junulo dismalfermante la okulojn kaj montrante al Elija, dum Tanu, obeeme, eliris kun Gabina inter la brakoj kaj kun Simona, postvena, kun la lumo.

– Iru! – respondis la maljunulo. – Nu, iru. Okazos nenio malbona!...

Fidante je la patro, Petro, kiu amegis la nevinon, kiun ankaŭ li opiniis mortinta aŭ je vivofino, demetis la fusilon kaj eliris...

Post momento onklo Tottoi alproksimiĝis al la pordo kaj vokis:

– Simona, Simona! Venu suben... – La junulino subenvenis tuj.

– Simona – murmuris la patro per voĉo solena kaj mistera – Gabina vidis ĉion. Estas la mano de Dio, Simona!

La junulino komprenis; ŝi restis senmova, muta, kun la okuloj fiksaj sur Elija, kun la grandaj okuloj en kies malluma brilo oni legis veran batalon internan.

– Estas la mano de Dio!... – ripetis la maljunulo.

Subite Simona sin ĵetis al Elija kaj malligis la ŝnuron; kiam li ree estis libera, ŝi lin kaptis laŭmane, lin kondukis al la korto, malfermis la malnovan pordegon kaj lin puŝis en la straton, dirante al li:

– Iru for, kaj memoru pri via filino!... – Kaj ŝi restis tie ĝis lia paŝbruo perdiĝis en la lontano, inter la hurloj de la ŝtormo.

Tri rakontoj kaj poemo

74 | de Roberto Pérez-Franco
(el la hispana tradukis Norberto Díaz Guevara, reviziis Jorge Rafael Nogueras kaj la aŭtoro)

Roberto Pérez-Franco naskiĝis en Panamo en 1976 kaj esperantiĝis en 1998. Inter 1993 kaj 2008 li aperigis kvin novelarojn kaj tri kolektojn de rakontoj, poemoj kaj eseoj, ĉiujn en la hispana. Li gajnis la Nacian Novelan Konkurson José María Sánchez en Panamo en 2005. Persona antologio, enhavanta 24 rakontojn, tradukitajn al Esperanto de Norberto Díaz Guevara, aperos en 2024. Li nun loĝas en Aŭstralio. Rakontoj liaj pli frue aperis en *BA48*.

Notoj pri Paradizo

al Stendhal

La 3an de oktobro 2004:

La nekutima beleco de *In Paradisum*, de Fauré, igas min atendi la morton kun feliĉa sento, por ĝui tiel subliman gloron. "Ho, mortu mi mil fojojn, se tio estas vera", mi diris, kiel Sokrato. Ĝia perfekteco igas min suspekti, ke la komponisto, serĉante juvelon por kroni sian *Requiem*, kopiis de Dio la muzikan fonon de la regno, dum atako de aroganteco. Se estas tiel, la dia pesilo devos pardoni lian herezon, pro la kontraŭpezo de la savitaj animoj: ĉar li pentris la premion tiel bela, ĝiaj taktoj puŝas al bonfaro per si mem, bagateligante la minacon de la infero.

En trankvilaj vesperoj, aŭskultante ĉi tiun muzikaĵon ĝis satiĝo, mi provis imagi kia estos la anoncita paradizo. Mi provis ordinaran ejon: vorticon de lumo ĉirkaŭatan de sennombraj keruboj. Ĉar la muziko superis ĝin, mi provis redifini la ejon; ĉiufoje mi trovis min sinkanta en blanka sengusta limbo.

Kvankam mi ankoraŭ suspektas, ke difini paradizon estas subjektiva ekzerco (por Borges – eĉ blinda – ĝi estis biblioteko; por Sokrato, renkontiĝo kun saĝuloj de la pasinteco), mi ne plu bezonas imagi ĝin: mi estis tie antaŭ nelonge. Je la kvina kaj duono en la vespero de dimanĉo, la 26an de septembro 2004, la universo kunfaldiĝis, kaj la Tero interkuniĝis kun la Ĉielo, donacante al mi la efemeran kaj neripeteblan fenomenon sperti mian paradizon dum mia vivo.

La scenejon disponigis la apero de ĉielarko. La vorto malsufiĉas: la kliŝo *"ĉielarko"* ne priskribas la luman mirindaĵon, kiu etendis siajn flugilojn antaŭ ni. La rabia brilego de tiu duoncirklo fendis la ĉielon kiel akvomelonon. Ĝiaj tonoj estis tiel klaraj kaj ĝia konturo tiel vasta, ke ili apenaŭ lasis spacon en niaj okuloj por la blua abismo enkadriganta ilin.

Mia edzino kaj mi alvenis unu horon antaŭe por viziti miajn gepatrojn. Ni kvarope kontemplis la pacan spektaklon kaj kaŝis la emocion kaŭzitan de la perfekta momento, babilante pri la tona diferenco inter la ĉefa arko kaj la akcesora arketo, kiu milde percepteblis super ĝi. Fronte al la ĝemelaj cirkloj, tri hirundoj lude konturis arabeskojn; ĉe niaj piedoj, la malsekaj okuloj de niaj hundoj dankis nin pro nia reveno hejmen. Ĉio estis perfekta: ni bonfartis kaj estis kune. Mia edzino amis min. Miaj gepatroj sciis sin feliĉaj, kontentaj pri la rikolto post la longa semado dum siaj vivoj.

Kiso puŝis min al la subita antaŭsento, ke mia eterneco povus esti senfina ripetado de tiu ĉi momento de senmakula feliĉo. Mi fermis la okulojn kaj petegis (kiel iu Faŭsto preta vendi la animon al Dio): "Se mi estas digna, permesu, ke ĉi tio estu mia paradizo". La petola flugado de la hirundoj aludis al mi, ke malantaŭ la ĉiela kurteno, Li ridetis.

Per rolulo de *Opinioj de klaŭno*, Heinrich Böll diras, ke ŝajnas al li neeble, ke feliĉo daŭru pli ol unu minuton, maksimume du. Li malpravas: dek minutojn daŭris tiu Edeno. Mi volis ĝin senfina, sed la vivo antaŭeniras. La ĉielo baldaŭ iĝis nuda, kun grizaj anoncoj pri noktiĝo. Mi ne scias, kiam mi denove sentos, ke mi estas en la gloro. Mi scias nur, ke mi ankoraŭ sentas la arpeĝojn de Fauré kaj la brilon de tiu arko kunekzistantaj en mia interno.

La 1an de januaro 2005:
Mi malkovris, ke la fenomeno, kvankam efemera, ne estas neripetebla: hodiaŭ, dum la unua mateniĝo de la nova jaro, dum familia matenmanĝo, mi revenis en tiun Nirvanon, kiam mi kontemplis, kiel la senkulpa ĝojo de mia ĵusnaskita nevino speguliĝis, kvazaŭ suno sur polurita oro, sur la vizaĝoj de miaj gepatroj.

La 24an de januaro 2005:

Jam en ĉi punkto mi komprenas, ke la sperto estas ne nur neunika sed – danke al Dio – preskaŭ ĉiutaga. Borges rimarkis tion: pasas neniu tago, kiam ni ne estas momenton en paradizo. Same kiel fadena ŝtofo permesas vidi tra etaj truoj, la vivo permesas al ni kontempli brilojn de paradizo per fragmentoj de optimuma feliĉo, kiuj montras sin de tempo al tempo. Sufiĉas havi la animajn okulojn malfermitaj por percepti ĝin.

Kvankam mi estis konscia pri mia ĝojo, nur kiam tiu tago alvenis mi komprenis, ke ĝi povus esti perfekta ankoraŭ dum la vivo. Nun la fenomeno revenas, kiam mi eĉ ne atendas ĝin. La epifanio venas en suko de frago sur la lipoj de mia edzino, en la flirtado de birdeto, en la vespera brizo, en la trankvileco post orgasmo. Mi kredas, ke Dio akceptis mian preĝon sed decidis doni al mi, anstataŭ ciklan paradizon de ripetiĝanta feliĉo, sinsekvon de etaj malsamaj paradizoj ĉiutage renoviĝantaj.

2005

En la akvofluo

al Njato[1] kaj al tio, kio estis anĝela en li

La akvofluo estas malrapida. Ĝi portas tigojn de bananujoj, kokosojn kaj sekajn palmojn, kiuj flosantaj desegnas lacajn cirklojn sur la malpura akvo de la rivero.

Ĉe ambaŭ flankoj, granda kvanto da kunvenintaj personoj vidas la fluantan akvon. Anksiaj kaj ŝokitaj, ili murmuras pri la okazintaĵo. Ĉiuj venis tuj, eksciinte la aferon: Njato, la filo de Meĝi, dronis matene.

Okazis cirkaŭ la dek-unua horo – kiam la suno ĝenas kaj la vento silentas, kiam la rivero, freŝa kaj alloga, estas la plej bona rifuĝejo kontraŭ la varmo – en loko kun trankvilaj akvoj, ĉe altegaj palmoj. La knabo kaj aliaj najbaraj knaboj banis sin sekrete.

Pli ol unu fojon la sekaj lipoj de lia patro, tanitaj pro la maro kaj la kamparo, elparolis la saĝan averton:

– En vintro la rivero estas danĝera, karul'. Atendu la someron. Ne tentu fatalon...

---

1   **Ñato**: karesnomo, ofte uzata en Latinameriko por platnazula viro

Sed tiutage, varmo kaj laciĝo estis pli fortaj. La malpura kaj profunda akvo de la ŝvelinta rivero estis la scenejo de iliaj ludoj, kun naĝado kaj ŝprucado tien kaj reen. Iliaj ridoj vibris inter la bambuoj kaj la maizkampoj. Kaj subite, post rapida svingado de brakoj kaj ŝaŭmo, la knabo malaperis sub la malpura vintra riverakvo, kaj neniam plu aperis vivanta.

La novaĵo tuj trairis la urbeton, tiel ke post kelkaj horoj, la ĝardenoj kaj kampoj pleniĝis de homoj. Familianoj, amikoj, spektantoj kaj volontuloj renkontiĝis surloke por serĉadi la korpon.

* * *

Estas varme. La virinoj ventumas sin por malvarmiĝi; kelkaj – sub plenfoliaj mangarboj – konsolas la tremantan patrinon, jam ruĝan kaj raŭkan pro la plorado; aliaj iras inter la herbaĵojn de la krutaĵoj, esploreme rigardante la bordojn de la rivero.

Iliaj angoraj okuloj rigardas sub la akvon; iliaj rigardoj interplekt-iĝas en la marĉaj herbejoj, en la ombroj kaj en la helaj spacoj, ĝis ili malaperas preter la kurboj de la rivero.

Junaj viroj, kuraĝaj, dum momentoj plonĝas en la malpuran riveron pleniginte la pulmojn per aero. Ili lerte plonĝadas, palpante la koton kaj inter la rokoj, sed la serĉado estas senespera kaj senutila. Aliaj laŭiris la riveron tien kaj reen eĉ preter la ponto. Ili kontrolis inter la trunkoj kaj herbejoj, sed vidis nenion.

La vespero pasas malrapide. La vigleco forvelkas. Unu post alia la personoj foriras. Nur kelkaj plu trarigardas, kun laciĝintaj okuloj, la dormeman akvofluon. Je la noktiĝo, nova grupo da personoj, kun ampoloj kaj kerosenaj lampetoj, alvenas. Ili improvize ekbruligas fajron ĉe la palmoj kaj faras kafon. Ili scias, ke la nokto estos longa.

* * *

Nenio. Malgraŭ la granda penado, estas neniu spuro de la kadavro. La tutan nokton viroj kaj virinoj kun ampoloj alterne rigardadis, por vidi ĉu la korpo aperis. Oni serĉadis per hokoj kaj bastonoj, kaj iuj eĉ kuraĝis plonĝi por serĉi la knabon. Sed nenio estis trovita.

Eĉ ne la mirakla kandelo de Kandelarja[2], staranta sur ligna pleto flosanta sur la akvofluo, povis trafi la lokon, kie estis la korpo.

---

2   **vela de la Candelaria:** kandelo benita dum katolika festo la 2-an de februaro

Kun la unua lumo de la tagiĝo, granda nombro da personoj anstataŭis la maldormantojn. Ili metis kelkajn retojn, por la okazo, ke la akvofluo estus treninta la korpon. Ili suriris la tutan riveron per boato, eĉ preter la akvobaraĵo, ĝis la densaj mangrovoj. Multaj aliaj viroj serĉadis en la profundo de la rivero, kun obstina persisto. Sed ĉio estis vana. La rivero englutis la knabon kaj nun, timema, kaŝas lian kadavron.

– Vi devas voki lin, Meĝi. Se vi vokos lin, li fine aperos.

Elmontriĝas aflikta sento de senpoveco. La forto forlasas ilin. Iliaj esperoj neniiĝas. La eblo trovi la korpon ŝajnas ĉiufoje pli malproksima.

– Voku lin, Meĝi. Se la panjo lin vokos, li de si mem aperos.

La virino ploregas. Ŝia koro tro suferis, sed ŝi devas klopodi per ĉiuj rimedoj. Ŝia voĉo skuas la ĉeestantojn.

– Njato, fileto mia! Venu, ĉar via panjo volas vidi vin. Tia, kia Dio tenas vin, tia mi volas vin. Venu, Njato, lasu, ke via panjo vidu vin. Belulo mia, ne igu min atendi.

Silento. Anksio trairas la krutaĵojn. Eta espero batas kune kun la koroj.

Pasas iom da tempo. Estas hezito, konfuzo, kreskantaj murmuroj.

Subite rompiĝas la silento.

– Rigardu tien!

Proksime de la bordo, ronda objekto, nigra kaj malgranda, videblas sur la akvo. La patrino rekonas la malkombitajn harojn: grandega doloro, akra, eniras ŝian animon, kaj ŝi disŝiriĝas pro ploro. Minutojn poste, post granda penado, kelkaj sukcesas elakvigi la nudan korpon, ŝvelintan kaj sangantan tra la nazo kaj la buŝo.

Malrapide, en silento, ili revenas survoje portante la korpon. Malantaŭe, preter la palmoj, restas la senhoma rivero, senŝanĝa, senĝena.

La morto kreskas en ĝia sino.

1992

La cirko
al Shirley JACKSON

Je la mano de mia avo, mi eniris sub la tendegon. La homvico, kiu moviĝis malrapide, flue iris preterpasinte la enirejon de la Cirko. Dum ni paŝis al niaj sidlokoj, maldekstren, tiris mian atenton la grandega tegmento, lumigita kaj trairita de kabloj, kaj nepreciza odoro, malagrabla sed konata.

Grandaj reflektoroj movis siajn lumkolonojn en la polvoplena aero. Kelkaj ĵonglistoj, per ĵetado de torĉoj kaj ponardoj, distris la sidiĝantan publikon.

La lumoj direktiĝis al la mezo de la ĉefa areno. Viro nigre vestita, kun arĝentkolora bastono kaj mikrofono, bonvenigis nin al la jara spektaklo de la Cirko. La intenseco de la aplaŭdoj sentigis al mi por la unua fojo la certecon, ke miloj da personoj estas tie, fizike, ĉirkaŭ tiu punkto.

– Baldaŭ ni ĝuos la gajecon kaj novecon de la spektaklo, kiun ni preparis por ĉi tiu jaro, – diris la prezentisto – sed unue, kiel tradicie, ni komencu per la plej grava programero: la kaĝo.

Mi sentis, ke mia avo ekpremas mian manon kaj poste ĝin delasas por aplaŭdi kiel ĉiuj. La lumoj direktiĝis al la dua areno, kie ene de sfero farita el metala reto, kun diametro de ĉirkaŭ dek metroj, motorciklisto feroce rondiris.

– Li estas via frato – flustris ĉe mia orelo mia avo.

La motorciklo rondiris en la kaĝo, ĉirkaŭ ĝia ekvatoro, kaj poste sulkante la meridianojn, kvazaŭ ne ekzistus la gravito. La publiko aplaŭdadis. Mi sentis min emociplena. Mi ne bone memoris mian fraton. De longa tempo li ne loĝis kun ni. Li estis en la Cirko, tion oni diris al mi. Kaj nun mi vidas lin, efektive, kun lia ora kasko, defii la fizikon en tiu fera globo.

La motorciklo momente haltis, kaj la publiko silentis. La viro kun la arĝentkolora bastono diris:

– Kie estas la junulo?

La lumkolonoj turnis sin. Mi blindiĝis pro la brilo. Mi ne tuj komprenis, ke la lampoj estis direktitaj al mi. Mi sentis sur mia dorso la manon de mia avo, tenere puŝanta min, por ke mi paŝu antaŭen.

Virino, kun minimuma vesto el zekinoj kaj stelo sur la frunto, venis teni min per la mano kaj kondukis min, ĉe aplaŭdoj, ĝis la dua areno.

Ŝi malfermis pordon kaj igis min eniri en la kaĝon. Mi vidis la palan vizaĝon de mia frato, ŝvitan, malantaŭ la viziero. La virino malfermis kofron kaj elprenis sabron. Ŝi donis ĝin al mi, tra truo en la kaĝo, kaj milde gestis al mi, por ke mi donu ĝin al mia frato. Kiam li prenis ĝin, mi rimarkis, ke lia dekstra mano estis katenita al la stirilo per iaspeca ora mankateno.

La motorciklo ekfunkciis kaj komencis rapidiri sur la ena surfaco de la kaĝo. La lumkolonoj svingiĝis ĉirkaŭ ni. Stimulante aplaŭdon de la publiko, la virino kun la zekinoj piediris ĉe la rando de la areno kun la brakoj levitaj al la aero. La prezentisto daŭre parolis ĉe la mikrofono. Mi klopodis ekvidi mian avon inter la ĉeestantoj, sed la lumoj malebligis al mi rigardi preter la nebulan polvonubon.

Stare ĉe la nadiro de la sfero, mi sentis ion konatan en tiu ĉi sceno. Mi jam vidis antaŭe la strion de fajreroj ŝprucantaj de la sabro, kiam ĝi koliziis kun la metala reto. Mi jam aŭdis la krion de la publiko, kiu sufokis la roradon de la motoro. La motorciklo turnadis ĉirkaŭ mi, kaj la sabro etendita al la centro plurfoje pasis proksime de mia kolo. Sed mi ne sentis timon.

La aplaŭdoj malvigliĝis, kaj kreskanta huado anstataŭis ĝin. La motorciklo haltis, kaj mia frato forĵetis la kaskon. La homo de la mikrofono tusis, kvazaŭ por klarigi la gorĝon, kaj diris:

– Estu tiel.

La junulino kun la zekinoj eniris en la kaĝon, turnis sin sur siaj altaj kalkanumoj, prenis la sabron el la pala mano de mia frato, kaj senkapigis lin. La publiko denove aplaŭdis, kiam ŝi levis lian kapon. Tri nanoj eltiris el la kaĝo la motorciklon kaj la korpon de mia frato.

– Mia nomo estas Stela – diris al mi la virino, kun rideto, dum ŝi per sia varmeta mano forigis kelkajn sangogutojn, kiuj estis falintaj sur mian vizaĝon.

Ŝi prenis mian brakon kaj zorge fiksis iaspecan oran mankatenon ĉirkaŭ mia pojno. Ĝi havis la emblemon de la Cirko gravurita sur la flanko.

Kiam la lumoj moviĝis al la ĉefa areno, la bastonhava viro pompe anoncis la komenciĝon de la tiujara spektaklo. Vico da elefantoj, sur kiuj rajdis virinoj portantaj bluajn plum-faskojn, kaj kiujn sekvis bando da klaŭnoj, svarmis sur la areno. Sidantan en la tria vico, apud juna paro kun kelkaj aplaŭdantaj gajaj infanoj, mi ekvidis mian avon. Li estis ridanta, eble tro forte, pri la klaŭnaĵoj. Mi ne scias, ĉu tio estis ŝvito, sed ŝajnis al mi, ke mi vidas guton sur lia vango. Mi memoris la konatan odoron, kiun mi flaris kiam mi eniris la cirko-tendon. Odoris je sango.

2006

La donaceto

Unu centimon
kostas petardo,
unu centimon

Ĉendas[3] ĝin filo
per eta mano,
ĉendas ĝin filo

Petardeksplodo
igas la knabon
ekamputito

Freneze panjo
priploras manon...
Unu centimon!

2008

---

3   **ĉendi:** (neologismo) ekbruligi

Dafniso kaj Ĥloa

de Longos
(el la malnovgreka tradukis Gerrit Berveling)

En *BA49* ni publikigis la unuan el la kvar libroj el kiuj konsistas ĉi tiu klasika helena romano. Nun sekvas la dua libro.

1: 1 Kiam aŭtuno atingis sian apogeon, kaj proksimiĝis la vinberrikolto, ĉiu kamparano estis okupita. Kelkaj riparis la vinberpremilojn, aliaj poluris la barelojn, aliaj plektis korbojn; tiu okupiĝis pri falĉiletoj por tranĉi la grapolojn, tiu pri ŝtono, per kiu la vinporta karno de l' fruktoj estu elpremita, ree alia pri sekaj branĉoj, frapade elŝeligitaj, por lume akompani la moston nokte portatan. Pormomente Dafniso kaj Ĥloa flankenmetis sian okupiĝon pri la gregoj, kaj helpis la aliajn ĉe la laboro. 2 En sia korbo Dafniso portis grapolojn, metis ilin en la premilon kaj piedpremis ilin tie, kaj poste la vinon li portis al la kruĉoj. Ĥloa preparis la manĝon por tiuj, kiuj rikoltis, kaj verŝis al la rikoltantoj vinon de antaŭaj jaroj por trinki, dum de pli malaltaj vitobranĉoj ili deprenis la rikolton. Sur Lesbo la vito ja kreskas malalte kaj ne supren grimpas, ankaŭ ne laŭ trunko, sed siajn branĉetojn ĝi lasas pendi kaj samkiel hedero ilin dismetas sur la tero.

2: 1 Kiel kutime ĉe la Bakĥofesto, kiam oni ĝojas pro la naskiĝo de nova vino, venis multaj virinoj el la najbaraj vilaĝoj helpi ĉe la rikolto, kaj ili metis la okulojn sur Dafnison kaj laŭdis lin, ke laŭ belo li similas je Dionizo. Kaj jen kaj jen iu el la pli kuraĝaj knabinoj ekprenas lin en la brakoj kaj kisas lin. Tiuj ŝercaj vortoj incitis la modestan knabon, sed Ĥloan ili ĉagrenis. 2 Kaj la viroj kiuj tretadis la vinon, metis plurajn ekkriojn ĉirkaŭ Ĥloan, kaj sovaĝe ĉirkaŭsaltadis kvazaŭ same multaj Satiroj antaŭ juna Bakĥantino, kaj deziris, ke ili mem estu ŝafoj, kun tia ŝafgardistino por prizorgi ilin. Kaj tiel la knabino siavice ĝojis, sed Dafnison tiklis envio. Sed ili deziris, ke la rikoltsezono baldaŭ finiĝu, por ke kun siaj bestoj ili reiru hejmen, ke anstataŭ la sovaĝan bruon de la ŝerculoj ree ili aŭdu la dolĉan fluton aŭ la blekadon de la bestaro. Sed kiam kelkajn tagojn poste la grapoloj estis kolektitaj kaj la mosto metita en la barelojn, kaj ne plu necesis multaj manoj por la laboro, ili ree pelis siajn gregojn al la ebenaĵo, kaj kun multa ĝojo kaj gaje ili adoris la Nimfojn, oferante al ili la unuaaĵojn de la rikolto, pendigante grapolojn ĉe iliaj branĉoj. 3 Ankaŭ antaŭe ili neniam senatente pasis preter la Nimfoj, sed ĉiam kiam ili ekiris por nutri, respekteme ili sidiĝis en ilia groto, kaj hejmenirante ili ĉiam unue ilin adoris, kaj donis al ili ion, ĉu floron ĉu pomon aŭ branĉon plenan je verdaj folioj aŭ oferaĵon da lakto. Kaj pro tio poste ili ricevis ne malmulte da donacoj aŭ favoroj de la Diinoj. Kaj nun, kvazaŭ hundoj lasitaj el la ŝnuro (kiel oni diras) ili dancis, flutludis, kantis kaj bruadis, kaj ŝerceme baraktis kun la bestoj.

3: 1 Dum tiel ili amuziĝis, alvenas al ili maljuna viro, vestita en bestofelo, kun netanitaj ŝuoj, kun tornistro ĉe la ŝultro – kaj ja vere tre olda. Li apude sidiĝis, kaj jene parolis: "Infanoj, mi estas la maljuna Filetas; al ĉi tiuj Nimfoj multe mi kantis, kaj ĉe la statuo de Pajno multe mi muzikis ĉe la kanfluto, dum vastajn bovingregojn mi direktis nur per mia kanto. Nun mi venis al vi por malkovri, kion mi spektis, kaj rakonti, kion mi aŭdis. 2 De post kiam mi estas tro maljuna por konduki gregon, ĉiujn miajn zorgojn mi direktis al tiu ĝardeno, kaj ĉion, kion liveras la sezono, mi tie trovas laŭ la fluo de la tempo: jen printempe rozoj, lilioj, hiacintoj, violoj, somere papavoj, piroj, kaj amaso da pomoj, kaj ĉi-momente uvoj, figoj, granatoj kaj verdaj mirtoj. Matene en tiu ĝardeno kunvenas bird-amasoj, kelkaj por serĉi nutraĵon, aliaj por tie kanti, ĉar la foliaro ilin ŝirmas kaj ombrumas, kaj tri fontoj akvumas tiun ĝardenon. Se oni forprenus la ĉirkaŭbarilon, oni kredus vidi naturan arbaron.

4: 1 Kiam hodiaŭ ĉirkaŭ tagmeze mi tien alvenis, inter la granat- kaj mirt-arboj knabeton mi vidis stari kun mirtberoj kaj granatoj en la mano, blankan kiel lakto kaj blondan kiel fajro kaj brilantan kvazaŭ nur ĵus li elvenis el bano. Nuda li estis kaj sola, kaj li distriĝis plukante fruktojn kvazaŭ la ĝardeno estus lia. Mi aliris al li por ekkapti lin, ĉar mi timis, ke en sia trokuraĝo li rompos miajn mirtojn kaj granatojn, sed li kun leĝero kaj facilo min eskapis, dum li jen sub rozarbusto trapasis, jen sin kaŝis sub la papavoj, kvazaŭ li estus juna perdriko. 2 Dum mia vivo ofte mi devis postkuri kaprinetojn, kiuj ankoraŭ estis mamnutrataj, kaj ofte mi devis klopodi, se ĵusnaskitajn kapridojn mi postkuris, sed ĉi tio estis io nekomprenebla kaj nekaptebla. Elĉerpita do, maljuna kia mi estas, apogante min bastone, dum mi atentis, ke li ne eskapu, mi demandis lin, ĉe kiu el la najbaroj li hejmas, kaj kion li volis plukante fruktojn en alies ĝardeno. 3 Entute li ne respondis, sed dum li staris ĉe mi, li plej dolĉe ridetis kaj priĵetis min per mirtoj, kaj mi ne scias kial, sed mi ne plu povis koleri je li. Tiam mi petis lin veni en miajn brakojn, sen plu ia timo, kaj mi ĵuris je la mirtoj, ke mi lasos lin libera, ke eĉ pomojn kaj granatojn mi ekstre donos al li, kaj ke estonte mi permesos al li rikolti ĉe mi fruktojn kaj pluki miajn florojn, se mi nur ricevos de li unu kison.

5: 1 Tiam tute klare li ridis, kaj kun voĉo, kiel eĉ hirundo kaj najtingalo ne havas, kaj eĉ ne la cigno, se ĝi same maljunas kiel mi, li diris: 'Filetas', li diris, 'tute neniun problemon mi havas por kisi vin, ĉar mi vin deziras kisi pli ol vi min, por ree juniĝi, sed unue pripensu, ĉu mia donaco decas je via aĝo. Ĉar kiom ajn aĝa vi estu, vi tamen ŝatus postkuri min, tuj kiam kisita de mi. Sed mi estas malfacile kaptebla, eĉ por la falko aŭ la aglo, aŭ kiu ajn birdo, kiu estu ankoraŭ pli rapida. Mi ja ankaŭ ne estas infano, kvankam ties aspekton mi havas, sed mi estas pli aĝa ol Krono, jes, pli ol la tempo mem. 2 Mi ankaŭ scias, ke, nur ĵus viro, sur tiu montaro grandegan gregon da bovoj vi paŝtis, kaj mi estis en via apudeco, kiam tie ĉe la kverkoj vi blovadis sur kanfluto, en la epoko, kiam vi enamiĝis je Amarilida. Sed min vi ne vidis, kvankam mi staris tuj apud la knabino. Estas mi, kiu ŝin donis al vi, kaj nun vi havas infanojn, bonajn bovo-paŝtistojn kaj terkulturistojn. Nun estas Dafniso kaj Ĥloa, pri kiuj mi paŝtiste atentas, kaj se matene mi ilin kunigis, mi venas al via ĝardeno, kaj ĝuas tie viajn florojn kaj plantojn, kaj en ĉi tiuj fontoj mem mi banas min. 3 Tio kaŭzas, ke tiuj floroj kaj tiuj plantoj tiom belas: mia banakvo ilin priŝprucas. Do iru rigardi, ĉu ne iu el viaj plantoj difektiĝis, aŭ ĉu iu frukto estis plukita aŭ iu florradiko dispremita, ĉu ne iu el viaj fontoj iom malklariĝis, kaj poste vin konsideru feliĉa, ke kiel sola inter la homoj ankoraŭ maljuna vi tiun ĉi infanon povis ekvidi.'

6: 1 Tion dirinte, kvazaŭ juna najtingaleto li leviĝis de la mirtoj, kaj de unu tigo al la sekva li grimpis tra la foliaro ĝis la supro. 2 Mi vidis, ke flugilojn li havas ĉe la ŝultroj, kaj arketon kun sagetoj inter siaj flugiloj, kaj tiam nenion mi plu vidis, nek liajn armiletojn nek lin mem. 3 Estis kvazaŭ ne senkiale mi ekhavis ĉi blankajn harojn, kaj se en mia oldeco mia cerbo ne malheliĝis, vi, karaj infanoj, estas dediĉitaj al Eroso kaj sub lia ŝirmo."

7: 1 Ambaŭ estis tre ĉarmitaj, kaj ili kredis aŭdi miton, ne veran historion; kaj ili demandis, kio do efektive estas Eroso, ĉu infano aŭ birdo; kaj kio estas lia kapablo. Filetas do respondis: "Eroso estas Dio, miaj infanoj, juna kaj bela, kaj flugilhava. Tial li amas ĉion junan, postsekvas ĉion belan, kaj donas flugilojn al la animo. Li tiom kapablas, kiom eĉ ne Zeŭso. Li regas pri la elementoj, li regas pri la steloj, li regas pri la Dioj, liaj samranguloj, pli ol ni pri niaj kaprinoj kaj bokoj. Ĉiuj floroj estas verko de Eroso; la plantojn li igas kreski. Dank' al li fluas la riveroj kaj blovas la ventoj. Mi konstatis, ke eĉ taŭro enamiĝas, kaj muĝas kvazaŭ pikita de ojstro; kaj kiel boko bokinon kisas, kaj ŝin sekvas, kien ajn ŝi iras. 2 Ankaŭ mi mem estis juna, kaj enamiĝis je Amarilida: tiam mi ne plu pensis pri manĝo, ne plu trinkis kaj ne plu serĉis ripozon en la dormo. En la animo mi suferis, mia koro batis al mi en la brusto kaj mia korpo fariĝis frida. Mi laŭte ekkriis, kvazaŭ batate, fariĝis silenta kvazaŭ mortinto, kaj min ĵetis en riveron kvazaŭ mi brulus. Pajnon mi alvokis pri helpo, ĉar ankaŭ li ja enamiĝis pri Pitisa, dankema mi estis al Eĥo. Ĉar la nomon de Amarilida ŝi postvokis post mi, kaj miajn kanflutojn mi disrompis, ĉar ili ja sciis logi miajn bovidojn, sed Amarilidan ili ne reportis al mi. Ĉar kontraŭ Eroso helpas neniu rimedo, nenia trinkaĵo, nenia forkanto, nenio alia krom la kiso kaj la ĉirkaŭbrako, kaj kune ekkuŝi, nudaj korpe."

8: 1 Kiam Filetas pri ĉio ĉi ilin estis instruinta, li foriris kun kelkaj fromaĝoj, kiujn ili donis al li, kaj kun kaprineto, kiu jam ekhavis kornojn. Sed kiam solaj ili postrestis, ili sentis, ĉar nun unuafoje la nomon de Eroso ili aŭdis, ĉagrene kuntiriĝi la koron, kaj kiam ĉe noktiĝo ili revenis en siajn kampuldomojn, ili komparis siajn travivaĵojn kun tio, kion ili estis aŭdintaj. 2 "Kiuj amas, suferas, kaj tion ni faras; pri manĝado ili ne interesiĝas, same ni; ili dormi ne povas, tion ankaŭ ni nuntempe suferas; ili havas la senton, kvazaŭ ili brulas, ankaŭ en ni fajro brulas; ili deziras vidi unu la alian, kaj ĝuste tio estas la kialo, ke ni deziras, ke la tago komenciĝu pli baldaŭ. Io tia estas la amo: ni amas unu la alian, ne sciante tion. Se tio ne estas amo, kaj se ni ne amas, kial ĉi tion ni do suferas, kial ni serĉadas unu la alian? Ĉio ĉi veras, kion diris al ni Filetas. Tiu knabeto el la ĝardeno aperis ankaŭ al niaj nutropatroj en ilia sonĝo, en kiu li ordonis al ili, ke iliajn gregojn ni gardu. 3 Kiel oni povus kapti lin? Eta li estas kaj ja *devas* eskapi. Kaj kiel oni povus eskapi lin? Flugilojn li havas kaj li kuratingos nin. Ĉe la Nimfoj ni rifuĝu por peti helpon. Sed Pajno ankaŭ ne helpis Filetason, kiam li enamiĝis je Amarilida; ni do elprovu la rimedojn, kiujn li menciis: la kison kaj la ĉirkaŭbrakon kaj kuŝi nuda surtere. Ja estas malvarme, sed tion ni ja eltenos, same kiel Filetas, kiu antaŭ ni faris tion."

9: 1 Tio estis la leciono, kiun tiunokte ili lernis. Kaj kiam la postan tagon siajn gregojn ili pelis al la herbejo, ili sin kisis, kiam ili sin revidis, kaj – kion antaŭe ili ankoraŭ ne faris – ili sin brakumis, krucinte la brakojn, sed la trian sanigilon, senvestiĝinte nudaj ekkuŝi, ili ankoraŭ ne kuraĝis apliki, ĉar tio estas pli, ne nur ol kion kuraĝas junaj knabinoj, sed ankaŭ ol kion kuraĝas junaj kapringardistoj. 2 Kaj tiel la nokto ree alportis sendormecon per pripensado de kion ili faris, kaj per bedaŭro pro kion ili ne faris: "Ni kisis unu la alian, sed tio ne helpis; ni nin ĉirkaŭbrakis, kaj tio helpis pli malpli same malmulte; nur kune ekkuŝi do estas la rimedo kontraŭ la amo. Do ankaŭ tion ni devas ekprovi, ĉar sendube en tio kuŝas pli granda forto ol en la kiso."

10: 1 Post tiuj pripensoj estis neeviteble, ke en enamiĝaj sonĝo-bildoj ili sin kisis kaj ĉirkaŭbrakis, kaj ankaŭ, kion tiun tagon ili neglektis, tion sonĝe ili faris. En nudeco ili surtere kuŝis kune. 2 Sed ankoraŭ obseditaj de la Amo-dio la sekvan matenon ili leviĝis, kaj laŭ la sono de l' ŝafista fluto ili pelis siajn gregojn suben, haste, por sin kisi reciproke. Kaj tuj post revidiĝo ridetante ili iris unu al la alia. 3 Kaj post kisoj, post ĉirkaŭbrakoj, al la tria rimedo ili ankoraŭ ne rapide venis; ĉar Dafniso ne kuraĝis mencii ĝin, kaj ankaŭ Ĥloa ne volis komenci pri tio, ĝis fine iom hazarde ili tien estis pelitaj:

11: 1 Sidante tre apude kune sur trunko de maljuna kverko kaj ĝuante la plezuron de interkisado, ili nesatigeble pleniĝis je feliĉo. Estiĝis reciproka interbaraktado kaj penado per iliaj brakoj, el kio rezultis tre apuda kunpremiĝo de iliaj lipoj. 2 Kaj kiam Dafniso tiris ŝin kontraŭ si kun iom pli forta deziro, hazarde Ĥloa iom kliniĝis flanken, kaj Dafniso, sekvante sian kison, falis apud ŝi. Kaj memorante, ke bildon pri tio ili havis en la sonĝo de la antaŭa nokto, ili longe kuŝis tie interplektite. 3 Ankoraŭ nenion sciante pri la cetero, kaj supozante, ke tio estas la limo de la Erosa ĝuo, vane ili do la plimulton de la tago trapasis, kaj siajn gregojn ili pelis hejmen de la kamparo kun iom da malamo al la nokto. Sed eble ankoraŭ tamen iom de la kerno ili estus atingintaj, se ne hazarde ĉi tiu tumulto kaj bruo plenigus la tutan regionon:

12: 1 Riĉaj junuloj el Metimno, planante uzi la vinber-rikoltan feriadon por plezurado ekster sia propra regiono, puŝis malgrandan ŝipeton en la akvon, kaj devigante siajn proprajn sklavojn remi, ili velis preter tiuj plaĉaj farmbienoj de Mitileno, kiuj situas tre apude ĉe la marbordo. 2 Ĉar la marbordo havas multajn kaj sekurajn havenojn, kaj ĉie ĝi estas ornamita per multaj imponaj konstruaĵoj. Krome estas multaj banoj, ĝardenoj, kaj boskoj, jen artefaritaj, jen naturaj, ĉiuj belaj por distriĝo. 3 Plu navigante kaj de temp' al tempo albordiĝante en golfetoj, ili ne ĝenis aŭ malbonfaris al iu ajn, sed refreŝiĝis per diversaj plezuroj, foje per fiŝvergo, foje per ŝnuroj fiŝkaptante de sur tiu aŭ alia alte elstaranta roko, foje per hundoj aŭ reto ĉasante leporojn, kiuj eskapis el la bruo de la vitejoj. 4 Ili ankaŭ okupiĝis pri birdokaptado, per ŝnuroj persekutante sovaĝajn anserojn, anasojn kaj kolimbojn, tiel ke la amuziĝo samtempe havigis bonan manĝaĵon. 5 Se ion ili bezonis, kio pli diste troviĝis, tiam ili aĉetis ion de la homoj de la regiono, kaj por tio pagis multe pli ol estis inde. 6 Ili nur bezonis panon, vinon kaj loĝejon, ĉar pro la jama aŭtuniĝo ili ne kredis senriske tranoktadi surmare. Tial sian ŝipeton ili do surterigis timante ŝtorman nokton.

13: 1 Unu el la kampuloj, kiu bezonis fadenon por suprentiri la ŝtonegon, per kiu post tretado la grapolojn oni elpremas, kaŝe iris al la marbordo, atingis la negardatan ŝipon, malligis la kablon, kiu funkciis kiel tenilo, kunprenis ĝin hejmen, kaj uzis ĝin por la bezonata celo. 2 Matene la junuloj de Metimno ekserĉis sian kablon, kaj ĉar neniu konfesis la ŝtelon, al la gastigantoj ili iom riproĉis, kaj forveturis. 3 Sekvinte la bordon tri dek stadiojn, ili albordiĝis ĉe la bieno, kie loĝis Dafniso kaj Ĥloa, ĉar tie la ebenaĵo ŝajnis al ili oportuna por ĉasi leporojn. 4 Sed kablon ili ne havis por sekurigi sian ŝipon. Tial el longaj verdaj tigoj ili kunmetis kablon, kaj per tio ligis al la bordo sian ŝipon kun alta poŭpo. 5 Poste siajn hundojn ili malligis, por ke tiuj ekiru spuri, kaj siajn ĉaso-retojn ili lokis ĉe la trairejoj, kiuj ŝajnis por tio indaj. 6 Tuj la hundoj laŭte bojante forkuris kaj inter la kaprinoj timon semis, tiel ke ili forlasis la montetan terenon kaj vagis iom pli al la maro. Sed ĉar en la sablo nenion ili trovis por mordeti, la pli kuraĝaj inter ili, atinginte la ŝipon, komencis ekmaĉi la verdajn tigojn, per kiuj la tuto teniĝis.

14: 1 Nun estiĝis en la maro ia ruliĝo pro la vento el la montaro, kaj jam baldaŭ la ŝipo, kiu malligiĝis, estis kaptita de la refluo de la ondoj kaj portata al la marvasto. Kiam la Metimnanoj rimarkis, kio okazas, kelkaj el ili enpaŝis la maron, dum aliaj kunigis la hundojn. 2 Ĉiuj laŭte ekkriis, tiel ke la homoj sur la apudaj herbejoj, tion aŭdante, alkuris. Sed estis nenio farebla, ĉar pro la plifortiĝo de la vento la ŝipo kun nehaltigebla rapido estis kuntrenata. 3 La Metimnanoj, kiuj sin vidis priŝtelitaj de amaso da aferoj, serĉis la gardiston de la kaprinoj, kaj kiam Dafnison ili trovis, ili deŝiris de li la vestaĵojn, kaj unu el ili rabis la ŝnuron de lia hundo kaj tenis al Dafniso la manojn sur la dorso kvazaŭ por ligi lin. Sed tiu laŭte kriis sub la batoj, petegante sin turnis al la kampuloj, kaj unuavice vokis al Lamono kaj Driado pri helpo. 4 Tiuj kiel harditaj grizharuloj, kiuj ili ja estis, elpaŝis por helpi al li, kun manoj, kiuj fortis pro la multa terlaborado, kaj ili deziris, ke unue oni konstatu, kiu estas kulpa pri kio.

15: 1 Ĉar ankaŭ la kontraŭuloj tion deziris, ili faris la paŝtiston Filetas juĝisto. Li ja estis la plej aĝa de l' ĉeestantoj, kaj inter la vilaĝanoj li estis konata kiel la plej justa. 2 Unue la Metimnanoj portis siajn plendojn klare kaj koncize antaŭ ĉi brutbrediston, kiun ili havis kiel juĝiston. "Ni venis ĉi tien kun la intenco ĉasi. La ŝipon ni postlasis ligitan al la bordo per kablo el freŝaj branĉetoj, kaj mem kun la hundoj ni sekvis la ĉasaĵon. 3 Intertempe la kaprinoj de ĉi knabo malsupreniris al la marbordo, kaj formanĝis la kablon de la branĉetoj, kaj la ŝipo malligiĝis. Vi povas mem vidi: forŝirita al la maro, kiom da riĉaĵoj! 4 Kiom da vestaĵoj perdiĝis, kiom da hund-jungilaro, kiom da mono! La posedanto kompense povus aĉeti ĉiujn ĉi terenojn! Por tion kompensi ni postulas la rajton forporti ĉi knabon, kiu estas malbona kapringardisto, ĉar, kvazaŭ ludante mariston, li paŝtas siajn kaprinojn laŭ la plaĝo."

16: 1 Tiun plendon alportis la Metimnanoj. Dafniso ankoraŭ malbonfartis pro la batoj, sed vidante, ke Ĥloa ĉeestas, li tion ne atentis, kaj jene parolis: 2 "Miajn kaprinojn mi bone paŝtas, kiel decas. Neniu vilaĝano iam plendis, ke unu el miaj kaprinoj formanĝis lian ĝardenon aŭ neniigis lian viton. Sed tiuj estas netaŭgaj ĉasistoj post tiu hundo, kaj iliaj hundoj estas malbone dresitaj, ĉar, ĉie ĉirkaŭvagante kaj laŭte bojante, miajn kaprinojn ili forpelis de la montetoj kaj ebenaĵoj al la maro, kiel farus lupoj. 3 Sed ili diras: la kaprinoj formanĝis la branĉetojn: tio ja estis, ĉar sur la sablo neniu herbo aŭ bero aŭ timiano troveblis. 4 Sed, ili daŭrigas, la ŝipo tie perdiĝis pro vento kaj maro: tion faris la vento, ne la kaprinoj. 5 Sed, ili konkludas, en tio estis vestaĵoj kaj mono: sed ho, kiu, kiu estas mense sana, kredos, ke ŝipo kun tiel valora ŝarĝo kuŝis je kablo el branĉoj?"

17: 1 Post tio Dafniso komencis plori kaj sciis kortuŝi la farmistojn je granda kompato, tiel ke Filetas, kiel juĝisto, deklaris je Pajno kaj je la Nimfoj, ke Dafniso misfaris nenion, same kiel liaj kaprinoj, sed nur la maro kaj la vento, kiuj – liadire – staris sub alia juĝpotenco ol la lia. 2 Per tiu verdikto Filetas tamen ne konvinkis la Metimnanojn, sed en dia kolero ili ree aliris al Dafniso por kuntreni lin, kaj ili ree lin volis ligi. 3 Sed tiam la vilaĝanoj ekstreme koleraj atakas ilin kvazaŭ svarmo da sturnoj aŭ korvoj, kaj Dafnison, kiu kunbatalis, ili baldaŭ liberigis, kaj per bastonbatoj ili baldaŭ forpelis la Metimnanojn. 4 Kaj ili ne haltigis la persekuton, antaŭ ol ili forpelis ilin trans la landlimon eksterlanden.

18: 1 Dum la vilaĝanoj persekutas la Metimnanojn, Ĥloa en plena silento irigas Dafnison al la Nimfoj, lavas al li la vizaĝon, kiu estis sangokovrita pro naz-vundo kaŭze de la batoj, el tornistro ŝi prenas pecon da fermentinta pano kaj pecon da fromaĝo, kaj tion ŝi donas al li manĝi. 2 Kaj, kio precipe lin refortigu, per siaj leĝeraj lipoj al li ŝi donas kison mieldolĉan.

19: 1 Tiel do Dafniso tiam suferis. Sed la afero ne jam finiĝis. Ĉar kiam la Metimnanoj estis tute elĉerpitaj, kaj piedirante anstataŭ ŝipveturante, kovritaj de vundoj anstataŭ riĉe ekipitaj, atingis sian landon, ili kunvokis asembleon de siaj samcivitanoj, kaj deponinte la olivbranĉon de l' peteganto, ili petis pri venĝo. 2 Pri la okazintaĵo ili eĉ ne unu veran vorton eldiris, por ne krome ridindigi sin mem, ĉar tiajn kaj tiel gravajn aferojn de paŝtistoj ili devis suferi, sed ili akuzis la Mitilenanojn, ke ili ekokupis la ŝipon kaj rabis iliajn posedaĵojn, kvazaŭ ili troviĝus en rekta militado. 3 Oni kredis ilin pro iliaj vundoj, kaj opiniante, ke estas juste kontentigi junulojn el la plej gravaj familioj de la lando, laŭ voĉdonado ili decidis militiri sen militdeklaro kontraŭ la Mitilenanoj. Al la estro de l' ekspedicio oni ordonis enakvigi dek ŝipojn, por ataki ilian marbordon. Ĉar pro la alproksimiĝo de la vintro ne estis sekure konfidi pli grandan ŝiparon al la maro.

20: 1 La estro jam sekvatage eniris la maron, kaj kun soldatoj kiuj mem remis, li navigis al la marbordo de l' Mitilenanoj, kie li rabis multe da brutoj, multe da greno kaj multe da vino, ĉar la vinrikolto tie nur ĵus finiĝis, krome ankaŭ sufiĉe da homoj el tiuj, kiuj tie estis okupitaj. 2 Li ankaŭ navigis al la regionoj, kie Ĥloa kaj Dafniso gardis siajn gregojn, armite faris tie albordiĝon, kaj kiel predon kunportis ĉion, kio troviĝis antaŭ liaj piedoj. Dafniso tiumomente ne estis paŝtanta la gregojn, sed grimpis en la arbaro, okupita tranĉi verdajn tigojn, por havi vintran nutraĵon por la junaj kaprinoj. 3 Kiam li do desupre vidis okazi tiun invadon, li sin kaŝis en kavan trunkon de seka fago. Sed Ĥloa, kiu estis ĉe la gregoj, kiam ŝi estis persekutata, serĉis petegante saviĝon ĉe la Nimfoj, kaj nome de tiuj Diinoj ŝi petis indulgi ŝin kune kun la brutaro, kiun ŝi paŝtas. 4 Sed ne helpis: la Metimnanoj superŝutis la statuojn de l' Diinoj per mokaĵoj, forpelis la gregojn de Ĥloa kaj kunprenis ankaŭ ŝin mem, dum ili ŝin frapis per tigoj, kiel oni kutimas fari al kaprinoj aŭ ŝafoj.

21: 1 Kiam siajn ŝipojn ili plenigis je ĉiaspeca predo, ili ne plu kredis oportune plu navigi, sed ili prefere hejmen vojaĝis, ĉar la vintron ili ne malpli timis ol la malamikojn. 2 Ili do renavigis hejmen, kaj devis multe penadi, ĉar ne estis vento. 3 Kiam fariĝis kviete, Dafniso eliris el la arbaro al la ebenaĵo, kie li restis; kaj kiam nek la kaprinojn nek la ŝafojn li vidis, kaj ankaŭ Ĥloan li ne povis trovi, sed nur silenton kaj malplenon, 4 kaj lia fluto kuŝis forĵetita, per kiu ludis Ĥloa; tiam li laŭte ekkriis mizere lamentante; 5 foje li kuris al la kverko, kie ili sidis, foje al la maro por provi, ĉu tie li povas ekvidi ŝin, jen al la Nimfoj, kien ŝi fuĝis, kiam ŝi estis kaptita, kaj tie sin teren ĵetante li komencis akuzi la Nimfojn, kiuj ŝin perfidis:

22: 1 "For de viaj statuoj Ĥloa estis forkaptita, ĉu tion vi povis toleri rigardi? Kap-rubandojn por vi ŝi plektis, ŝi donacis al vi ĉiumatene la unuan lakton de la tago, kaj jen tie pendas ŝia sirinkso, kiun ŝi al vi donis! 2 Neniam la lupo rabis al mi unu kaprinon, sed la malamiko kunpelis mian tutan gregon kune kun mia dolĉa kompanino de la kamparo; nun ili intencas mortigi kaj buĉi ŝafojn kaj kaprinojn, kaj Ĥloa nun devas plu vivi en urbo. 3 Kiel mi nun povos reveni al miaj patro kaj patrino, sen kaprinoj, sen Ĥloa, forlasinte mian laboron? Ĉar nun mi nenion plu havas por paŝti. Mi min ĵetos teren, kaj tie mi kuŝos atendante la morton, aŭ alia nova milito devos min helpi. 4 Kaj, kara Ĥloa, ĉu la samon nun vi suferas? Ĉu vi memoras enpense la herbejojn, la Nimfojn, kaj min? Aŭ ĉu vi sentas ian konsolon ĉe viaj ŝafoj kaj tiuj kaprinoj miaj, kiuj kun vi estas forkaptitaj en kaptiteco?"

23: 1 Dum tiel li plendis, el tiuj larmoj kaj doloro profunda sonĝo lin ekkaptis. Kaj la tri Nimfoj, belaj kaj grandaj virinoj, aperis al li; ili estis duonnudaj kaj tre belaj, kun la haroj neligitaj kaj similaj al statuoj. Kaj unue ili ŝajnis konsoli Dafnison, sed poste la plej aĝa diris al li, por konsoli lin: "Ne riproĉu nin, Dafniso; ĉar pri Ĥloa ni pli zorgas ol vi. Ĉar jam kiam infano ŝi estis, ni kompatis ŝin kaj kiam ŝi kuŝis en ĉi groto, ni ŝin nutris. Ŝi tute ne apartenas al ĉi kamparo, nek al la gregoj de Driado. 2 Ankaŭ nun ni antaŭzorgas pri ŝi, por ke ŝi ne transportiĝu kiel sklavino al Metimno, nek fariĝu parto de ies militpredo. Kaj al ĉi Pajno, kiu staras sub tiu pinarbo, kiun vi eĉ ne per floroj honoras, al li ni petis, ke li fariĝu helpanto de Ĥloa; ĉar Pajno pri militoj multe pli fakas ol ni, kaj forlasinte la kamparon li faris jam multajn militojn; kaj li certe ekiros, kaj la Metimnanoj trafos en li teruran malamikon. 3 Ne plu zorgu do, sed ekstaru kaj montru vin al Damono kaj Mirtala, ĉar ili jam kuŝas surtere kaj kredas, ke ankaŭ vi estas rabita. Ĉar Ĥloa certe morgaŭ revenos al vi, kune kun la ŝafoj kaj la kaprinoj. Vi kune ilin prizorgos kiel antaŭe kaj kune ludos sur la fluto. Pri aliaj aferoj, kiuj koncernas vin, Eroso mem zorgos."

24: 1 Kiam Dafniso tion kaj similajn aferojn vidis kaj aŭdis, li saltleviĝis el la sonĝo, kaj kun larmoj enokule – kaj de ĝojo kaj de tristo – li adoris la statuojn de la Nimfoj, kaj votis oferi al ili la plej valoran el siaj kaproj, se Ĥloa sana revenos. 2 Kaj li kuris al la pinarbo, kie staris la statuo de Pajno kun la kapo kornhava, la ŝafinaj kruroj, unumane tenanta la sirinkson, alimane saltantan bokon, kaj ankaŭ antaŭ tiu ĉi li kurbiĝis kaj petegis pri la liberiĝo de Ĥloa, kaj li vote promesis tiam oferi bokon. 3 Kaj apenaŭ la suno subiĝis, kiam li ĉesis plori kaj preĝi, kaj levinte la foliojn, kiujn en la arbaro li tranĉis, li reiris al la kampuldomo, rekuraĝigis Lamonon kaj la liajn, ĝojigante ilin, kaj per viando kaj vino sin mem refreŝiginte, profunde li ekdormis; 4 sed eĉ tio ne senlarme, sed preĝante mem ree vidi la Nimfojn, kaj esperante, ke baldaŭ estos la tago, en kiu Ĥloan ili promesis al li. El ĉiuj noktoj tiu ŝajnis esti la plej longa. Sed en ĝi okazis jene:

25: 1 La estro de la Metimnanoj, kiu ĉirkaŭ dek stadiojn remis for, volis refreŝigi siajn soldatojn post la surteriĝo. 2 Li supreniris do sur promontoron, kiu splitis la maron per elstaranta pinto, ĉe kiu la maro prezentis ankrejon, pli kvietan ol haveno. Tie siajn ŝipojn li ankrigis, sekure for de la bordo, tiel ke de la tero neniu el la paŝtistaro povu damaĝi ĝin, kaj al la Metimnanoj li permesis pace distriĝi. 3 Tiuj do, kiuj el la militpredo havis abundon da ĉio, ekdrinkis kaj amuziĝis, kvazaŭ festante la venkon. 3 Mallonge post krepuskiĝo, kaj dum je noktiĝo la festado finiĝis, subite ŝajnis, ke la tero tute brulas, kaj aŭdeblis plaŭdado de remiloj, kvazaŭ alproksimiĝas al ili granda floto. Unu ekkriis alarme, dua vokis la estron, ree alia kredis esti vundita, alia ekkuŝis kvazaŭ li estus kadavro. Oni kredus aŭdi noktan bataladon, sed malamikoj ne estis videblaj.

26: 1 Kiam per ĉio ĉi pasis la nokto, aperis la tago kun pli granda teruro. Ĉiuj bokoj kaj kaprinoj de Dafniso subite portis inter la kornoj hederon kun beroj, la virŝafoj kaj la ŝafinoj de Ĥloa hurlis kvazaŭ lupoj. Kaj tiam aperis ŝi mem, kronita per pinpingloj. Ankaŭ en la maro okazis mirindaĵoj. Kiam la ankrojn oni provis levi, ili daŭre restis kuŝantaj surgrunde, kaj kiam la remilojn oni metis por remi, ili rompiĝis, kaj delfenoj, saltante el la akvo, per la vostoj batante la ŝipojn, malligis la najlojn. 2 De la kruta roko de la promontoro aŭdiĝis la sono kvazaŭ de kanfluto. Sed ne estis dolĉa, kiel kutimas esti tia sono, sed timiga por kiu ĝin aŭdas, kvazaŭ milittrumpeto. Konfuzite la Metimnanoj ekkaptis la armilojn, kaj tiujn, kiuj estis nevideblaj, ili konsideris siaj malamikoj, tiel ke ili petis, ke la nokto ree venu super ilin, esperante, ke el ĝi venos batalĉeso. 3 Por ĉiu iom mense sana ne estis malfacile vidi, ke tio estas vid- kaj aŭd-fenomenoj kaŭzitaj de Pajno, kiu koleris kontraŭ la ŝipanaro. Sed la kaŭzon ili ne povis diveni – ja neniu sanktejo de Pajno estis prirabita – ĝis ĉirkaŭ tagmezo ne sen dia interveno ekdormis la gvidanto, kaj Pajno mem aperis al li, kaj jene parolis:

27: 1 "Ho, vi, plej malpiaj, plej senrespektaj el la homoj, kiel kun konfuzita spirito ĉion ĉi vi kapablis fari? Per militbruado vi plenigis la landon, kiun mi amas; la bovingregojn, la kaprinojn, la ŝafojn, kiuj estis sub mia ŝirmo, vi forpelis; de la altaroj junan knabinon vi forrabis, pri kiu Eroso volas estigi miton. 2 Kaj nek por la Nimfoj, kiuj ĝin spektis, vi havis respekton, nek por mi, Dio Pajno. 3 La Metimnanojn vi do ne revidos, se kun tia predo vi volas forveli, kaj ankaŭ vi ne eskapos de ĉi kanfluto, kiu vin konfuzas. 4 Se vi ne plej eble rapide rekondukos unue Ĥloan al la Nimfoj kaj due ŝiajn gregojn, kaprinojn same kiel ŝafojn. Do stariĝu, kaj la knabinon kun ĉio menciita enŝipigu, kaj mi estos vojmontranto, por ŝi en sia pado, kaj por vi en via marvojaĝo."

28: 1 Tute konfuzite Briakso – tiel nomiĝis la kapitano – saltleviĝis, kunvokis la ŝipestrojn ĉe si sur la ŝipo, kaj ordonis al ili kiel eble plej rapide inter la militkaptitoj serĉigi Ĥloan. Kaj jam baldaŭ ŝin oni trovis kaj kondukis antaŭ la kapitanon, ĉar per pinpingloj ŝi estis ankoraŭ kronita. Poste Briakso signon rimarkos, konforme al la sonĝobildo, kiu aperis al li, kaj per sia propra ŝipo li kondukas ŝin al la tero. Apenaŭ ŝi deŝipiĝis, kaj ree aŭdiĝas de la rokoj la eĥo de l' kanfluto, ĉi-foje tamen ne minaca aŭ timiga, sed laŭ paŝtista kutimo, kaj tiel kiel sonas por konduki la gregojn al la herbejoj. 3 Kaj la ŝafoj iris laŭ la ŝip-eskalo eksteren, ĉe kio sur siaj hufoj ili sin lasis gliti suben, sed la kaprinoj estis pli kuraĝaj, ĉar ili kutimas moviĝi laŭ krutaj rokoj.

29: 1 Kaj tio en cirklo staris ĉirkaŭ Ĥloa, kvazaŭ en ĥordanco, kaj kun sia saltado kaj blekado kaj aliaj signoj de ĝojo. Sed la kaprinoj, ŝafoj kaj bovoj de l' ceteraj gardistoj restis surloke en la subo de l' ŝipo, kvazaŭ la sono de la fluto ilin ne atingus. 2 Kaj dum ĉiuj miris pri tio kaj donis honoron al la Dio Pajno, surmare kaj surtere oni vidis eĉ pli grandajn mirindaĵojn. Ĉar antaŭ ol la Metimnanoj levis siajn ankrojn, iliaj ŝipoj jam estis naĝantaj, ĉe kio delfeno, kiu daŭre elsaltis el la akvo, gvidis la ŝipon de la estro. 3 La kaprinojn kaj la ŝafojn gvidis flutado plej agrabla, sed neniu vidis la ludiston, laŭ kies ludado ŝafoj kaj kaprinoj kune antaŭeniris paŝtiĝante, sorĉitaj de la muziko.

30: 1 Por la dua paŝtado nun estis tempo kaj Dafniso de iu alta elrigardejo spektis proksimiĝi la gregojn kun Ĥloa, kaj laŭte kriante: "Ho vi Nimfoj, ho benata Pajno!" li descendis al la ebenaĵo, kaj brakuminte Ĥloan, li senkonscie falis teren. Pene rekonsciiĝinte sub la kisoj de Ĥloa, en ŝiaj varmaj brakoj, li iris al la kverko, kie ili estis bezonataj, kaj sidiĝinte sur la trunko li demandis ŝin, kiel ŝi eskapis tian teruran kaptitecon. 2 Tiam ŝi ĉion rakontis al li laŭorde: kiel aperis la freŝaj mirto-beroj sur la kapoj de ĉiuj kaprinoj, kiel la ŝafoj hurlis kvazaŭ lupoj, kiel pinoj aperis sur iliaj kapoj, kiel la tuta lando ŝajnis bruli, kiel terura plaŭdado aŭdiĝis de la maro. 3 La du tonoj de tiu fluto sonos de la kruta roko de la promontoro, unu alvokis al batalo, la dua al paco – la du teruraj fantomoj de la nokto –, kaj ne sciante sian vojon uzis kiel gvidanton kaj amikon la dolĉan muzikon de tiu stranga nevidebla sirinkso. 4 Dafniso rekonis la sonĝo-vizion de la Nimfoj kaj la agojn de Pajno, kaj rakontis al ŝi, kion li mem vidis, kaj kion li aŭdis, kaj kiel, kiam li estis preta morti pro teruro, lia vivo estis savita per la zorgemo kaj afableco de la sanktaj Nimfoj. 5 Kaj tiam li sendis ŝin for por konduki Driason kaj Lamonon kaj iliajn edzinojn al la oferfesto, kaj ĉion necesan por oferi al Pajno kaj la Nimfoj. 6 Intertempe li kaptis la plej belan el siaj kaprinoj, kaj tiam li kronis ŝin per mirtofolioj same kiel aperis la tuta grego antaŭ la malamiko, kaj lakton li igis verŝi sur la kornojn, en la nomo de la Nimfoj li mortigis ŝin, kaj oferis ŝin al ili. Li pendigis ĝin, forprenis la haŭton, kaj dediĉis ĝin kiel oferaĵon.

31: 1 Kiam la grupo kun Ĥloa foriris, li bruligis fajron kaj, dum iom de la viando li pretigis, parton li rostis, la unuajn kaj plej belajn partojn li oferis al la Nimfoj, kaj pleniginte pokalon per nova vino, li faris verŝoferon. Kaj el folioj ili faris litojn, kaj ĉiu viro sin dediĉis al manĝo, trinkado kaj ŝercoj. 2 Kaj samtempe ili atentis la gregojn, por ke neniu atakanta lupo faru malamikaĵojn. Ili ankaŭ kantis iom por laŭdi la Nimfojn, solenajn kanzonojn de malnovaj paŝtistoj. 3 Kiam fariĝis nokto, ili tie kuŝis sur la agro, kaj sekvatage ili memoris pri miraklofaristo Pajno, kaj la bokon, kiu estris la gregon, ili kronis per pinbranĉoj, kaj starigis lin ĉe la pino, verŝis vinon sur lian kapon kaj benis la Dion, oferis lin, kaj senhaŭtigis lin. 4 La viandon parte ili kuiris, parte rostis, kaj tion metis sur la paŝtejo inter la foliojn. La haŭton kune kun kornoj ili najlis al la pino apude al la statuo, kiel paŝtistan oferon al la Paŝtista Dio. Ili oferis ankaŭ la unuajn viandtranĉojn, kaj ili verŝis al li vinon el pli granda kratero ol por la Nimfoj. Ĥloa kantis kaj Dafniso ludis la fluton.

32: 1 Poste ili kuŝiĝis por manĝi, kaj alvenas la bovgardisto Filetas, kiu hazarde alportas kelkajn florkronojn por Pajno, kaj grapolojn ankoraŭ kun folioj ĉe la branĉoj. Lia plej juna filo, Titiro, akompanis lin, flavruĝa knabeto helokula, blankhaŭta kaj fiera laŭ teniĝo kaj kun nobla paŝado kvazaŭ de juna kapro. 2 Kiam ili vidis, kio estas la intenco de l' bona olda Filetas, ili kune alkuŝiĝis kaj kune trinkis. 3 Tiam, kiel estas kutime ĉe maljunuloj, iom tro trinkinte, ili rakontis inter si, kiel kuraĝaj en sia junaĝo ili estis, kiel multajn atakojn de rabistoj ili eskapis. 4 Iu fanfaronis, ke lupon li mortigis, iu alia, ke li estis dua nur post Pajno en la lerto de flutludado. Kaj tio estis, je kio fieris Filetas.

33: 1 Dafniso do kaj Ĥloa faris ĉion eblan, ke li aŭdigu al ili iom el sia arto ludi per fluto ĉe la festo por la Dio, kiu tiom ŝatas la kanfluton. Filetas jesas, kvankam li plendas, ke la oldeco rabas al li la spiradon, kaj la kanfluton de Dafniso li enmanigis. 2 Sed por lia potenca arto tiu estas tro eta, ĉar ĝi estis konstruita por infana buŝo, por blovi en ĝi. Li do forsendas Titiron por venigi sian propran fluton, kvankam lia propra farmejo estas dek stadiojn diste. 3 Tiu demetas siajn vestaĵojn, kaj nuda ekkuras kvazaŭ cervino. Kaj Lamono sciigas al ili, ke intertempe li rakontos la historion de la kanfluto, kiun iu kapringardisto el Sicilio antaŭkantis al li, kontraŭ boko kaj fluto kiel rekompenco.

34: 1 "Tiu kanfluto origine ne estis muzikilo, sed bela knabino kun muzika voĉo. Kaprinojn ŝi paŝtis, kun la Nimfoj ludis, kantis kiel nun. Dum ŝi paŝtis la bestojn, muzikludis, kantis, Pajno alproksimiĝis, kaj provis konvinki ŝin je sia deziro, kaj promesis, ke li faros, ke ĉiuj ŝiaj kaprinoj naskos ĝemelojn ĉiujare. 2 Sed ŝi malakceptis kaj mokis lian amon, kaj rifuzis preni lin kiel amanton, ĉar li estas nek vera viro nek vera boko. Pajno ŝin postsekvas kaj provas perforti ŝin, sed Siringa forfuĝas de Pajno kaj lia perforto. 3 Elĉerpite de tiu fuĝo, ŝi sin kaŝas inter la kanoj, kaj por ĉiam malaperas en marĉo. Kolerega Pajno detranĉas la kanojn, kaj ĉar tie la knabinon li ne trovas, li pripensas kio okazis, kaj kunigas neegalajn kan-tigojn, ĉar ankaŭ ilia amo estas neegala, kaj tiel li inventis tiun ĉi instrumenton. Do ŝi kiu tiutempe estis bela knabino nun fariĝis muzika siringo."

35: 1 Apenaŭ Lamono finis sian rakonton, kaj Filetas laŭdis lin pro tio, ke li rakontis historion pli dolĉan ol iu ajn kanto, kiam Titiro aperis por doni al la patro la fluton, grandan instrumenton faritan el grandaj kanoj, kaj kie ĝi kunfiksiĝis per vakso, ornamis ĝin bronzo. 2 Oni kredus vidi antaŭ si la fluton, kiu unua estis farita de Pajno. Filetas leviĝis, kaj metinte sin rekta en sia seĝo, unue li elprovis, ĉu facile li povos blovi tra la kan-tigoj. 3 Tiam, konstatinte, ke nenio bremsas lian spiron, li ludis laŭte gajan muzikon. Oni povus kredi, ke ne unu fluton oni aŭdas, sed plurajn – la sono estis tiel plena, la melodio tiel riĉa. 4 Iom post iom Filetas moderigis sian forton, kaj transiris al pli dolĉaj sonoj. Kaj por komplete montri la arton de paŝtista muziko, li flutis kiel utilas por kaprinpaŝtisto, kaj kiel ĝin amas la ŝafoj. 5 Por la ŝafoj sonis dolĉe, por la bovinoj pli forte, por la kaprinoj pli akre: unuvorte, per unu fluto estis imitataj ĉiuj kan-flutoj.

36: 1 La aliaj silente kuŝis ĝuante kune; sed Driado stariĝis kaj petis lin ludi Dionizan melodion, kaj komencis danci antaŭ ili la dancon de l' vinberpremilo. Kaj li nun vivsimile bildigis ĉu kiel tranĉi la uvojn, ĉu kiel forporti la ujojn, ĉu kiel treti la grapolojn, ĉu kiel plenigi la barelojn, kaj fine kiel gajege festi tutkore la novan moston. 2 Ĉion ĉi kaj eĉ pli li tiel arte kaj lerte bildigis en sia dancado, ke ili ĉiuj imagis, ke vere perokule ili perceptas la vitojn, la uvojn, la premilon, la barelojn kaj ke Driado efektive trinkis.

37: 1 Kiam ĉi tiu tria maljunulo per sia dancado akiris ĉies laŭdojn, li brakumis kaj kisis Dafnison kaj Ĥloan. Tiuj tuj leviĝis kaj dance bildigis la rakonton de Lamono. Dafniso rolis Pajnon, kaj Siringan Ĥloa. Li per petegoj ŝin provis konvinki, ŝi malŝatante nur ridetas. Li ŝin postĉasas kaj piedpinte kuras imitante la hufojn, ŝi ŝajnigas laciĝi pro la fuĝado. 2 Tiam Ĥloa en la arbaro sin kaŝas, kiel Siringa en la marĉo; sed Dafniso ekkaptas la grandan fluton de Filetas, unue ludas ion plendan, kvazaŭ de amanto, ion pasian kvazaŭ por persvadi, ion alvokan kvazaŭ de serĉanto, tiel ke Filetas gaja eksaltas. 3 Sian fluton kisinte, li donis ĝin al li kaj petas lin poste transdoni ĝin ree al alia same valora. Dafniso pendigis sian propran etan fluton dediĉe al Pajno, kaj kiam sian Ĥloan li kisis, siajn bestojn li komencis peli hejmen, fajfante dumvoje, ĉar ekestis nokto.

38: 1 Ankaŭ Ĥloa kunigis sian bestaron kaj pelis ĝin hejmen per la sama muziko, kaprinojn same kiel ŝafojn, kaj Dafniso iris tre apude al Ĥloa. Tiel ĝis noktiĝo ili sin plenigis unu je l' alia, kaj decidis elpeli siajn gregojn pli frue sekvamatene. 2 Kaj tiel ili faris. Apenaŭ tagiĝis kaj ili jam ekiris al la herbejo. Kaj ili salutis unue la Nimfojn kaj poste Pajnon, kaj tie sidante sub la kverko, unue ili ludis sur la kanfluto. 3 Poste ili interkisis, sin brakumis kaj ekkuŝis. Poste nenion ili faris, kaj ree stariĝis, ili ankaŭ iom manĝis, trinkis iom da vino, kiun per lakto ili miksis.

39: 1 Per ĉio ĉi ili fariĝis pli kuraĝaj kaj ardaj, kaj batalis reciproke per ama batalo, kaj iom post iom ili ligis sin reciproke per ĵuroj. Ĉar Dafniso veninte al la pino ĵuris ĉe Pajno, ke li ne sola vivos sen Ĥloa, eĉ ne unu tagon; kaj Ĥloa ĵuris en la groto de la Nimfoj, ke ŝi havos la saman vivon kaj morton kiel Dafniso. 2 Tamen Ĥloa havis tian simplecon, ja estante knabino, ke kiam ŝi elvenis el la groto, ŝi petis novan ĵuron de li: "Ho Dafniso", ŝi diris: "Pajno estas Dio amema, kaj nefidinda. Li amis Pitisan, li amis Siringan. Krome neniam li ĉesas ĝeni la Driadojn, kaj kaŭzi problemojn al la Nimfoj, la ĉefaj Diaĵoj de niaj gregoj. Do li ne atentus, se vi ne tenas vin je viaj ĵuroj, kiujn vi ĵuris, nek punus vin pro tio, eĉ se vi rilatus kun pli da virinoj ol kanojn vi havas en via kanfluto. Do ĵuru per viaj bovingregoj, kaj per la kaprino, kiu vin nutris, ke vian Ĥloan vi ne forlasos, dum ŝi fidelos al vi. Sed se al vi kaj la Nimfoj ŝi estos maljusta, tiam vi povos foriri de ŝi kaj malami ŝin, kaj vi povos mortigi ŝin, kiel lupon vi mortigus." 3 Pri tiu ĵaluzo plaĉa Dafniso ĝuis, kaj starante meze de l' bestaro, metante unu manon sur kaprinon, la alian sur kapron, li ĵuris ami Ĥloan, kiu lin amis; kaj se iun alian ŝi preferus, ne ŝin, sed lin li mortigos. Ĉe tio Ĥloa estis ĝoja, kaj lin kredis, kiel knabino-paŝtistino, kiu kredas, ke gregoj da ŝafoj kaj kaprinoj estas la indaj Diaĵoj de l' paŝtistoj.

Kvar mikronoveloj

de Iñaki Goitia Lucas
(el la hispana tradukis Liven Dek)

Iñaki Goitia Lucas (Oñati, Eŭskio 1981) estas verkisto, bibliotekisto kaj filozofo. Lia ĝisnuna verkaro konsistas el mikronoveloj, mallongaj noveloj, eseoj, artikoloj, hajkoj, kantotekstoj...

Pluraj el liaj verkoj estas premiitaj en diversaj hispanaj literaturaj konkursoj, kaj kelkaj el ili aperis en naŭo da antologioj.

Iñaki Goitia Lucas
Foto: la aŭtoro

Instrukcioj por semi dubon (*Instrucciones para sembrar la duda*)

Enmetu tripunkton en la grundon de florpoto, akvumu ĝin dufoje en ĉiu semajno, parolu al ĝi pri filozofio, metoda dubo, skeptikismo... Post monato vi vidos kiel timide ekelgrundiĝas ĉusigno. Elforigu la du neĝermantajn punktojn, kaj, se ili estas ĝermintaj en krisigna formo, elradikigu ilin, kun ekstrema zorgo. Kaj, je la nomo de tio plej sankta por vi, ne forgesu stuci, de tempo al tempo, la konturojn de la ĉusigno antaŭ ol ĝi tro kreskos kaj fariĝos ekzistada dubo, kiu fine alvenos al la firma konvinko ke ĝi estas geranio.

* Gajnis la premion Wonderland de RNE (Hispana Nacia Radio).

Profesieca sinteno (*Profesionalidad**)

– Kia mallertulo! – krias spektanto post ĉiu provo de la tranĉilĵetisto. La murmurado, kiu sekvas post ĉiu provoko, estas tia ke ĝi povus rompi la ŝtalajn nervojn de eĉ la plej bona specialisto. Malgraŭ sia rimarkebla ĝenateco, la ĵetisto penadas montri sin surda, sed, post la sepa ĵetprovo, li ne plu povas reteni sin.

– Ĉu vi lertus pli ol mi?

La spektanto reagas senhezite. Ĉe la ĝenerala stuporo de la ĉeestantoj, li desupras de sia sidvico, ĝis la centro de la areno, kaj forprenas de li la lastan tranĉilon.

– *Flankeniĝu kaj lernu!* – li respondas dum la publiko retenas la spirado. – *Nur unu ĵeton, rekte en la koron!*

* Atingis finalon ĉe Wonderland de RNE (Hispana Nacia Radio).

Moderna tragedio (*Tragedia moderna**)

Ŝi troviĝis rekte kontraŭe. Knabino absorbita de la legado de Hamleto. Ĝuste tiam li vidis ĉion klare: li grimpis sur la dorson de Rocinante kaj, ignorante la konsilon de Sancho, li saltis de sia paĝaro en la kvinan akton, por forrabo de la princo Hamleto.

Malfeliĉe, kiam ili revenis por batali kontraŭ la gigantoj, la sinjoro, kiu estis leganta iliajn misaventurojn, jam de ioma tempo elvagoniĝis ĉe metrostacio *La Latina*. Nuntempe ili sopiras al Dulcineo kaj Ofelio respektive kaj vivas mizere en la plej malmultekosta loĝejo en la kvartalo *Malasaña*. La princo rifuzas labori kaj Donkiĥoto, nu, donkiĥotas.

* Gajnis la 2an Literaturan Konkurson Metronoveloj (*Metrorrelatos*).

Ho, mia kor'! (*Descorazonador**)

La koroj transplantataj de doktoro Silver ĉiam kvazaŭnovas. Ili sanas, fortas, kadence batas, ĉiuj venas el pacientoj forpasintaj pro nekoraj afekcioj. Ankaŭ la koro de mia edzino, kiu ĉiumatene, post la operacio, elhejmiĝas por trotadi. Nokte ŝi sonĝas pri iu Mateo Ackerman. Trovi kaj elimini lin estis pli facile ol konvinki la doktoron ke li anstataŭigu mian sanan koron per tiu de Mateo. Nun mia edzino donas sian atenton nur al mi kaj amoras kun mi pasie, dum, senĉese, elvoke sin prezentas al mi la allogaj kurboj de la sinjorino Ackerman.

* Atingis jaran finalon de "*Relatos en Cadena*" (Interligitaj Rakontoj) de *Cadena Ser*.

La invento de la ŝuoj

de Robindronath Tagor
(el la bengala tradukis Probal Daŝgupto)

Robindronath Tagor
Fonto: Vikipedio

La bengallingvan originalon Robindronath Tagor (1861-1941, ofte literumata kiel *Rabindranath Tagore*) verkis en la jaro 1897, kaj titolis *Ĝutaa aabiŝkaar*, 'La invento de la ŝuo/j' (ne ĉiu substantivo en la bengala devige indikas la gramatikan nombron). Ĝi aperis en 1898 en la revuo *Bhaaroti* kaj poste, en 1900, inkluziviĝis en lia poemaro *Kalponaa*, 'La fantazio'. Pli fruan version de la ĉi tie prezentita traduko oni trovos en la esperantigita Tagor-poemaro *Primico* (Kopenhago: TK/Stafeto, 1977); mi ĉi-foje forgladis kelkajn gramatikajn, metrikajn kaj vortelektajn fuŝojn.

Tagor surpodiigas en tiu ĉi teksto du figurojn tradicie konatajn en la bengala folkloro: la stultan ministron Gobu (nomo parenca al la adjektivo *gobet* 'stulta') kaj la ne multe pli saĝan reĝon Hobu. Karikaturante tiujn potenculojn, la popolo en Bengallando, same kiel aliloke, kreis en la folkloro angulon kie eblas fortikigi sian latentan opozicion al la arbitra potenco. Mi pardonpetas pro la kria ekspliciteco de ĉi tiu komento; Arthur Miller foje diris ke en la interkultura komunikado plorinde oftas la neceso (aŭ la perceptata neceso) laŭtege paroli.

"Ministro Gobo," Reĝo Hobo diras,
"Longe mi konsideris ĉi demandon:
Miajn piedojn kial polvo ŝmiras,
kiam mi surterigas mian plandon?
Pri la salajra sum' vi tre atentas,
sed pri neniu devo diligentas!
Korektu tuj tiun anomalion;
se ne, vi indos nepre pilorion."

Gobo, do, preskaŭ mortis pro cerbum';
liaj ŝviteroj iĝis jam glaciaj.
Gratis la kapon eruditoj, dum
la korteganoj sidis insomniaj.
Kuiro ĉesis, ĉar virinoj larmis.
La reĝon Gobo provizore ĉarmis
per omaĝnam': "Piedopolvo mankos,
se viaj, Moŝt', piedlotusoj blankos!"

Tion la reĝo longe pesis. "Prave",
konkludis li, "sed tio, ke la polvo
estu eliminita, jen pli grave;
pri via punkto nepre venos solvo
en sia tempo. Kial mi subtenu
scienculojn, se tamen min ĉagrenu
bagateloj? Ĉion laŭ sia ordo;
prioritatu Senpolvig-Raporto!"

Perpleksa, la ministro organizis
spertulan aregon el ĉiu fako
kaj ĉiu regno. Oni ekspertizis,
pro kio deficitis flartabako.
La komitat' deklaris kun soleno:
"Post grundforigo, ne plu kreskos greno."
Demandis Hobo, "Se problemos tio,
al kio servas via inĝenio?"

Fine, la interkonsiliĝoj fruktis:
aktivis balaila miliono;
la stratoj sian tutan polvon ruktis,
al Hob' polviĝis buŝ', orel', mentono.
Polvo okulojn fermis, sunon nubis:
ĉu plu la urbo restas, oni dubis;
la reĝo tusis: "Polvon forigonte
la polvon ili nur dissemis monde!"

Vektinte sur la ŝultro ledajn sakojn,
kuris akvoportista miriad';
ĝis kota fund' elpumpis ĉiujn lagojn,
riverojn reduktis al marĉa stat'.
Mortis akvanoj; aeruloj naĝis;
komerco dronis; ĉiuj ternis, kraĉis.
Verdiktis Reĝo Hobo: "Idiote!
La polvan krizon ili solvis – kote!"

La komitato rekunsidis, kaj
diskutis. Freŝan solvon de l' problemo
proponis geografo el Bombaj':
"Tapiŝu l' tutan teron; jen mia skemo."
Sugestis geniulo nordafrika,
"La reĝo loĝu en kamer' senlika.
Se li nur ne promenos piedire,
en ordo estos ĉio. Tre facile."

Hobo konfesis, "Vi elpensis lerte,
sed unu rezultato ne tre belos:
la administron oni fuŝos certe,
se neniam publike mi aperos."
Iuj decidis: "Al ledisto pagu,
kiu per led' la tersurfacon paku."
Aliaj diris, "Estos tio senpena,
se ie troviĝos ledfarist' konvena."

Spionoj kuris tuj al ĉiu flanko,
forgese pri ĉiu alia dev':
de led' kaj ledistoj montriĝis manko!
Maljuna ledfaristoklana ĉef'
esprimis opinion kun rideto:
"Ĉu rajtas mi sugesti pri rimedo?
Se vi per led' piedojn viajn vestos,
la terkovra bezono jam ne restos."

Hobo dubis la "tro simplan proponon":
"Ja ĉiuj homoj cerbumis kolose!"
Kriis Gob', "Palisumu la friponon
kaj en prizon' lin tenu rigle-ŝlose!"
Piedojn reĝajn ŝuis la ledisto.
"Min fie anticipis ĉi mefisto!"
grumblis, ĉesinte ŝviti, nia Gobo.
Ŝuoj, hu ra! Saviĝis la terglobo.

Glosoj

hu ra Proponata modifo de la oficiala interjekcio *hura*; meti la akcenton sur la silabon *ra* pli taŭgas al la interjekcia funkcio.

nam/i Fari la bazan omaĝan geston laŭ stilo kutima ĉe la hinduoj kaj la anoj de similmoraj sudaziaj komunumoj (la budhanoj, la ĝainoj kaj la siĥoj), do: gesti, kunplektante la manojn tiel ke la manplatoj komplete intertuŝiĝas kaj la rigide streĉitaj fingroj estas turnitaj antaŭen, iom supren, kaj levante la tiel plektitajn manojn al laŭokaza alto, varianta laŭ la grado de omaĝado.

omaĝ/nam/i Plene omaĝi laŭ stilo kutima ĉe la hinduoj kaj la anoj de similmoraj sudaziaj komunumoj (la budhanoj, la ĝainoj kaj la siĥoj), do: klini sin, tuŝi per sia dekstra mano la piedojn de la omaĝato, meti la simbolan polvon sur sian kapon, fari la bazan omaĝan geston (vidu la gloson por **nam/i**) kaj denove rekte stariĝi. En la tradukpoemaro Primico, referencita sube, por tiu ĉi nocio mi proponis apartan neologismon, *pronam/i*; mi ĉi-pere retiras tiun proponon.

La kunmetitan vorton *omaĝnami*, kaj ĉi tiujn glosojn por la du vortoj, mi transprenas el la posteuma verko *Ses trovnoveloj* de Manashi Dasgupta (Novjorko: Mondial, 2023).

Orient-eŭropa triptiko

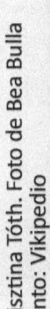

Krisztina Tóth. Foto de Bea Bulla
Fonto: Vikipedio

Krisztina Tóth (1967) estas unu el la plej elstaraj hungaraj poetoj de sia generacio, pli kaj pli ankaŭ prozisto. Ŝiaj novelaroj *Vonalkód* ("Strekokodo", 2006) kaj *Pixel* ("Rastrumero", 2011) estis ambaŭ tradukitaj en dekon da lingvoj. Jena poemo origine aperis Kristnaske de 2006 en la kultura semajngazeto *Élet és Irodalom*. La traduko de Stela Besenyei-Merger ricevis duan premion en la 6-a Tradukkonkurso "Lucija Borčić" de Kroata Esperantista Unuiĝo en 2022.

I.

Laŭtparolile sonas niaj nomoj
kaj ni eksaltas. Misskribiĝas
niaj nomoj kaj prononciĝas mise,
kaj tamen ni ridetas servoprete.
Hotelajn sapojn ni kunportas hejmen,
tro frue venas al la trajnhaltejoj.
Kun pezaj valizoj, larĝaj pantalonoj
sencele umas ĉie samlandanoj niaj.
Kun ni veturas trajnoj misdirekte,
kaj kiam ni pagas, moneroj disruliĝas.

Ni timas ĉe landlimoj, kaj trans ili
perdiĝas, sed rekonas nin laŭvide.
Rekonas eĉ ĉe fora mondoflanko
vestojn pro publiktimo traŝvititajn.
Sub ni la rulŝtuparo haltas, la teniloj
de plenaj sakoj disŝiriĝas, kaj kiam
ni foriras, eksonas alarmilo.
Sub nia haŭto, straso radianta:
mikrocirkvito de la kulposento.

II.

Mi scias kie vi loĝas, tiun urbon.
Mi konas tiun nigran akvofalon.
Via panjo sunumis surtegmente,
somere vi baniĝis en minej-lago.
Mi konas tiun homon: sengambulon,
kiu loĝas en la dom-enirejo,
mi konas tiun landon, konas mi
ĝiajn trajnojn, ploron, ĉielon kloran,
acidajn pluvojn, lantan neĝofalon,
kaj ĝiajn trovestitajn, palajn bebojn.

Mi scias kie vi loĝas. Ne gravas kie,
spaliron de akacioj stumpaj
vi sonĝas, pensante pri la hejmo.
Kiam Kristnaskan arbon, kiel pezan
mortinton, oni trenas, vi ekhaltas,
rigardas ĝin puŝatan al aliaj.
Mi scias kion vi vidas. Implikan aron
de homaj korpoj, brakojn etenditajn
kun strasoj forgesitaj: ore bluaj
malplenigitaj bombonpaperetoj.

III.

Mia nomo estas Alina Moldova.
Mi venas el Orienta Eŭropo,
alteco: 170 centimetroj,
atendebla vivdaŭro: 56 jaroj.
Miaj dentoj enhavas amalgamon,
mia koro, angoron hereditan.
Mian anglan oni ne komprenas,
mian francan oni ne komprenas,
sen akĉento
mi nur la lingvon de timo parolas.

Mia nomo estas Alina Moldova.
Mia korvalvo estas negardata barilo,
veneno cirkulas en miaj vejnoj,
mi atendas vivdaŭron de 56 jaroj.
Mian dekjaran filon mi kapablas porti,
mi scias akiri farunon, suriri trajnon en movo.
Vi povas bati min, skui min,
nur miaj orelringoj kraketas,
ŝraŭbeto loziĝinta
dum motorturnoj idlaj.

Decline and Fall

de Zsuzsa Rakovszky
(el la hungara tradukis István Ertl)

Zsuzsa Rakovszky (1950) estas hungara poeto, prozisto, elangla tradukisto.

Ĉi tiu ŝia poemo unuafoje aperis, oktobre 1989, en la ensaluta numero de la grava kultura revuo *Holmi* (1989-2014), kaj trafe spegulas la sentojn kaj pripensojn de la tiama epoko „reĝimŝanĝa".

La esprimo *decline and fall*, „malkresko kaj falo", aŭ „dekadenco kaj fino", anglalingve reiras ĝis almenaŭ la vivoverka volumaro *The History of the Decline and Fall of the Roman Empire* (1776), de historiisto Edward Gibbon, pri la romia imperio kaj ties posttempo.

Laŭgrade cedos, kaj vanuos tute
ĉiuj kinejoj kaj cigaredmarkoj
baptitaj laŭ konstituciajuraj
aŭ milithistoriaj nomoj. Same ÉPGÉP,
publikaj akvinstancoj kaj reklamoj
alumetujaj pri ŝparado. Grade
sekvos distriktaj filialoj de la
gastindustria ŝtata entrepreno,
breĉitaj kafotasoj, tubstrukturaj
skabeloj plastaj, gnomaj; senbobelaj
trinkaĵoj kun oranĝa etikedo
kvazaŭ pro ekvatora suno pala,
tabloj gluecaj, falsmarmoraj. Kiel
rezistas neĝmakuloj en frosteta
spaco, sporade, tiel ili pluos
kelktempe – tamen, fine, senrevene
sinkos festoj funebraj aŭ fikciaj,
anoncafiŝoj pri tutlandaj tagoj
sportaj, infanaj; reemerĝos subaj
tavoloj: branĉoj verdaj kaj kolomboj,
el sub ciferoj vangoj virgulinaj

(abundamame sub ĉemizĉifonoj
Playboy-kunikloj konsole kontrapunktas)
vanuos, kiel ankaŭ ĉiuj produktoj
de klasikismo ordonema, naŭzaj
trajnatendejoj, monstraj freskoj skvame
defalaj en provincaj kulturdomoj,
mankhavaj mozaikoj elmontrantaj
kantatokantajn grenorikoltantojn
kaj lagro-riparantojn: la homaron
laboran kaj liberan. Nu, ne
sukcesis milione provkunikla
eksperimento ŝajne ferbetona,
kiu nun balonete, klak-subite
dissaltas, aŭ per longa flagretado
fandiĝas ŝrumpe, sen ajna similo
– krom, diru ni, tiu de la forpaso –
al la ekzemplaj Romo, Babilono.
Mia spegulo amasproduktita
aŭ kremflakono ne enmuzeiĝos
klerige por dimanĉaj familioj,
nek miaj eroj en hermeta gardo
de violona ujo aŭ bast-volvo
– harfranĝoj tinkturitaj, okulglobo –,
kaj ne surmuros virt-averte por la
posteularo mia portretego.
Eĉ murpaneloj antaŭfabrikitaj
enfalos en la griza lunpejzaĝo
de kokinkaĝaj stratoj ĝemelurbe
nomitaj, kubodomoj pli inkubaj
ol la baroko pufa urbocentre.
Manpleno da ŝaŭmtorte nigreverdaj
publikaj konstruaĵoj jarcent-aĝaj
eventuale pluos, tamen sen la
ornamocele lingvoportaj skriboj
de homograndaj slogantukoj; putros
kokostapiŝaj kvastoj, elsekiĝos
dekoraj plantoj flave vegetintaj
en la salonoj kie proofice
estrino puca regis la registron –
eksos la lokoj de niaj nasko, morto,
nupto: pluvivas ili nur dum ni, vivintoj,
pluvivas, konservitaj, mumiece
en la indiferenta mielo de memoro.

Du poemoj

de Luofu
(el la ĉina tradukis Ardo)

Luofu en 2012.
Fotinto: 目宿媒體股份有限公司
Fonto: Vikipedio

Luofu (1928-2018), la plej fama moderna poeto en Ĉinio kaj kandidato por la Nobel-premio pri literaturo, naskiĝis en 1928 en Hengyang, provinco Hunan de Ĉinio. En 1943 li publikigis sian unuan prozaĵon "La Korto en Aŭtuno" sub la pseŭdonimo Ye Sou en la gazeto *Libao Hengyang*. Li iris al Tajvano en 1949 kaj poste loĝis en Vankuvero, Kanado. Li estas konata kiel la plej elstara kaj inspira poeto en Ĉinio. Li dediĉis sin al la verkado de moderna poezio kaj havis gravan influon sur la evoluo de moderna poezio en Ĉinio kaj Tajvano. En 1999, la poemaro de Luofu "La Magia Kanto" estis elektita kiel unu el la literaturaj klasikaĵoj de Tajvano. En 2001, li estis nomumita por la Nobel-premio pri literaturo pro sia longa poemo "Flosanta ligno". Li estas superreala poeto, kies esprimteknikoj estas preskaŭ magiaj, kaj li estas konata kiel la "Poezio-Demono" fare de la poezia rondo. Li mortis en Tajvano en 2018.

Pro la vento

Hieraŭ, laŭ la riverbordo
mi promenis al la loko
kie kanoj kliniĝas por trinki akvon
Mi petas ke la kamentubo
skribu al mi longan leteron en la ĉielo
la skribo estas iom malzorgema
sed mia koro estas hela
kiel la kandela lumo antaŭ via fenestro
Se estas io ambigua
ĝi estas eĉ neevitebla
pro la vento

Ne gravas
ĉu vi komprenas la leteron aŭ ne
Plej gravas
ke antaŭ ol lekantoj ĉiuj velkis
vi rapidu
koleri aŭ ridi
elserĉi malpezan ĉemizon el mia valizo
kombi viajn nigrajn harojn
kaj pretendi vian ĉarmon antaŭ la spegulo
Do sekve vi lumigu lampon
per dumviva amo
Mi estas fajro
kiu povos estingiĝi iam ajn
pro la vento

La funebro de poemo

Ĵetu en la fajron
ampoemon, kiu estis jam ŝlosita
en tirkesto dum tridek jaroj
En la brulanta fajro
la vortoj krias
la cindroj silentas
Ĝi kredas
iun tagon
tiu persono legus ĝin en la vento

Poemoj

de Ronald Euler
(el la loren-germana tradukis Benoît Philippe)

Ronald Euler
Foto de la aŭtoro

Ronald Euler naskiĝis en 1966 en *Sarre-Union* (en la indiĝena lingvo: *Buckenum*) en nord-okcidenta Alzaco (Francio). Post studado en Strasburgo pri la germanaj literaturo kaj kulturo, li verkis magistran memuaron pri "La alzaca problemeco en la poemo *Schwàrzi Sengessle* ("Nigraj urtikoj") de Claude Vigée". Li nun instruas en dulingvaj klasoj en elementa lernejo.

Pri si mem li rakontas jenon: "Mi naskiĝis en *Alsace Bossue* aŭ *Krummes Elsass* (Ĝiba Alzaco), tiu lorena apendico sur alzaca teritorio aŭ alzaca apendico sur lorena teritorio. Miaj gepatroj transdonis al mi la lokan lingvon, kiu estas germana dialekto de la familio de la lorena rejn-franka, ordinare nomata *Lothringerplatt* (loren-germana), fakte dialekte germana. Ĝi estas lingvo, kiu ne rajtis uzati en la lernejo, lingvo apenaŭ agnoskita de la oficialaj instancoj, lingvo mistraktata de ideologoj kaj uniformigemuloj de ĉiaj specoj kaj kalibroj, sed ankaŭ de konformismo, de indiferenteco, de senvoleco de siaj propraj parolantoj komplicaj kaj viktimaj de plurjarcenta asimila politiko. Por mi, ĝi estas la lingvo de mia plej intima estaĵo, kiu permesas esprimi la aferojn kiel mi travivis kaj travivas ilin tuj je miaj korpo, koro kaj animo. Ĝi esprimas la aferojn kiaj ili estas. Ĝi permesas al mi esprimi kion mi taksas esenca en la vivo. Mia lingvo fajfas pri la momenta vento. Ĝi estas libera."

Ronald Euler inklinas al granda optimismo kaj revas pri Alzaco, kie la indiĝenaj dialektoj apud la franca kaj la germana, sia referenca literatura lingvo, havus justan lokon, konforme al sia lingvistika riĉo kaj laŭ siaj historiaj kaj homaj valoroj. Li revas pri Alzaco fiera pri sia diferenco, prodigema kaj akceptema en Francio spirite malfermita kaj honeste responsa pri sia lingva kaj kultura diverseco, respekta al la homoj kaj al la medio.

Lia poezio ĝenerale ne zorgas pri rimoj aŭ klasikaj versmezuroj, komplete senas je kliŝoj kaj kiĉo, freŝe spontanas en verva lingvo.

De Ronald Euler aperis tri dulingvaj poemaroj (loren-germana / franca): *Versesplittere, Lewessplittere* ("Versosplitoj, vivosplitoj", 2006); *Zwische Schwarz un Wiss* ("Inter nigro kaj blanko", 2009); *E Plàtz zum Schnüfe* ("Loko por spiri", 2017). Ĉiuj sekvaj poemoj aperis en lia lasta libro.

Koko-Fric'

Ladisto estis paĉjo laŭmetie
kaj tubist' kaj tegmentist' iafoje
fekej-flikist' kaj defluilist' plie
ventkokist' ekde l' ripoz' kunpensia

Kun martel' mane kaj babuŝ' piede
en metiej' Fric' estas paradize

kaj li batas ladon kaj ĝin formas, ke ĝi bruas kaj krakas
kaj li frapas ladon kaj ĝin draŝas, ke ĝi sonas kaj klakas
kaj li tranĉas ladon kaj ĝin tiras, ke ĝi ŝrikas kaj blekas
kaj la lado jen ploras jen kantas, laŭ liaj dezir' kaj vol'

Poste la koko estas pelata en ĉiuj direktoj
por surdige kriĉi kaj kokeriki al homoj

kaj li batas soldatsuferon el la animo
por ne aŭdi la krion de l' falinta amiko
kaj li batas doloron el la korp' kaj turmenton
por kovri la kanontondradon

Kiom longe li plu batos, por ke oni aŭdu lin en la ĉielo?

Kun malfermitaj okuloj

lin skui
ke li vekiĝu

per rigardo lin regali
ke li ekspiru

manon al li prezenti
ke la koro ekfloru

ke li eble homiĝu
la malhomon demetu
la superhomon elpelu
kaj finfine
al sia kunhomo la manon donu

por homi

simple nur
sincere homi

kun malfermitaj okuloj
homecon revi

revi

Panjo

ĉiam preta por l' infano
vestu vin bone
atentu tenu vin dece
ne faru stultaĵojn

post la lernejo
odoro de pomtorto
de karnavalaj benjetoj
en la gemuta kuirejo

ĉiam preta por l' infano
kiam ĝi malsanas
kiu antaŭĝojas
pro miellakto varma

kareso de panjo
kaj la doloro jamas for
vorto de panjo
kaj la timo svenas
rigardo de panjo
kaj nenio plu minacas

lumturo en vivŝtormo

Kune

ĉiumatene
kiam vi veturas al la laborejo
ĉiuvespere
hejmenvoje
preter la tombejo
vi mansvingas al ili

la ostoj de paĉjo
la cindro de panjo
kune en la sama tombo

kaj vokas: *saluton al vi ambaŭ!*
kvazaŭ vi atendus respondon

sed hodiaŭ la ĉielo aparte bluas

Korbatado

pluvo pluvogutoj
folioj skuatas

la domo senas je ilia rido
miraklo necesus
sed nenio venas
eĉ ne muŝ'

la stara horloĝo stulte korbatas
en la dezerta koridor'
miskuŝas ludiloj
kiuj ne scias kion per si fari

pluvo pluvolarmoj
tremas sur la vitro

Muelista vorto

timon ne sentu mia infano
al nenio kaj neniu
se ĝi ne volas iri for
tiam sidiĝu ĉe la roj'

aŭskultu kiel ĝi laŭfluas sian vojon
super rulŝtonetoj kaj ŝtonoj
preter urtikoj kaj pikarbustoj
sen-tike sen-ektime

vidu kiom ĝi etiĝis
via timo mia infano
tiom ke ĝin vi ne plu vidas
tiom ke ĝi ne plu ekzistas

La rideto de l' patro

la patro surdas
daŭre havas kapdoloron
moviĝas kiel heliko
ne plu eliras la domon

kiam li fermas la rulkurtenon
antaŭ arda somervarmo
ĝuste alvenas post longa vojaĝo suden
lia ne plu tiom juna knabo

de sube supren la knabo mansvingas
kaj la patro radias tiom vastan rideton
ke brulas en la koro de l' ido
kiu ĝin ne forgesos dum sia vivo

Por lasta fojo

por lasta fojo
la vortojn de l' infanaĝo flustri
la vortojn de l' infanaĝo karesi
la vortojn de l' infanaĝo frandi

por lasta fojo
la okulojn sur-landete migrigi
la okulojn sur-karultombe ripozigi
la okulojn sur-infanete vaste malfermi

por ankoraŭ lasta fojo
la amon de l' infanaĝo spiri
la varmon de l' hejmlando senti
la odoron de l' leontodo flari

sur l' orflavaj herbejoj transkapiĝi
ĝis la vivorado renversiĝas
kaj ĉio denove rekomenciĝas
ankoraŭfoje

ARTIKOLO/ESEO

Pri la eksterteranoj en

Poemo de Utnoa

kaj en ĝiaj sciencfikciaj fontoj

de Abel Montagut

Tri monatojn post recenzo de Jouko Lindstedt, aperinta en oktobro 2023 en la Facebook-grupo Literatura Babilejo, kaj post la diskuto ĝin sekvinta, mi prezentis samloke pli da detaloj pri la scienc-fikcia flanko en *Poemo de Utnoa*.

Interalie, mi transskribis la plenan tekston de mia letero sendita al Giulio Cappa antaŭ proksimume tridek jaroj, en februaro 1994. Parto de la letero, en kataluna traduko, aperis pli frue en anekso de la prozforma katalunigo de *Poemo de Utnoa*. Ĉi tiu traduko estis eldonita en 1996 sub la titolo *La gesta d'Utnoa*.

Jen do la letero sendita al Giulio Cappa en 1994, okaze de lia traduko de specimeno el la *Poemo de Utnoa* por itallingva antologio de sciencfikciaj aŭ fantastaj tekstoj originale verkitaj en esperanto. Ĉi tiu antologio aperis en aprilo tiujara, sub la titolo *La lingua fantastica*.

Giulio Cappa
via A. [...]
IT-11100 Aosta

Abel Montagut
[...]
ES-25460-Cervià
Catalunya

1994 02 15

Kara Giulio,

Bonorde mi ricevis vian leteron el 1994 02 01. Dankon pro via akurateco min informi. Via traduko nun ŝajnas al mi, malgraŭ miaj malprofundaj konoj pri la [itala] lingvo, plene taŭga.

Koncerne la aldonon de "Daa-35": mi deziras klarigi ke ĝenerale pri la tuta verko mi ne petus reliefan aperigon de tiu nomo, ĉar, kiel vi esprimis en via letero el la 27a de decembro pasintjara, la aŭtora verkado konsistas ĉefe en la ordigo, "la graveco de formo, reordigo kaj rekoncipo ege superas la eventualan alprenon de jam ekzistantaj epizodoj."

Tamen ĝuste en tiu fragmento elektita de vi la plejmulto estas ne mia; plejparte temas pri laŭvorta elpreno (esperantigita) el dokumentoj troveblaj en diversaj libroj. Pli precize, la "vortoj de Govuo" (kiuj konsistigas preskaŭ trionon da versoj el la elektitaĵo) estas teksto tute ne mia, sed laŭvorta el la tiel nomataj "TAAU" ("alineoj") de Ummo. Mi prikonsideris tiujn tekstojn kiel literaturan materialon, tute sendepende de ilia hipoteza deveno. Jen la fonto: *Escritos de Ummo* (kvin volumoj), kompilitaj kaj broŝure eldonitaj de J. M. Aguirre, Madrid, 1981. Krome, ankaŭ la priskribo pri la amorado, krom detalaj ŝanĝoj kaj aldonoj, estas el tiel nomataj "Ummo"-anaj fontoj, aperintaj, krom en tiuj *Escritos...*, en libroj de pluraj aŭtoroj, kiuj ne atribuas al si mem la aŭtorecon, ekz-e en Antonio Ribera, *Ummo informa a la tierra*, Barcelono, 1987, p. 86-88.[1]

Temas pri kelkaj el la multaj libroj kiujn mi prikonsultis kun ekskluzive literatura celo: mi ne estas fanatikulo pri tiaj temoj, aŭ pri la *Biblio* k.c. Sed eble inter la legantoj de sciencfikcia antologio troviĝos konantoj de tiuj fontoj. Tial mi sentis la neceson peti ĉi tie, por tiu ĉi specifa fragmento, la indikon de la nomo "Daa-35", kunmetita laŭ la stilo en tiuj dokumentoj, por honesti rilate al mia ĉi-teksta aŭtoreco. Leganto kiu eĉ se nur hazarde konus la menciitajn dokumentojn (aperis priinformoj almenaŭ en la angla, franca kaj hispana) povus rajte riproĉi min pri nura plagiato. La aŭtoreco de *Poemo de Utnoa* videbliĝas en ĝia tuteco, en la interplektiĝo de personoj kaj faktoj ktp., sed tio ĉi ja ne povas aperi en la antologiita specimeno kaj pro tio mi ne deziris prezenti min kiel "solan" aŭtoron de tiu difinita fragmento. Mi pensis ke ĉar temas pri sciencfikcia antologio tiu aldono ne malkongruus, kvankam mi tute samopinias ke oni laŭeble evitu strangaĵojn kaj mi

---

1   *Noto de la aŭtoro en 2024*: Ĉi tiuj informoj estas menciataj inter la Fontoj de la *Poemo de Utnoa* sur p. 201 de la originala eldono de 1993, krom ankaŭ sur p. 235 de la reviziita eldono de 2018 kaj en ĉiuj tradukoj, sub la titolo "Ieree 19 k.a., Informoj de Ummo".

bedaŭras ke mi kaŭzis al vi "malkomforton". Mi esperas ke tio kun-
trenis neniun problemon rilate al la eldonisto.

Nu, mi deziras rakonti al vi pri pluraj aspektoj de la verko kun la
celo iom svenigi tiun malkomforton: vi scias ke ofte verkisto alprenas
specifan perspektivon aŭ personecon por rakonti aŭ priskribi (ekz-e
viro povas rakonti mi-persone kvazaŭ virino; nuntempulo kvazaŭ
mezepokulo, ktp., same kiel mi alprenis tiun de la fikcia "Cide Hamete
Benengeli" en la novelo legebla en "La Gazeto" n-ro 41, jun92). Do en
la nun pritraktata verko mi alprenis la perspektivon de eksterterano,
kvankam, kiel vi povis konstati, ĝi ne estas facile rimarkebla, kaj temas
pri sufiĉe tereca aliplanedano. Mi esperas ke tio ne konfliktos kiel troa
strangaĵo: en multaj sciencfikciaj verkoj tio estas trovebla (kvankam
laŭ mi *Poemo de Utnoa* ne estas sciencfikcia verko aŭ epopeo). Tamen
mi povas aserti ke ĉi tiu perspektivo estis alprenita de mi ne jam
dekomence aŭ arbitre, sed ĝi montriĝis tute necesa por kunligi ĉiujn
erojn de la rakonto kaj do por povi efektive verki la poemon.

Mia unua "inspiro" kaj emo estis envortigi, baldaŭ pere de epopeo,
la internajn sentojn de homo, kiu travivas "kontraŭajn" spertojn;
de homo kiu esence travivis ĉies spertojn, pozitivajn kaj negativajn,
laŭlonge de la tuta historio kaj laŭamplekse de la tuta geografio, do
"kvintesencon" de homo. Sekve, preskaŭ la unua ideo pri la poemo,
en embria formo, estis la du transvojaĝoj aperantaj en kantoj 5a kaj
7a. Tion mi konceptis fine de aprilo 1982. Kun la tempo mi iom pli
precizigis la vivospertojn de tiu homo, unuavice Noa, kvankam mi
provis ankaŭ per aliaj "famuloj", kiuj povus prezenti homon por ĉiu
homo, trans naciecoj kaj kulturoj.

Tamen leviĝis la problemo: kiel povus okazi tiu identiĝo de la
ĉefrolulo kun la spertoj de ĉiuj homoj, ĉu pozitivaj ĉu negativaj? Kiel
Noa povus samtempe esti kaj Gotamo kaj Hitlero... kaj vera memstara
homo? Aŭ kiel li povus tion funde trasperti? Necesis iaspeca spirita
vojaĝo pretertempa. Sed ankaŭ nepris ke ĝi estu vere kredebla por mi
kaj por la leganto/aŭskultanto. Jen do la tubero en la afero: kiel mi, Abel
Montagut, iele povus reale scii pri tiaspeca homo, Noa, prapasintulo,
kaj pri lia transvojaĝa subkonscia sperto. Ĉu iu – ĉu unuavice mi mem
– kapablus kredi la rakonton pri okazintaĵoj de praepokulo (pri kiu oni
transdonis nur mitaĵojn) kaj krome pri liaj animaj, eĉ preterkonsciaj,
spertoj, se li mem ne komunikis ilin kaj eĉ neniam eksciis pri ili?

Necesis rimedo. Mi esploris pri la teorio de hipnotismo k.s. dum
pluraj monatoj... Do, ĉu mi hipnotece konintus la subkonscion de

pratempa homo? Eble jes. Sed tio solvis nur parton de la kredebleco: la internan, subkonscian; sed ne tiun eksteran kaj eĉ ne tiun preter-konscian. Necesis intrigo, ĉar nepris ke tiu homo aperu kiel vera, verimpresa, alimaniere neniu povus identiĝi kun li kaj la tuto disfalus.

Gravis alia aspekto: de frue mi pensis ke necesos "diaro", kiel en la klasikaj epopeoj. Aliel, la rakonto fariĝus plata, sendimensia. Tiu "diaro", simile al la referencitaj, lud[u]s kvazaŭ pretertempaj estaĵoj, liverante la eblecon objektive kaj deekstere analizi la homajn farojn, por povi pli funde kaj transtempe fiksi kaj kompreni la homan esencon. Deprenu de *Iliado* aŭ de *Eneado* la diojn kaj iliajn intervenojn, kaj la rakonto perdos, krom variado, unikan dimension/perspektivon.

Do, pro la epopea tradicio kaj pro la taŭgeco de tiu duobla per-spektivo (kiun mi kredis interpreti post sufiĉe da legado) mi bezonis la eneston de "diaĵoj". Unue mi esploris kaj provis rilate al la mezo-potamiaj dioj, sed mi ne sukcesis ilin vivigi, eĉ se mi kunmetis iliajn nomojn kaj la koncernajn historiojn surbaze de la multaj variantoj. Mi provis ankaŭ per ia trans- aŭ komune-religia diaro, sed ĉiuj pro-voj malkonvinkis min. Plurfoje mi senesperis kaj pensis ke tiu entre-preno (nuntempa tuthomara epopeo) ne plenumeblas. Poste mi esploris: kiuj estas nuntempaj kaj laŭeble tutmondaj mitoj? Ĉu eble kinsteluloj, politikuloj, popularuloj: ekz-e Gandhi, Kennedy, Martin L. King...? Ĉu ili povus roli kvazaŭ nuntempaj universalaj diaĵoj? Ankaŭ ĉi-rilate mi ne sukcesis kunmeti kredeblan dian mondon. Nur tiam mi ekpensis pri la "eksterteranaj" informoj. Mi aĉetis librojn, revuojn, legadis, televidumis... same kiel antaŭe kaj poste mi faris pri la ceteraj esplorindaj temoj. Mi rimarkis ke ĝuste tio povus prezenti nuntempan mitaron kaj diaron, por tiel diri, "neŭtrale internacian", ĉar apartenanta al neniu difinita popolo. Kiel vi povas supozi, mi legis multajn absurdaĵojn, sed mi retenis nur tion kio kongruis kun mia literatura intenco. Heŭreka: mi rimarkis ke kelkaj el tiuj informoj, sendepende de ilia atribuata origino, plene taŭgas por mia celo: ili estis literature kongruaj. Ekde tiam la afero sukcesis profiliĝi: tiu perspektivo koherigis la tuton: 1. "dia" mondo; 2. ebleco aliri la pratempan historion de Noa kaj liajn preterkonsciajn spertojn; 3. mia ebleco ĝin ekkoni.

La informoj devenus de tiutempaj eksterteranoj superrigardintaj kaj diversmaniere registrintaj la praokazaĵojn; ankaŭ, kaj ĉefe, la transvojaĝoj de Noa koneblus kaj parte ekestus dank' al ilia interveno.

Tiuj informoj estus laŭlonge de la tempo transdonitaj al nuntempaj eksterteranoj. Fine, mi mem ne povintus interpreti la mesaĝojn kaj legi ilia-lingvajn dokumentojn. Do, nude kaj konklude, laŭ logika ĉeno, necesis nuntempa eksterterano (kun ties propraj motivoj) kiu disponigus al mi la tekston en lingvo de mi komprenebla... (tial la enkondukaj folioj).

Vi vidas ke por mia celo mi nepre bezonis ke ĉiu ero estu kredebla kaj logike kohera unuavice por mi mem. Alimaniere mi ne kapablus verki la libron: mi bezonis kredi vera la historion de Utnoa – aŭ ĝi ne impresus vera, viva, kaj se tiel ĝi ne atingus sian celon, mi ne sukcesus esprimi mian esprimendon.

Tamen, ĝis ĉi tie, vi diros, estas neniu problemo, ĉar tute libera alpreno de perspektivo estas literatura rimedo plene akceptita kaj normala. La problemo estas la insisto pri tiu aŭtoreco eĉ ekster literatura kadro. Nu, tio ŝuldiĝas al la maniero laŭ kiu mi verkis: elpreni ĉiun taŭgan fragmenton por la rakonto, eĉ laŭvortajn kaj eĉ sufiĉe longajn kun minimumaj ŝanĝoj, kiel, laŭ miaj esploroj, okazis en la klasikaj epopeoj. Tion rajtas fari neniu nuntempa verkisto, se li ne volas esti akuzata pri plagiato.

Vere mi ne aŭdacas prezenti ĉi tiun verkon tute simple kaj senpere kiel mian, ĉar en la nuntempa senco de la vorto ĝi verŝajne ne povus estis konsiderata kiel efektive mia. Kvankam finfine mi eble devos alpreni la sintenon "rekoni" mian aŭtorecon, aldonante ke mi verkis per prunteprenoj, kiel en alitempaj epopeoj.

Ĉu vi opinias ke mi povus sendanĝere tion "agnoski", almenaŭ por la tuta libro? Enestas multe da alprenitaj fragmentoj – kio normalis en ekz-e la mezepoka literaturo kaj en la pratempaj epopeoj, sed nuntempe tio skandalus kritikistojn aŭ legantojn kiuj tion senaverte malkovrus. Tial, ankaŭ por preventi tiun ŝokon, mi deziris iamaniere substreki ĉi tiun aspekton, des plie en fragmento kiel tiu tradukita de vi, ĉar, kiel dirite, pli ol la duono estas laŭvorte kaj laŭfraze ne-mia.

Post tio: ju malpli da strangaĵoj – prave, kaj ne ĉio kion mi skribis al vi ĉi tie necesas esti konata de leganto – sed eble jes de plenkonscia tradukanto, kiu iasence estas re-verkisto. Tial mi deziris rakonti ĉi tion al vi, kiu entreprenis alilingvigon.

Altestime kaj dankante vin,
Abel Montagut

Pri la utilo krei grandegan korpuson
de Esperantaj revuoj

de Jesper Lykke Jacobsen

La 24an de septembro 2023, la Akademio de Esperanto aprobis la Dekan Oficialan Aldonon al la Universala Vortaro. Tiu dokumento enhavas 420 radikojn kaj 832 vortojn aŭ plurvortajn terminojn kaj iliajn difinojn, kiujn la Akademio tiel oficialigas. La plejparto de tiu materialo rilatas al geografiaj nomoj kaj gentoj, kiuj estas nomdonaj por nunaj aŭ historiaj landoj.

En tiu sama tago, la Sekcio pri Ĝenerala Vortaro, kiu preparis la voĉdonitan dokumenton, jam komencis labori pri la Dek-unua Oficiala Aldono. Laŭ la plano de la sekcia direktoro tiu Aldono ĉefe enhavu vortojn komunuzajn, grandparte evitante fakvortojn, pri kiuj ekzistas aliaj planoj poste labori. Fine de aprilo 2024, la sekcio atingis la literon E, kaj la provizore aprobitaj artikoloj pri 36 kandidataj radikoj jam plenigas pli ol 6 paĝojn.

Kredinde la plej granda novaĵo kompare al antaŭaj Oficialaj Aldonoj estas la pritrakto de la ekzemplomaterialo en tiu ellaborota dokumento. Kvankam uzekzemploj jam aperas en la plej lastaj Aldonoj, neniam antaŭe oni povis renkonti ilian sisteman kaj sufiĉe abundan uzon por ĉiu ajn radiko kaj derivita vorto. Sed ankoraŭ pli grave, ĉiuj ekzemploj estas ĉerpitaj el realaj publikigitaj fontoj kaj montritaj sen iu ajn ŝanĝo alia ol iafojaj mallongigoj kaj malgravaj tipografiaj ŝanĝoj, ambaŭ cetere eksplicite markitaj laŭ plej rigoraj filologiaj principoj. Same skrupule aperas preciza fontindiko por ĉiu ekzemplo.

Per tiu ĉi mallonga artikolo mi ŝatus pledi por tiuspeca aliro al Esperanta leksikografio kaj klarigi kiel la sekcio procedas por trovi la koncernajn uzekzemplojn. Mi ankaŭ volas indiki kiel la legantoj de tiuj ĉi linioj eventuale povas helpi la Akademion atingi kiom eble plej altan kvaliton de la Dek-unua Oficiala Aldono kaj de aliaj estontaj samspecaj dokumentoj.

La du plej grandaj publike alireblaj korpusoj de Esperantaj tekstoj estas, laŭ mia scio, Tekstaro prizorgata de Bertilo Wennergren kaj

CorpusEye prizorgata de Eckhard Bick. Inter tiuj du Tekstaro elstaras pro la fakto, ke ĝi estas tre zorge redaktita je la prezo de granda homforta elspezo de Bertilo kaj liaj kunlaborantoj. Ĝi enhavas nuntempe pli ol 12 milionojn da vortoj kaj kovras la periodon de la jaro 1887 ĝis nun. Tiu amplekso sonas tre impona, sed fakte ĝi estas sufiĉe modesta kompare al tiu de la korpusoj uzataj por prestiĝaj vortaroj de grandaj nacilingvoj. Ekzemple la *Oxford English Corpus* uzata por la angla *Oxford English Dictionary* ampleksis jam en 2016 proksimume 2,1 miliardojn da vortoj, dum *Dudenkorpus* uzata por la germana *Duden Wörterbuch* nuntempe ampleksas proksimume 6 miliardojn da vortformoj. Ambaŭ korpusoj kunlaboras kun eldonejoj de libroj kaj gazetoj pri plej diversaj temoj.

Laŭ statistikaj studoj, la ofteco de vortoj en grandaj korpusoj sekvas la leĝon de Zipf. Tiu empiria leĝo asertas, ke la *N*-a plej ofta vorto en tekstaro havas *N*-oble malpli da trafoj ol la plej ofta vorto. El tiu principo facilas kompreni, ke por trovi sufiĉe variajn uzekzemplojn de ĉiuj krom la plej oftaj vortoj en lingvo oni ja bezonas korpuson de laŭeble centoj da milionoj da vortoj.

Antaŭ pli ol jaro mi komencis pripensi, ĉu eblus krei pli grandan korpuson de bonkvalitaj Esperantaj tekstoj. Kaptis mian atenton unue la retejoj de la Katolika Universitata Biblioteko de Lublino (KUL) kaj de la Aŭstra Nacia Biblioteko (ÖNB), kiuj ambaŭ disponigas grandan kolekton de Esperantaj revuoj. Ekzistas ankaŭ la Bitoteko de la Hispana Esperanto-Federacio, Bitarkivo kaj diversaj retejoj de Esperantaj gazetoj, kiuj afable disponigas malnovajn numerojn por libera uzo. Mi prenis la kutimon pasigi miajn vesperojn elŝutante kaj organizante la plej bonkvalitan materialon tie disponeblan, privilegiante eldonaĵojn kun kiom eble longa aperperiodo kaj zorga redaktorado.

Mia tekstokolekto nun enhavas preskaŭ 14000 numerojn de revuoj kaj gazetoj, kaj aldone kelkajn centojn da libroj, ĉiujn en la formo de traserĉeblaj pdf-dosieroj. Kompara serĉado de la samaj vortoj tie kaj en la Tekstaro de Bertilo montras, ke mia kolekto kredinde ampleksas inter 150 kaj 200 milionoj da vortoj. Simon Davies (karesnome Sajmĉjo) afable disponigis al mi programon por aŭtomate elŝuti la tekstotavolon de la multaj pdf-dosieroj kaj tekstigi ilin, se tia tavolo ne ekzistas. Sajmĉjo ankaŭ programis sufiĉe simplan, sed efikan serĉilon kaj pacience plibonigis ĝin laŭ miaj bezonoj.

La kolekto enhavas ĉiujn (aŭ preskaŭ ĉiujn) jarkolektojn de la revuo *Esperanto* (1905 ĝis nun), *La Brita Esperantisto* (1905 ĝis nun), *El Popola Ĉinio* (1950 ĝis 2000), *Monato* (1980 ĝis nun), *Beletra*

Almanako (2007 ĝis nun) kaj multon alian, entute 63 periodaĵojn. Mi elkore dankas al ĉiuj (tro multnombraj por esti menciitaj ĉi tie), kiuj helpis min per alsendo de materialo. Bedaŭrinde mi ne sukcesis trovi la periodon 1953-1999 de *Sennaciulo*, 1949-nun de *Heroldo de Esperanto* kaj entute mankas *la nica literatura revuo* kaj *Literatura Foiro* (1970 ĝis nun). La eroj sur mia bedaŭrolisto ja troviĝas paperforme en publikaj bibliotekoj kaj privataj kolektoj, sed estas bezonataj homfortoj por skani la volumojn. Se vi havas aliron al la koncernaj kolektoj kaj al bona skanilo, vi povus grave helpi kaj la nun okazantan Akademian laboron kaj la ĝeneralan celon konservi por estontaj generacioj nian komunan heredaĵon. Mi volonte metos vin en kontakto kun kompetentuloj, kiuj povas doni teknikajn konsilojn pri la skanado kaj poste stoki la rezulton en libere alirebla loko por la bono de ĉiuj.

Ekzistas pluraj kialoj, ke mi ne povas disponigi mian tekstokolekton interrete, kiel faras Bertilo. Unue estas entute preskaŭ 200 gigabajtoj da dosieroj, sufiĉe granda kvanto kaj certe multe tro por mia retprovizanto. Due, la serĉilo de Sajmĉjo ne estas farita por interreta uzo. Trie, la aŭtomata tekstigo de la pdf-dosieroj sufiĉe ofte produktas eraretojn pro malbona rekoneblo de kelkaj flaviĝintaj paĝoj, kaj tion korekti mane superas miajn fortojn. Kaj laste, sed ne balaste, mi ne certas, ĉu la tuta akirita materialo respektas la leĝojn pri kopirajto.

Por fini, estus nun tente montri ekzemplojn de la uzo de tiu teksto-kolekto en la Sekcia laboro. Tamen mi sentas, ke tion fari kompromitus la konfidencecon de niaj diskutoj kaj riskus doni la maloportunan promeson, ke la Akademio iam aprobos nian dokumenton. La vojo de la litero E ĝis la fino de la alfabeto estas ankoraŭ longa. Sed almenaŭ mi povas doni kelkajn ekzemplojn de iom maloftaj vortoj, kiuj troviĝas en mia tekstokolekto. Tiel mi havas 115 elafurojn, 16 fritilariojn, 43 oniskojn kaj 7 vombatojn, dum Tekstaro trovas neniujn el tiuj bestoj kaj plantoj. Alia utilo de kolekto de revuoj estas, ke ĝi dokumentas ĉiujn gravajn politikajn, sociajn kaj movadajn eventojn de pli ol jarcento. Eble malpli grava, sed tamen ĝuinda estas ekzemple tiu ĉi perleto: *Laŭ pliaj sciigoj la nova raketaŭtomobilo "debutos" sur la aŭtomobilkurejo Avus en Berlin, supoze de la polica permeso* (*Heroldo de Esperanto*, 1928).

Teruo Matsumoto – japano en Pollando

La escepta vivo de esperantista edzo

de Ulrich Lins

La nombro de esperantistoj, kiuj decidiĝas por internacia geedzeco, estas tute atentinda. Malpli konataj estas detaloj. Ni scias, ke en la pasinteco la koncernataj inoj post la geedziĝo plej ofte ekloĝis en la hejmlando de la vira partnero. Tio validas ekzemple por relative multaj japaninoj, kiuj edziniĝinte forlasis Japanion. Tiurilate escepto, fakte multrilate, estis la japano Teruo Matsumoto, kiu mortis en aprilo 2024, 82jara. Li eklernis Esperanton dum sia studado en la jura fakultato de Meiĵi-Universitato en Tokio. Li partoprenis en la 50a Universala Kongreso en Tokio (1965) kaj iĝis prezidanto de Tokia Esperanto-Ligo de Studentoj (TELS). Post la fino de sia studado li hezitis sekvi japanan kutimon, nome komenci kaj ofte dumvive pasigi profesian karieron en granda entrepreno. Teruo preferis ekkoni la mondon, vojaĝis al Eŭropo, unue al Svedio kaj al Hungario. Tie, en la urbo Pécs, en 1966 okazis la 22a Internacia Junulara Kongreso. Tio estis kongreso de TEJO kun rekorda nombro de aliĝintoj. Partoprenis pli ol naŭcent gejunuloj, inter ili estis 35 japanoj kaj proksimume kvincent poloj. Al la ĉi-lastaj apartenis la polino Halina Dastych, kiu jam tiam, same kiel ŝia frato Mariusz, frue ekaktivis en la Esperanto-movado. En Pécs Teruo konatiĝis kun Roman Dobrzyński, kiu impresis lin pro tio, ke li ĵus finis sian magistriĝan tezon pri la Esperanta gazetaro; Roman jam ekdeĵoris kiel ĵurnalisto en pola studenta periodaĵo.

En 1968 Halina kaj Teruo geedziĝis. Kompreneble tute ne estis tiam antaŭvideble, ke Teruo restados en Pollando dum pli ol kvin jardekoj. Sed la seriozecon de la freŝa edzo atestis, ke li eklernis la polan lingvon kaj enskribiĝis por postdiploma studo de ĵurnalismo en la Universitato de Varsovio. Baldaŭ evidentiĝis, ke Pollandon atendas ekscitaj jaroj. En oktobro 1978 polo iĝis papo (Johano Paŭlo la 2-a), en septembro 1980 naskiĝis la sindikata movado „Solidareco", en 1989 disfalis la komunista reĝimo. Pollando iĝis firma aliancano de la okcidentaj demokratioj. Tiun evoluon Teruo klarigis al la japana publiko kiel kunlaboranto de JETRO, agentejo de la japana registaro por la prizorgo de ekstera komerco, krome kiel korespondisto de japanaj radiostacioj. Establiĝinte en sia nova hejmlando, li decidis pli profunde studi la historion de la pol-japanaj rilatoj kaj transdoni la scion akiritan pri Pollando ankaŭ al japanoj. Tio inkluzivis temojn, pri kiuj eĉ poloj ne multon scias. Li diskonigis detalojn pri interesa homo, nome la etnografo Bronisław Piłsudski (1866–1918), frato de la multe pli konata Józef Piłsudski, la plej grava intermilita politikisto de Pollando. Kiel studento en Peterburgo, Bronisław en 1887 estis akuzita pro kontraŭcara konspirado. Frato de Lenin, kiu estis inter la konspirantoj, estis ekzekutita, dum Bronisław Piłsudski estis sendita al la insulo Saĥaleno en la fora oriento. Tie li suferis punlaboron, sed post iom da tempo povis ekdediĉi sin al esploroj pri la indiĝenoj, precipe la ajnuoj, konsiderataj kiel la „prapopolo" de Japanio. Krome, Teruo japan- kaj esperantlingve verkis pri Zamenhof, la nazia persekuto de judoj en Varsovio kaj pri Janusz Korczak. Grandan atenton trovis lia esploro pri la t.n. „siberiaj orfoj". Detaloj pri la sorto, kiun havis la idoj, plejparte orfaj, de polaj ekzilitoj en Rusio trafitaj de la unua mondmilito kaj la revolucio, estis longtempe nekonataj. En 2009 aperis de Teruo kaj la pola profesoro Wiesław Theiss libro en la pola kaj angla, kiu rakontas, kiel en 1919–22 helpe de la japana Ruĝa Kruco 877 infanoj estis repatrujigitaj diversvoje el Siberio kaj Manĉurio tra Japanio al Pollando.

La imponan vivovojon de Teruo Matsumoto en 2016 kronis honora distingo de la japana registaro, kiun li ricevis pro tio, ke li „antaŭenigis en Pollando la scion pri Japanio". Dum kelkaj jaroj li estis vicprezidanto de Pola Esperanto-Asocio. Lia edzino Halina, kiu post doktoriĝo laboris en universitata instituto pri biokemio, forpasis en 2017. Tiu bato profunde dolorigis liajn lastajn jarojn. Vivas du filoj de la geedzoj.

Tre multaj poloj kaj japanoj, kompreneble ankaŭ esperantistoj, ĉeestis la funebran ceremonion por Teruo Matsumoto en Varsovio. Honore al li la gazeto *Gazeta Wyborcza* aperigis mort-anoncon, kies vortumo aludis, ke la mortinto malavare subtenis muzeon pri japana arto kaj tekniko en Krakovo, kiun en 1994 kunfondis la fama filmreĝisoro Andrzej Wajda.

El mia vivo
ĝis la 80-jariĝo

de Gerrit Berveling

131

Gerrit Berveling en 2007
Fotis Yves Nevelsteen
Fonto: Vikipedio

Laŭ romkatolika instruo, viro povas fariĝi "pastro poreterne" – nu, ankaŭ mi min sentas "pastoro por ĉiam".

Siatempe, post du oficad-vicoj en pluraj remonstrantaj komunumoj samtempe, dise tra Brabanto, dum samtempe mi estis delegito ĉe intereklezia forumo pri teologiaj kontaktoj inter pluraj protestantaj kaj romkatolika eklezioj (unufoje eĉ en mia propra pastora regiono samtempe estis du seĝoj vakaj de romkatolikaj episkopoj!), je mia propra miro ĉe mia alia studofako (ja du kompletajn universitajn studojn mi plenumis: pri klasikaj lingvoj kaj kulturoj kaj pri teologio kun islamstudoj kiel tria fako) relative baldaŭ mi trovis unuafoje en mia vivo, je aĝo kiun mia patro vivanta eĉ ne atingis, plentempan laborpostenon! Tie poste 77-jara mi pensiiĝis.

Mi do estis relative surprizita, kiam pere de kolego-pastoro el Roterdamo peton mi ricevis, ĉu eblas viziti iaman membron de mia tiutempa paroĥo en Breda. Pro mia cerba infarkto de antaŭ kelkaj jaroj delonge mi ne plu aktivas pastore (la sola escepto ĝis nun estis partoprenado oficiale en togo al intereklezia kelksemajna diservostafetado, dum kiu eĉ unufoje la eŭkaristion mi celebris, – tio okazis por savi de forsendado al lando de intergenta militado iun familion, kies infanoj eĉ naskiĝis en Nederlando), do la peto, ke tiun sinjoron en flegeja zorgateco mi vizitu, mirigis min.

Helpate de mia edzino la koncernan sinjoron mi vizitis. Li tre ĝojis, ke lia antaŭa pastoro sukcesis viziti lin. Por tion substreki li havis por mi tre bongustan lokan kukaĵon.

La kontakto montriĝis sufiĉe problema, ĉar elektronikan aŭdaparaton li portis, kies baterioj ne bone funkciis – do grandparte ni nin helpis per skribado de nia konversacio.

Estis kortuŝe, ke ankaŭ por mia edzino, kiu ne ĉeestis nian interparolon, kukaĵon li venigis. Plurajn siajn lastatempajn poemetojn en sia plej nova libreto li donacis al mi, petante min traduki difinitan poemeton al Esperanto.

El nia pli persona interparolo mi ŝatus memorigi, ke li diris, ke – kvankam ne romkatolika sed remonstranta – tamen ofte li ankaŭ pie preĝis, ke Maria, la patrino de Jesuo, lin ĉeestu. Kaj ĉu tion mi ne trovas ĝena? Kompreneble tion mi neis.

Fine, laciĝinte pro nia interparolo, li akompanis min rulseĝe al la ekstera pordo, kie atendis min la edzino.

Ĉi tiun rakonton mi interrompu per ioma retro-pensado: kiel ja mi – naskita en tute tradicia romkatolika familio – povis fariĝi pastoro remonstranta?

Remonstrantoj, kiel en PIV eblas konstati, estas tipe nederlanda, tre malgranda eklezio kristana, kiu dekomence metis gravan emfazon je la propra respondeco; tial miascie neniam ĝi – kiel institucio – sendis misiiston eksterlanden por konverti "paganojn" – ĉies religio estas je la respondeco de la homo mem.

La Remonstrantoj kiel propra korpuso da pastoroj formiĝis plimalpli hazarde – senintence – el la gravaj teologiaj disputoj, kiuj ofte eĉ degeneris ĝis stratbataloj dum la t.n. 12-jara Batalĉeso (1609-1621) en la Nederlanda 80-jara milito (1568-1648) el kiu rezultis la sendependiĝo de la *Sep Unuiĝintaj Nederlandoj*, kiuj sin deklaris liberaj de la Reĝo de Hispanujo. Dum tiu batalĉeso komplete eksplodis la kverelado inter la diversaj protestantaj partioj: unuflanke, sub gvidado kaj inspirado de profesoro Arminio de la tutnova Universitato Lejdeno, kaj aliflanke alia profesoro de la sama universitato, Gomaro:

la unua instruis, ke kvankam Dio havas ĉion en sia potenco, tamen al la homo liberon Li lasas por mem alpreni aŭ ne la proponatan gracon de Dio. Por nunuloj apenaŭ menciinda temo, mi supozas – sed ne tiuepoke! Oni ofte tre rabie surstrate interbatalis prie!

Nu, por mi persone estas interesa punkto, ke Profesoro Arminio loĝis urbomeze rekte kontraŭ la centra konstruaĵo de la nova universitato sur la grañto[1] Rapenburg – kaj ĝuste en tiu konstruaĵo situis la baza lernejo, kie mi ĉeestis la duan fojon la sesan klason! Kun sufiĉe da obstino mi ja nepre rifuzis iri post la sesa klaso al t.n. *Mulo*, ia relative simpla speco de mezlernejo, kies lernantoj plej ofte poste iris serĉi laborpostenon simplan. Sed mi obstine tion rifuzis, asertante, ke nepre mi deziras fariĝi pastro (nia familio ja estis tre tradicie romkatolika); sed la gepatroj insistis: homoj de nia speco ne studas; tio ne eblas. Sed foje obstino venkas do: fininte la sesan klason, mi ree eniris la sesan... Kaj jaron poste do ek al la nove fondita malgranda seminario de la tutnova diocezo Roterdamo: Kastelo Stoutenburg. Do unu jaron mi loĝis en vera kastelo: tie mi ekkonis la latinan lingvon. Ho kiom mi ĝuis! Samloke mi ekkonis ankaŭ birdojn: unu neston da ovoj mi gvatis tagon post tago, senmove sidante sur branĉo de l' arbo; tiel ofte kaj pacience kaj senbrue tie mi sidis, ke la birdoparo min ekkonsideris, supozeble, "stranga nekonata birdo". Ili almenaŭ ne plu forflugis. Fine mi eĉ povis gvati ilin kun la freŝaj ovoj en la nesto, kun birdidoj eloviĝantaj – la novajn birdetojn kaj ambaŭ gepatrojn mi eĉ tenis en miaj manoj... Kvazaŭ mirakle.

La duan jaron de la seminario, en Hageveld en la urbo Heemstede, mi jam memstare – sola – tradukadis multe pli rapide ol miaj samklasanoj, skribante tri liniojn sur spaco por unu linio, ĉar mi ne povis aĉeti kajerojn novajn, manke je mono.

Efektive tiujn unuajn kvar klasojn mi havis du preferatajn fakojn: la latinan kaj matematikon. Ekde la dua jaro mi donis kromlecionojn al samklasanoj pri tio, foje pri matematiko eĉ al lernanto de unu jaro super mia propra klaso.

Ĉe transiro de la kvara al la kvina klaso la *Regent* vokis nin ĉiujn al si persone por priparoli, kiun direkton oni prenu en la gimnazio. Li – mem fakulo pri klasikaj lingvoj, kiu flue parolis latine kun itala proponco – sciis konvinki min, ke mi elektu gimnazion A (ĉar la

---

1 Ĉefa kanalo kiu organizas la strukturon de urbo kaj defendas ĝin, precipe koncerne mezepokajn urbojn. *(Ĉiuj notoj estas de la aŭtoro.)*

direkton B lia-aserte nur elektas tiuj, kiuj ne estas sufiĉe kleraj por plenumi A).

Sekve mi neniam plu instruis tie pri matematiko. De Mgr. Dr. C. J. Henning baldaŭ poste mi ricevis permeson tute libere uzi la bibliotekon de la instruistoj kiom koncernas latinajn librojn. Kaj tiun eblon mi larĝe profitis. Enestis tie veraj trezoroj, i.a. pluraj inkunabloj, kiujn mi povis legi kaj parte eĉ mane kopii, i.a. la tuton de mia amata Katulo. Ankaŭ libron da *Carmina Priapea* (Priapaj Kantoj) tie mi trovis kaj kopiis[2]. Eĉ mezepokan latinan romanon tie mi legis. Siatempe estis ja regulo ĉe ni, ke regule ni legu – se eble eĉ relative multe ni legu, sed tute ne ekzistis devigo, kion oni legu, eĉ ne kiulingve. Do longajn jarojn preskaŭ nur latine mi legis. Nur en la kvina klaso mi eklegis libervole nederlandan gravan verkon: *Mei* (Majo) de Herman Gorter, kiu tiom min sorĉis, ke depost tiam eble 30 jarojn ĉiumaje mi ĝin eklegis...

En la kvina klaso je mia naskiĝdatreveno mi ricevis de la gepatroj latinlingve elekton el la verkoj de Cicerono, kaj samjare mi eklegis tute sisteme la kompletan Biblion. Ĉar – mi pensis – se pastro mi volas fariĝi, unue la Biblion bone mi devas koni. Tiu legado kompreneble kuntrenis ankaŭ la duakanonajn librojn de la katolika kanono. Kaj ju pli biblie mi legis, des pli – nur en detaloj, sed tamen – aferojn mi renkontis, kiuj parte ne kongruis kun la romkatolika eklezio. Ĉe la jarfino de la 6a klaso, do kiam mi devos transiri al la Grand-Seminario por la dua jarseso antaŭ la pastriĝo, mi ankoraŭ ne plene estis konvinkita, ĉu la Biblio vere akordiĝas kun tiu eklezio, en kiu mi estis hejme. Do same kiel la ceteraj samklasanoj ankaŭ mi aĉetis togon, kiun en Warmond (la Grand-Seminario) ĉe certaj okazoj ni devis porti. La Biblion tie mi plu studis, ĝis fine mi verdiktis: persone mi vidas tro da – etaj – diferencoj inter Biblio kaj eklezio, kaj ĉar la Biblio estas pli aĝa, por mi ĝi venkas. Do je novjariĝo mi forlasis la seminarion.

Sed mi ne preterlasu la eblon reveki kelkajn valorajn memorojn pri Warmond: ekzemple, ke foje, ĝuante la brilan sunlumon, mi ellegis la mirindan *Apokalipson de Johano* komplete, krome ke ĉe unu ekzameno pri filozofio la profesoro nin invitis respondi en kiu ajn lingvo laŭplaĉe: tio belan rezulton havis: mi verkis latine, bona amiko mia greke kaj pluraj france, germane kaj angle; nur kelkaj – se entute – nederlandlingve.

Tre speciala momento estis, ke unu samklasano iom pudore min petis, ke prefere mi ne plu restu sola kun li vesperiĝe. Ĉar li enamiĝis

---

2   Pri sekso ankoraŭ nenion sciante, plurajn erojn mi ne bone komprenis.

je mi kaj ne sciis, kion fari pri siaj sentoj; mi sincere lin dankis (min sentis honorita, sed ne reciprokis tion), kaj donis la promeson. La menciita profesoro pri filozofio, kies nomon bedaŭre mi ne plu scias, petis nin aĉeti ekzempleron de *Het verschijnsel mens* (La fenomeno homo) de Pierre Teilhard de Chardin, mirinda verko pri kio estas esti homo. Jen tute alia mondo ol la filozofio de la skolastiko, kiun ni ankaŭ devis pristudi.

Forlasinte la Seminarion, mi ne povis tuj transiri al alia eklezio; do mi decidis en Lejdeno "studi ion interesan", sed kion oni al mi prezentis (francan, anglan...), ne tuj logis, kaj kion unuavice mi deziris, kun A-gimnazia diplomo ne eblas (matematikon), do fine mi elektis "ion amuzan" – mi ekstudis pri *Klasikaj Lingvoj kaj Kulturoj*. Ke tiel tuj mi ekstudis, kaŭzis, ke oni min ne tuj invitis por militservado. Mia frato Herman kaj poste ankaŭ alia frato min anstataŭis.

Ĉe la klasikaj lingvoj mi kompreneble falis meze en la unuan jaron. Do plurajn ekzameniĝojn tiel mi maltrafis. Ĉe la granda tutfakultata prezentado de Prof. Waszink, kiu instruis pri la latina, mi falis meze en lian priskribon pri la antaŭ-latinaj lingvoj en Italujo, de oskoj kaj umbroj. Ho kiel fascine! Tre mirigis min, kiel malrapide niaj kunstudentoj legis la latinan. Mi eĉ ja parolis ĝin, kvankam malrapide. Poste, vagante tra Jugoslavio kaj Francujo en monaĥejoj vizite mi la lingvon uzis konversaciante kun tieaj monaĥoj aŭ pastroj – unuafoje en Dubrovnik[3]. Dum tiu studoperiodo en Lejdeno foje mi ekkonis mian postan edzinon Madzy van der Kooij, sed komence ŝian nomon mi ne sukcesis memorteni. Daŭris do iom longe ĝis fine mi povis inviti ŝin foje post la kunveno de samfakaj studentoj ie ion trinki. Tute neatendite mortis mia patro, kaj sen averto mi subite ricevis de la ministerio sufiĉe grandan sumon, ĉar nun mi estis "povra orfo". Kolerega mi estis: dum jaroj ĉiumonate mi devis klopodi por ĉiutage ion manĝi, ĉar por la studo multajn – multekostajn – librojn aĉeti mi devis. Ofte apenaŭ restis mono por manĝi.

Madzy iom poste devis iri al Haga malsanulejo por iu operacio. Tiukaŭze iom regule mi vizitis ŝin tie. Ŝia patrino tre ŝatis tiun mian atentemon pri ŝia farto.

Per la mono de la ministerio mi aĉetis bileton por Romo; tie nur adreson mi konis pri la instituto por nederlandaj studentoj pri

---

3   21-jara tien trajne mi iris; miaj gepatroj trovis stranga, ke tien iri mi volas: "tie neniun vi ja konas". La poŝtkartojn kun miaj impresoj oni simple nur amasigis, por ke hejme mi voĉlegu. Mi ne plu emis poste sendi kartojn hejmen.

arkeologio, sed tie kompreneble oni ne havis ekstran lokon por nova gasto. Do unu el la tieaj studentoj nederlandaj kun mi iris al la centro de Romo por serĉi ĉambron por mi. En la *Via del Babuino* afablan familion mi trovis, kie mi estis tutkore bonvena, kie tuttage eĥis la itala lingvo tra la ĉambroj, kies pli aĝa filo estis Pupi Avati, kiu multajn jarojn poste estis prezidanto de la ŝtata filmkompanio Cinecittá. Se ion italan mi ne komprenis tuj kaj demandis prie, li volontege klarigis al mi. Kia instruisto! Samstrate estis pluraj librovendejoj, kaj jam tiuferiade plurajn italajn librojn mi aĉetis kaj legis. Kiam hejmen mi revenis, mi povis senprobleme paroli itale, sed la latina per tio iom flankenŝoviĝis. – Kia koincido: ĝuste tiu studento Jan Berkvens, kiu min helpis trovi tiun ĉambron, poste edziĝis kun belga sinjorino, Christiane Berkvens-Stevelinck, kiu poste fariĝis Remonstranta pastoro – unu el iliaj infanoj, nova Jan Berkvens, same fariĝis Remonstranta pastoro.

Plurfoje mi vizitis la hejmon de Madzy kaj foje, ĉe novjariĝo, mi petis ŝin kuniri al alia ĉambro, kie estis pluraj libroj. Tie mi proponis al ŝi ŝpari por ringo por fianĉiĝo. Ŝia tuja reago estis ridado, ke ŝpari por tio superfluas: tiun ŝi tuj povos aĉeti. Do ni interkonsentis pri gefianĉiĝo; tion ni festis kune kun ŝiaj patrino kaj frato per spektado de bela filmo. Pri tiu filmo mem ne multe mi vidis. Ne multe poste, hejme ĉe mia patrino, la gefianĉiĝon ni festis. Por ŝi estis iom strange ekkoni familion kun tiom da infanoj – ŝi kun la frato estis la solaj por ŝia patrino.

La 11-an de septembro 1963 ni fiksis por la nupto – tiel ĉiuj povos serioze kutimiĝi al la ideo. Unu frato mia eĉ serioze diris, ke – estante tiel "aĝa" kiel mi – ja ne plu havas sencon komenci pri infanoj. Plurajn jarojn poste li ne plu kredis, ke efektive serioze tion siatempe li diris.

Por la dua parto de mia studo mi prenis kiel ĉefan fakon la klasikajn latinan lingvon kaj literaturon, kiel unuan kromfakon kristanan grekan literaturon, kaj post ne-akcepto de moderna itala lingvo kaj literaturo (la profesorino tion malakceptis – laŭ ŝi kiel studanto pri klasikaj lingvoj mi ja povus preni la klasikan italan de Dante aŭ Petrarca) fine mi prenis la latinan kristanan literaturon.

Madzy kaj mi geedziĝis. Kaj ĉe vesperiĝo ni trajnis al Roterdamo, kie ni gastis en hotelo; la sekvan matenon ni veturis por nia *"luna di miele[4]"* al Romo, al la sama domo de Via del Babuino, kie la unuan fojon mi gastis. Tiutempe ankoraŭ eblis vojaĝi trajne rekte de Roterdamo al

---

4 Nuptovojaĝo

Romo; nun necesas plurfoje ŝanĝi trajnon! Terure! Ĉio nun centriĝas al flugado – *multe sub la veraj kostoj*. Do intence oni plikostigas trajnvojaĝadon favore al flugado! En Romo kompreneble multege ni vizitis, poste vojaĝis trajne al Pompejo; ree al Romo al nia hotelo, kaj ree hejmen.

Tie mi plustudis, kiel eble plej baldaŭ finis la studadon, serĉis laborpostenon – ho kiom da leteroj mi devis skribi! Ofte eĉ reago ne aperis. Sed fine postenon kiel instruisto mi trovis... en mia naskiĝurbo Vlaardingen!

Se resumi mallonge: unue en unu, poste en du lernejoj de la sama estraro, sed en entute 5 lokoj, mi laboris instruante pri klasikaj lingvoj, historio kaj aliaj fakoj. Plej ĝene estis, ke unu jaron mi havis 5 klasojn de la unua jaro paralele pri historio – kaj kiel memorteni kie ni restis en kiu klaso? Ofte en paŭzoj mi ne povis renkonti kolegojn, sed devis rapidi al alia ejo por la sekva instruhoro. Sed entute ho mi ŝatis! Instruadi estas festo!

Kun unu el la pedeloj mi kunlaboris pri libro en kiu li refutis tro simplismajn historiajn asertojn de *Erich von Däniken* pri la Dioj kiel kosmonaŭtoj. Kolegoj-instruistoj grumblis min, ke kun tiu ne-instruisto mi tiel ofte parolas. Kolegoj-latinistoj krome grumblis al mi, ĉar al la lernantoj elekteblojn mi donis por mem decidi, kion ili volas legi latine. Efektive unu prenis tekston pri tre faka temo, alia ion tute alian. Mi nur ĝojis – ili nun laboris plezure.

Post kelkaj jaroj mi ekstudis paralele al ĉio ĉi Teologion en la universitato de Utreĥto. Baldaŭ, kiam hejmen mi revenis – la instruhoroj estis nur sabate, dum por la normalaj studentoj ili estis tutsemajne –, atendis min invito prediki la postan dimanĉon en iu komunumo. Do fariĝis iom streĉe, des pli ĉar samtempe Madzy, la edzino, ekstudis en Roterdamo pri sociologio. Ni ja havis du negrandajn filinojn. Do nia vivo fariĝis plenplena.

Mi forgesis, ĉu ne, ke mi enplektiĝis en la Esperanto-movado. La patrino de mia edzino, s-ino Rie van der Kooij-Waal, delonge jam aktivis pri Esperanto, kiam mi konatiĝis kun ŝi. Sed, ĉar mi relative facile kaj vaste legis en la nederlanda, franca, germana, angla, latina kaj greka, mi kredis, ke Esperanton mi ne bezonos. Sed mallonge post nia interkonatiĝo okazis televida kurso pri Esperanto, kiun Madzy kaj mi vespere sekvis; akompanis ĝin buŝa subteno por ekzerciĝi pri la nova lingvo, kiun gvidis s-ro *Jan van Keulen*, en kies Vlardingena hejmo de temp' al tempo ni kunvenis. Jan estis loka delegito kaj samtempe internacia redaktoro de *Dia Regno*, la revuo de KELI. Relative baldaŭ mi ekverkis etajn kontribuaĵojn por tiu revuo[5].

Alia temo pri kiu multe da tempo mi laboris, estas la entrepreno de la japano *itô kanzi*, kiu – sin nomante *ludovikito* – kolektis ĉiujn verkojn de *L. L. Zamenhof*: ĉion li kunigis en diversaj grupoj, bazaj numeroj, komentoj, tradukoj ktp. La tuta entrepreno fine enhavis plurajn dekojn da belege eldonitaj volumoj. Preskaŭ dekomence kun li mi ade korespondis – foje en unu semajno reciproke du aŭ tri leterojn ni interŝanĝis. Kaj ĉiujn novajn eldonaĵojn li tuj sendis ankaŭ al mi. Por mi li fariĝis unu el miaj plej bonaj amikoj. Pro ero el nia diskutado kaj lia reago al ĝi, foje mi tradukis por li de Lukiano *Lukio aŭ Azeno*; ĝuste tiujare – 1988 – okazis en Roterdamo granda internacia Esperanto-kongreso, al kiu venis i.a. profesoro el Brazilo, *Evaldo Pauli*, kiu nome de *Gersi Alfredo Bays* prezentis al mi multe pli lukse eldonitan novan ekzempleron de la sama teksto – tio kondukis al nia multjara kunlaborado, el kiu rezultis i.a. mia agado kiel redaktoro[6] de la revuo *Fonto*.

---

5   Mi aperigis etan revuon pri teologiaj temoj, *Voĉoj Kristanaj*, kies unua numero estis *La Evangelio laŭ Petro & La Morto de Jesuo kaj kio poste?* en junio 1980; la ĝis nun lasta numero estas nr 32 – *Hermas: La Paŝtisto*, 2020. Apude alian serion mi eldonis kun la nomo *VoKo-serio*, kies unua numero estis *Gerrit Berveling – Vi kion legus tie ĉi?*, 1985; la ĝis nun lasta numero estas *Legu po-ete; krestomatio tradukaĵa el pluraj jardekoj*, honore al Gersi Alfredo Bays, 2017. En la serio aperis interalie miaj rememoroj: VoKo-numere 19 (1994) *La unuaj 25 jaroj en mia memoro*, n-ro 20 (1995) *De duopo al kvaropo*, kaj n-ro 21, *Streĉitaj koroj* (1995), ĉiu po 80 paĝoj, kaj *Kiu ĉi mi?*, n-ro 29 (2012, 204 paĝoj).

6   Jan. 1993 – dec. 2006.

Hazardaj pensoj (41)[1]

de Lusin
(el la ĉina tradukis Hu Shenghao)

En anonima letero mi ekvidis la frazon "kalkulu granitajn pecojn"[2], kiu proksimume signifas, ke por sentalentulo preferindas kalkuli granitajn pecojn ol proponi reformon. Tial mi rememoras la idiomaĵon "lavu karbon" el la Sichuan-a dialekto, publikigitan en la koresponda rubriko de ĉi tiu gazeto. Kredeble en la dialektoj de aliaj provincoj abundas similaj parolturnoj, kaj supozeble ne malmultas tiuj, kiuj obstinas en tiaj maksimoj proponantaj malesperon kaj rezignon.

Se io, kion iu ĉino diras aŭ faras, iomete kontraŭdiras al la hereditaj kutimoj, necesas granda peno por atingi sukceson, akiri lokon por ekzistado kaj esti laŭdata varmege kiel per brulfero. Alie tiu certe ne povos eviti la akuzon de strangeco kaj eksterordinareco, kaj oni malpermesos al tiu ekparoli; aŭ tiu estos eĉ kritikita pri ribelo kaj ne tolerata de la mondo. Tia homo, kian oni ekstermis ĝis la naŭa parenceco en la antikva tempo, eĉ implikante la najbarojn, estas nuntempe kritikata nur per kelkaj anonimaj leteroj. Tamen iuj homoj, pro sia malforta volo, retiriĝas kaj senkonscie fariĝas membroj de la "kalkulu-granitajn-pecojn" partio.

Tial en la nuntempa Ĉinio mankas sociaj reformoj, akademiaj eltrovoj kaj beletraj kreaĵoj, por ne mencii esplorojn kaj aventurojn, en kiuj persistas multaj homoj kaj generacioj. La aferoj de miaj samlandanoj estas plejparte strebado al portempa sukceso kaj ironia mokrido pri ĉio.

Tiuj, kiuj mokridas, ne nepre kapablas esti konservativaj. Por ekzemplo, ili malestimas la vulgaran lingvaĵon sed ne povas verki en

---

1 Lu Xun (1881-1936), aŭ Lusin esperante, estis unu el la plej influhavaj ĉinaj verkistoj en la 20-a jarcento. Ĉi tiun eseon li publikigis en la ĉina kultura magazino *Xin Qingnian* (esperante: *La Nova Junularo*, ĉine: 新青年, france: *La Jeunesse*, 1915-1926) en 1919. – *La trad.*

2 Temas pri la Jiangsu-a dialekto. – *Noto de la aŭtoro.* (Jiangsu kaj Sichuan estas ĉinaj provincoj – *La trad.*)

la klasika.[3] Laŭ sia doktrino, ĉi tiuj devus "kalkuli granitajn pecojn", sed anstataŭe ili nur senkiale mokridas.

Ĝeneraldire la ĉinoj sukcesas aŭ koruptiĝas en tia medio ĝis la morto.

Mi pensas, ke ne dubindas la teorio pri la samorigineco inter homoj kaj simioj. Sed mi ne komprenas, kial la simioj en la antikva tempo ne klopodis fariĝi homoj sed naskis idaron, kiu prezentas amuzajn ĵonglojn por homoj. Ĉu neniu el ili intencis stariĝi kaj lernis paroli home? Aŭ ĉu eble ekaperis kelkaj, sed ili estis ĉiuj morde mortigitaj de la simia socio pro sia strangeco, tiel ke la tuta simiaro ne povis evolui?

Almenaŭ laŭ la klasifiko de la nunaj homaj specoj, la Niĉe-a Superhomo, kvankam ĝi ŝajnas nebula, tamen certigas, ke aperos bonkvalita kaj eĉ proksimume perfekta homa speco. Tiam oni eble aldonos subspecion "simioido" al la speco de la antropoido.

Tial mi ofte sentas timon. Mi esperas, ke ĉiuj ĉinaj junuloj forlasos indiferentecon kaj nur iros supren, rifuzante aŭskulti la parolojn de tiuj, kiuj sin submetas al malespero kaj rezigno. Agu tiuj, kiuj povas agi; esprimu tiuj, kiuj povas esprimi. Kiom da varmo ili havas, tiom da lumo ili faru, same kiel lampiro, kiu lumas en la mallumo, ne bezonante atendi torĉon.

Eĉ se ne estos plu torĉo, ni estu la sola lumo. Se eklumos torĉo aŭ ekbrilos la suno, ni bonvole retiriĝos. Anstataŭ senti maljustecon, ni ĝoje laŭdos la torĉon aŭ la sunon, ĉar ĝi prilumos la tutan homaron, inkluzive de ni mem.

Mi krome esperas, ke la ĉina junularo nur iros supren kaj ne atentos pri mokridoj kaj sekretaj kulpigoj. Niĉeo diras:

"Vere, poluita fluo estas homo. Oni devas esti maro, por akcepti poluitan fluon sen fariĝi malpura.

Ho, mi instruu al vi la Superhomon: li estas la maro, kiu povas enteni vian grandan malestimon."

Eĉ se temas pri flueto, ĝi povas lerni de la maro; ili ambaŭ estas akvo kaj certe povos interkomunikiĝi. Lasu onin sekrete alĵeti ŝtonetojn aŭ verŝi gutojn da malpura akvo sur la dorson.

Ĉi tio ne estas "granda malestimo" – ĉar por granda malestimo necesas kuraĝo.

---

3   En la Novkultura Movado, kiu okazis en la 1910-aj kaj 1920-aj jaroj, nombro da ĉinaj intelektuloj, inkluzive de Lusin, proponis la nuligon de la klasika lingvaĵo kaj la uzadon de la vulgara — *La trad.*

La vorto kaj la vento
kaj ties eĥo
en la nuntempa hispana literaturo

de Miguel Fernández

En 2016, Mondial publikigis la verkon *La vorto kaj la vento*. *Rakonta koliero*, kolekton de preskaŭ ĉiuj miaj ĝistiame verkitaj noveloj. Ĝia akcepto en Esperantujo, ĝenerale, kontentigis miajn esperojn, sed plej tuŝis mian koron la apero en *BA29*, 2017, de la eseo *Muziko per vortoj*, de la kataluna esperantisto-muzikologo kaj muzik-profesoro ĉe la Barcelona Konservatorio Viktoro Solé. Temas pri eksterordinara struktura analizo, sendube pionira en Esperantujo, sur muzika-opera bazo, de *La vorto kaj la vento*, kiu bele brile elmontris kaj klarigis la esencan muzikecon de ĝia animo. Eĉ se nur por ricevi tian mirindan donacon, kiun, aliflanke, mi rekomendas al *BA*-legantoj nepre tralegi kaj traĝui, penindus produkti tiun verkon.

Fotoj: la aŭtoro

Jam de antaŭ nelonge, la eĥo de konsiderinda nombro da multaj paĝoj el tiu kara libro vibradas en la nuntempa hispanlingva literaturo.

Kiel mi rakontis plurfoje, mi konatiĝis kun la lingvo Esperanto en 1980 kaj, malkovrinte ĝiajn sen-egalajn beletrajn eblojn, mi adoptis ĝin kiel mian unusolan verkolingvon. Efektive, ĝis 2020, en ĝi mi produktis pli ol 20 verkojn kadre de diversaj literaturaj ĝenroj, el kiuj, kiel sciate, poezio kaj tradukoj de grandaj verkoj el la hispana literaturo pleje oftis. Sed tiujare, la insisto kaj de miaj geamikoj neesperantistoj kaj de la hispanlingva liberecana eldonejo Calumnia Edicions pri tio, ke mi elesperantigu serion da miaj ĝistiamaj poemoj kaj diskonigu libroforme la rezulton al hispanlingva publiko, sukcesis konvinki min pri realigo de tiu ideo. Kaj aperis mia unua verko en la hispana: *Semilla de arrebol*, antologio, en mia hispanigo, de miaj ĝistiame verkitaj E-poemoj. La libron mi prezentis i.a. en la solenejo de la Priscienca Fakultato ĉe la Universitato en Granado, mia naskiĝurbo. Ĝia akcepto tielis, ke du jarojn poste, ĝia portugallingva versio, *Semente de Alvoradas*, realigita de la portugala liberecana poeto Carlos d'Abreu, aperis libroforme kaj estis de mi prezentita en la bela urbo Porto. Kaj mi ĝojegis, ke produkto el la E-poezio konis tian duagradan disvastiĝon kadre de du nacilingvaj literaturoj.

La palabra y el viento

NOVEDAD EDITORIAL

Quintento narrativo de la transición en tono libertario

de Miguel Fernández

Prólogo de Alberto García-Teresa

30 de abril en librerías

lasturaediciones.com

La vorto kaj la vento kaj ties eĥo en la nuntempa hispana literaturo

Poste miaj geamikoj neesperantistoj insistis pri tio, ke nun ili volas konatiĝi kun miaj prozaĵoj. Same mi cedis. El la noveloj en mia kolekto *La vorto kaj la vento*, mi plukis tiujn, kies enhavon trairis la etoso de la lasta periodo de la Franco'a diktaturo, kiun mi ĝisoste travivis, kaj ilin mi hispanigis kaj kunmetis en tuton. Nu, la madrida eldonejo Lastura interesiĝis pri tiu tuto kaj, kun prologo de la doktoro pri hispana filologio kaj engaĝiĝinta poeto Alberto García-Teresa[1], kiu plej pozitive elstarigas en ĝi i.a. la esperantlingvan devenon de la tekstoj kaj la esperantistan aktivecon de la aŭtoro, mi mem, pasintmaje Lastura aperigis mian hispanlingvan novelaron *La palabra y el viento*.

La ĉiujara Madrida Libro-Foiro estas unu el la plej gravaj librorilataj eventoj en la tuta Hispanio. En 2024, de la 31a de Majo ĝis la 16a de Junio, havis lokon ĝia 83a okazigo. Konsistigis ĝin entute 359 ekspon- kaj vendo-budoj, el kiuj 213 estis okupitaj de eldonejoj; 117, de librobutikoj; 15, de oficialaj organismoj; kaj 14, de distribu-entreprenoj. La eldonejo Lastura okupis la budon 107a. Al ĝi mi estis invitita la 1an de Junio por subskribado de tie vendataj ekzempleroj de *La palabra y el viento*. Geamikoj neesperantistoj, samkiel madridaj gesamideanoj, starigis vicon por akiri ekzemplerojn, kio allogis nekonatojn al tiucela enviciĝo. Kiel korkaresa sperto! En unu horo kaj kvarono, elĉerpiĝis la stoko alportita de miaj eldonistinoj. Nekredeble! Ili do invitis min reveni al la budo 107a la 13an de Junio por nova subskribado de ekzempleroj, kion ili distamtamis per pria afiŝo. Por la dua fojo la afero rezultis ĉiuflanke kontentiga: en malpli ol unu horo, mi, preskaŭa nekonato kadre de la hispanlingva literaturo, subskribis la tutan stokon da libroj alportitan de la eldonistinoj!

Sed ĉion ĉi mi rakontas por elstarigi la gravecon por la E-literaturo, kaj do por Esperanto, unue, de nacilingvaj versioj de niaj beletraĵoj kaj de ties publikigo far nacilingvaj eldonejoj. Tio, per si mem, implicas intereson kaj respekton al nia literaturo, kaj do al nia lingvo kaj al nia ekzisto, nesciata aŭ ignorata de la granda plejmulto da homoj. Due, plej gravas la apogo de la e-istaro al tiaj libro-

---

1 Alberto García-Teresa jam konatas al la *BA*-legantoj. Lin, lian buntan, kuraĝan, surprizan kaj efikan poezian aktivecon, kune kun lia poezio en mia esperantigo, mi prezentis en *BA29*, kadre de la artikolo *Hispanaj nuntempaj soci-kritikaj poetoj* (p. 138-148). Pri la lasta el liaj poeziaj aranĝoj, *Poezio por Palestino. Versoj kontraŭ la genocido*, mi raportis en *BA49*, kuntekste de mia artikolo *Gazao en la koro*.

formaj nacilingvigoj de niaj beletraĵoj. Ĉi-okaze, la responsuloj de la hispanlingva eldonejo Lastura plej volonte jesis al mia propono pri eldono de *La palabra y el viento*, unue, ĉar ili taksis ĝin publikiginda, sed, due, ĉar ili bone memoris la entuziasman akcepton far la e-istaro de la unua libro en rilato kun Esperanto, kiun ili publikigis en 2017. Temis pri la dulingva (hispana-esperanta) poemaro *Vamos, vemos – Ni iras, vidas*, de la grava hispanlinhva engaĝiĝinta poetino María Ángeles Maeso (kiu proponis al ili ĝuste tian dulingvecon de tiu eldono), kun mia alporto kiel responsulo de la esperantigoj kaj de la ambaŭlingva prologo al tiu eldono. Prezenton de la personeco de ĉi poetino kaj de tri el la ĉi-libraj poemoj mi faris en *BA23* (Junio 2015). Ĉe Lastura oni ne forgesas la kvanton de ekzempleroj menditaj jen de unuopaj esperantistoj, jen de esperantaj libroservoj, kluboj, asocioj, bibliotekoj... en Hispanlingvio, en Britio ktp. Se paroli pri mendoj, *La palabra y el viento* rete mendeblas i.a. ĉe: lasturaediciones.com/product/lapalabrayelviento.

Antaŭvidatas prezentoj de *La palabra y el viento* en diversaj kulturcentroj, jen madridaj (inter ili, la Madrida Ateneo), jen ekstermadridaj. Ja mi raportos prie.

ARTIKOLO / ESEO

Nun mi volas, ke vi ĝuu, en mia esperantigo, la sukan, esperantaman kaj al mi animkaresan antaŭparolon al *La palabra y el viento* far mia jam menciita bona amiko, doktoro pri hispana filologio kaj hispanlingva poeto apartenanta al la skolo t.n. "poezio pri la kritika konscienco" Alberto García-Teresa. Jen ĝi:

La vojo, kiun oni ŝtelis disde ni

Oni skribas al ni la Historion. Oni ĝin disvastigas, fiksas kaj firmigas ĉe la informomedioj, ĉe la lernolibroj, ĉe la subtera hegemonia pulsobatado de la ĉiutaga submetiĝo. Temas pri la Historio de la venkintoj, de la posedantoj de la produktrimedoj, de monmontoj kaj de eminentaj familiaj nomoj por leĝofarado. Oni transigas al ni la Historion kun la fervoro kaj la nerefutebla karaktero de la ĉerizfloroj. Ni spiras ĝin, entiras ĝin en nian sangon kaj promenas laŭe al ĝia ritmo kaj al ĝia orientiĝo.

Tiu Historio kaŝas al ni nian perspektivon pri la vivo kaj sukcesas silentigi niajn proprajn travivaĵojn. Ĝi ja nin ignoras aŭ nin venkas. Ĝi sendas nin marĝenen, ĉar la torento de la kapitalisma progreso ruinigas ĉiajn obstaklojn kapablajn bari ĝian idilian bildon de eterna antaŭeniro. Ĝi ignoras ĉion, kio ne konformas al ĝia bilanco de rezultoj.

Fronte al la Ĝi, tamen, prezenti la memoron por rememori, elfosi kaj restarigi la sociajn rilatojn, samtempe kiam ni elingigas la imagon por imagi aliajn realigeblajn mondojn, konsistigas fundamentan ilon por repreni piedtenon kaj levi la dorson.

Ĉi volumo prezentas kvin novelojn, kies agadoj okazas fine de la epoko de la hispana naci-katolikisma Franco'a diktaturo, en la kadro de la diversaj sentoj kaj spacoj anarkiismaj, kie oni ekvidis novan tempon por estantigi (kaj ne por, simple, koncepti en atendo) kontraŭaŭtoritatan socion. Sed ili ne konsistigas ekzercon de nostalgio nek de vakua spekulativo. Ilia rigardo stimulas nin kaj plivastigas la kampon de ĉio ebla, krom ke ĝi fendas la tolojn, per kiuj la oficiala Historio kovris tiujn tagojn, tiujn praktikojn kaj tiujn revojn. Iliaj personoj, tiel la realaj kiel la parte fikciaj, donas formon al la trateksita rezistado en la epoko de la hispana politika kaŝiteco, de la kontraŭfaŝisma batalado, de la aspiroj, kiujn povas silentigi nek klaboj nek humiligoj. Kun viva ritmo, preciza enetosigo, forma diverseco, dokumenta sagaceco, rakontaj lerto kaj inteligento, kaj lasante spacon por la emocio kaj empatio, ĉi aro da noveloj nin skuas, nin agitas kaj samtempe nin brakumas.

Plie, konvenas ne preteratenti la fingrojn de kiuj startas la historioj en ĉi libro. Ili apartenas al manoj malavaraj, firmaj pri sia sindevontigo al libero, al socia justo kaj al klaskonscio internaciisma super landlimoj, leĝoj kaj hierarkioj. Manoj plenplenaj de entuziasmo, de kuraĝo, de la fiero voji malrapide kun akompanantaro. Estas nepre menciinda la esperantisma aktivismo de Miguel Fernández. Fakte ĉi tiuj tekstoj estis originale verkitaj en la internacia lingvo Esperanto, al kiu la aŭtoro dediĉas bonan parton de siaj energioj (en laboroj kiel tradukado kaj diskonigo kaj konstruado de la esperantista komunumo). Tiel lia amo al lingvo, kiu interfratigas la homojn malobeante la imperiismajn diktadojn, kombiniĝas kun lia pasio al literaturo, al tiuj tekstoj, kiuj hirtigas al ni la okulojn kaj la koron. El tio la rideto de Miguel, ĉar li scias, ke la libroj povas prilumi al ni padojn (ankaŭ mallumigi ilin; tial ni bezonas la olelampon de humila brakumo por trairi ilin) bonajn por venigi nin al mondo inda por ĉio vivanta. Kaj el lia entuziasma buŝo fluas poemoj, dramaturgiaĵoj kaj noveloj kiel tiuj kuŝantaj sur la sekvaj paĝoj. Noveloj por vekado. Fikciaĵoj por ke oni rigardu kun bona perspektivo la realon kaj oni trovu ties fendojn, ties esperojn, ties semojn. Vortoj por ke oni tremu survoje al la utopio.

Alberto García-Teresa

Villa de Vallecas,
Septembro 2023

RECENZO

de Valentin Melnikov

Nordo. Amo, de Mikaelo Bronŝtejn, Moskvo: Impeto, 2024, 204 p., ISBN 9785716103238.

Север. Любовь. Бронштейн, Михаил, Москва: "Импэто", 2024, 182 p., ISBN 9785716103245.

Mi povas sendi al vi neĝon,
Miltunan, lanugan,
Ĉielon puran, kiel preĝon,
Profundan, sennuban.
Fieras frosto kun obstino
Hieraŭ, hodiaŭ...
Ĉu vi ne aŭdas, amatino:
– Adiaŭ!

Mikaelo Bronŝtejn

Al ŝatantoj de Esperanto-kulturo ne necesas prezenti, kiu estas Mikaelo Bronŝtejn. Oni konas lin kiel poeton kaj bardon; liaj romanoj kaj noveloj estas eble ne tiom popularaj. Plurajn jarojn li laboris en la nordo de Rusio, trans la polusa cirklo, kie vintro daŭras dek monatojn, el kiuj unu monato estas senĉesa nokto. Homoj venas tien por ricevadi tre grandajn salajrojn, en sovetia tempo gravis ankaŭ la eblo libere aĉeti varojn malfacile akireblajn en komfortaj regionoj. Ekstreme pezaj vivkondiĉoj, krome: la karbomineja laboro en si mem estas danĝera. Ne ĉiuj eltenas longe. Riveliĝas kaŝitaj trajtoj de homaj karakteroj – kaj bonaj, kaj malbonaj.

Pri ĉio ĉi temas la nova libro de Mikaelo Bronŝtejn *Nordo. Amo*, enhavanta 18 novelojn – preskaŭ ĉiuj pli frue aperis en *BA*. En la aŭtora prefaco ni legas: "La impresoj de mia norda vivo stampiĝis en mi por ĉiam; pasis tridek kvar jaroj post mia forveturo, sed la Nordo eĉ nun ofte vizitas min en miaj sonĝoj. Jen la kaŭzo por verki prie."

Ne ĉiuj noveloj temas pri la norda vivo, sed ja plejparto. Ni vidas, kiel homoj kondutas en ekstremaj kondiĉoj; al krueleco de la naturo ofte aldoniĝas ankaŭ fieco de apuduloj kaj estroj. Kie vivas pluraj homoj, viroj kaj virinoj, tie nepre estas amo, kaj ankaŭ amo en nordaj kondiĉoj havas specifajn trajtojn. Malfacilas ami en la nordo, iuj montras sin bonkoruloj kaj nobluloj, aliaj – fiuloj. Sed ne nur pri amo temas.

"Ĝalamba Nganga" – studenton el Afriko friponoj persvadas roli kiel reprezentanto de solida transnacia firmao, kiu serĉas laboristojn tra la mondo kaj proponas salajrojn fabelajn eĉ kompare kun la altaj nordrusiaj. Oni dungos vin, sed bonvolu antaŭpagi por vizo, asekuro ktp... Honestaj ministoj estas naivaj kaj ja pagas, la friponoj jam pretas fuĝi kun la kolektita mono... sed subite io misas, kaj la kaŭzo estas... jes, amo!

"La pereo de Petro" estas detektivaĵo, kvankam specifa. Ses amikoj veturis per ĉienira veturilo por fiŝkapti – ili faras tion tradicie ĉiujare en la konvena sezono. Kaj dum ordinaraj klopodoj unu el ili subite pereas sub radoj de la veturilo. Probable pro sia nesingardemo... tamen ĉe juĝesploro evidentiĝas, ke ĉiu el la kunuloj havis ion seriozan kontraŭ tiu Petro. Ĉiuj ili priskribas la okazon same, vere neniu el ili faris ion riproĉindan... do, ĉu raporti ke estas hazarda akcidento?...

"Ludoviko la XIV-a" estas humura fikciaĵo, la eventoj okazas paralele en la 17a kaj 20a jarcentoj. Ne temas pri tempo-vojaĝo, sed la okazo en futuro strange influas la okazon en paseo...

Kelkaj noveloj ne rilatas al Nordo. "1968" temas pri tragikaj eventoj en Ĉeĥoslovakio tiujare, pri niaj homoj senditaj tien, kaj... jes, pri amo. La enlanda milito de la 1930aj en Hispanio estis multfoje priskribita de diversaj aŭtoroj – tamen en "No pasarán" Bronŝtejn trovis neordinaran vidpunkton, montrante ĝin en rememoroj koliziantaj kun la posta vivo de la protagonisto. En "Australia" estas komuna vojaĝo kun aŭstraliano Trevor – persono fama en la Esperanto-mondo kaj tuj rekonebla; la aŭtoro rakontas al li okazon (ĉu veran? ne gravas) el la vivo de siaj konatoj. "La pafo de moruso" humure priskribas etan epizodon en suda ripozloko – kiu tamen bone montras homajn karakterojn. Kaj tiel plu... Iam amo povas esti vere stranga – kiel en "Lupo". Sed ja estas amo.

Samtempe aperis ruslingva versio de la libro: *Север. Любовь* – kun 11 tradukitaj noveloj el *Nordo. Amo* kaj 4 tradukoj el pli fruaj novelaroj. 14 tradukojn el la 15 la aŭtoro faris mem. La rusaj versioj iom diversas disde la E-aj originaloj: ja rusaj kaj alilandaj legantoj havas malsamajn fonajn sciojn, bezonas malsamajn klarigojn. Espereble la rusaj legantoj ekscios, ke Esperanto estas plenvalora lingvo, portanto de propra kulturo – al tia konsciigo kontribuis ankaŭ *La vojo,* eta antologio de Esperanto-poezio en tradukoj de Bronŝtejn (2021). Mikaelo do faras gravan laboron popularigante la Esperanto-kulturon inter ruslingvanoj. Tradukoj de liaj noveloj (ne nur aperintaj tiulibre) legeblas en la populara retejo proza.ru.

Kovrilojn por ambaŭ libroj bele desegnis Anna Striganova – kvankam ne en sia kutima stilo. En la unua versio sur la kovrilo legeblis "Nordo. Amo." Sur la definitiva la dua punkto, post "Amo", malaperis. La aŭtoro klarigis: Nordo por li jam finiĝis, sed Amo – ne...

Kandido,
nova traduko por malnova klasikaĵo

de Emanuele Regano

Voltero
Kandido, aŭ Optimismo

Kandido, aŭ Optimismo, de Voltero, tradukita de Sergio Pokrovskij. Literatura suplemento al *La Ondo de Esperanto,* Sezonoj, Kaliningrado, 2023, 176p, esperanto-ondo.ru/Aktualaj/ Ondoteko.php.

Estis por mi vera plezuro relegi la verkon de Voltero *Kandido*, kiun mi jam konis en mia denaska lingvo, la itala. Tamen, mi atentigu vin, ke en la jena libro ne estas nur tiu ĉi verko. Fakte, en ĉi tiu libro ĉeestas du diversaj kaj same gravaj partoj. La unua parto estas *Kandido* mem, interesa romano, kiu parodie elmontras la limojn de la filozofia teorio pri optimismo. La dua parto estas tre detala kaj klara analizo pri la traduko mem de la jena verko. Tiu ĉi dua parto eĉ pli gravas pro la fakto, ke ĉi tie ne temas pri simpla traduko, sed pri revizio de antaŭa traduko fare de Lanti'[1] mem. Mi ŝatus do pli detale priparoli ambaŭ partojn, prezentante ilin laŭ ilia ordo.

---

1   La tradukinto uzas nomformon kun apostrofo – *Red.*

Voltero kaj lia verkaro[2]

Indas komenci parolante pri Voltero mem kaj pri *Kandido*, kiu verŝajne estas lia plej vaste konata verko, kaj certe la plej konata kaj legata ankaŭ de la ordinara publiko.

Voltero (1694-1778) en sia vivo uzis plurfacete sian talenton, jen verkante teatraĵojn jen disvastigante novajn filozofiajn kaj politikajn ideojn. Pro sia talento, li fakte iĝis kerna persono en la filozofia kaj kultura scenejo de Francio, kaj ĝenerale de okcidenta Eŭropo, dum la dekoka jarcento. Voltero naskiĝis en Parizo en 1694 kaj junaĝe li ricevis edukadon ĉe la jezuitoj, kiujn li poste plurfoje forte atakis, ankaŭ en *Kandido*, kie li interalie difinas ilin "la intriganta kanajlaro" [p. 79]. Ĝuste pro tiaj kritikoj al la potenculoj li jam junaĝe (1717-18) estis enkarcerigita en la fi-fama Bastilo. Post kelkaj jaroj li decidis translokiĝi en Londonon (1726-29). Tie li ekkonis ne nur la anglajn kulturon kaj vivmanieron, sed ankaŭ novajn ideojn pri religio kaj politiko, pli toleremajn kaj malfermajn, trovante en Neŭtono kaj Locke siajn modelojn. Sekve, li strebis disvastigi franclingve siajn novajn konojn ĉefe pere de la verko *Filozofiaj leteroj* (1734). Dum sia tuta vivo, Voltero multe vojaĝis tra Eŭropo kaj, interalie, estis gastigata de Frederiko de Prusio en Berlino (1749-52). Kvankam, dum la lastaj dudek jaroj de sia vivo, la filozofo loĝis en sia vilao ĉe Ferney proksime de Ĝenevo, li tamen mortis en sia Parizo en 1778, kie li ĉeestis la sukcesan surscenigon de sia lasta komedio, *Irène [Ireno]*.

Danke al verkoj kiel la *Filozofia vortaro* (1764) kaj la kunlaborado por *Enciklopedio* sed ankaŭ pro pluraj aliaj eseoj kaj eseetoj, Voltero iĝis unu inter la ĉefaj referencpunktoj de la eŭropa klerismo, el kiu estis pretiĝantaj la bazoj por la franca revolucio. Povus do eble ŝajni stranga al ni modernaj legantoj, ke siatempe Voltero konsideris sin, kaj estis konsiderata, pli verkisto ol filozofo. Fakte li verkis multnombrajn teatraĵojn kaj poeziaĵojn, kaj tiu verkista kvalito certe travideblas en la filozofiaj romanoj kiel *Kandido* (1759) aŭ *Mikromego* (1752). Ne mirigas do, ke li havis gravan rolon ankaŭ en la formiĝo de la moderna franca lingvo, kune kun la aliaj ĉefaj "filozofoj" kaj enciklopediistoj de la klerisma periodo (vidu Huchon 2002: ĉap. VI).

---

2 Por ĉi tiu alineo mi baziĝis ĉefe sur Abbagnano (1993), Reale – Antiseri (1997) kaj Scribano (1993).

Ni alfrontu do la nun recenzatan verkon. La titolo mem donas al ni bonajn indikojn pri ĝia enhavo: *Kandido, aŭ Optimismo*. Kandido estas la ĉefrolulo de la romano mem, kaj lia nomo estas klare sinesprima, ĉar la intenco estas unuavide prezenti la personon kiel puran kaj simplan homon, kvazaŭ blankan paĝon. La dua parto de la titolo rekte referencas al la filozofia skolo de optimismo, kies ĉefaj reprezentantoj estas Lejbnico kaj anglaj pensuloj kiel Alexander Pope. La tuta romano celas parodie prezenti kiom sensencas la teorio de optimismo, laŭ kiu la nuna mondo estas la plej eble bona kaj perfekta. Ĝuste por parodiaj celoj, Kandido kaj liaj kunvojaĝantoj – kiuj laŭ la rakonto plurfoje ŝangiĝas, malaperas kaj teatrece reaperas – travivas amason da nekredeblaj aventuroj kaj veraj tragedioj, de militoj ĝis tempestoj kaj tertremoj. Eĉ pli nekredebla ol la sinsekvo de tiom multe da katastrofoj estas la fakto, ke ĉi tiuj aventuroj nur malmulte dubigas nian ĉefrolulon pri la boneco kaj perfekteco de la mondo kiun li estas travivanta, konfirmante fakte ĉiufoje lian fidon al optimismo, almenaŭ ŝajne.

Por la nuntempa leganto verŝajne la krudaj atakoj al optimismo kaj al ŝtataj kaj religiaj moroj ne estas tro signifaj kaj ne ĉiam vere kompreneblaj. Ni vidu kiel simplan ekzemplon la dialogon kiu portos Pangloson, t.e. la filozofan majstron de Kandido, al enkarcerigo kaj pendumado fare de la portugala inkvizicio:

Nigra vireto, malfremda al la Inkvizicio kaj najbaro de Pangloso ĉe la tablo, ĝentile ekparolis:

– Ŝajnas, sinjoro, ke vi ne kredas je la Prapeko; ja, se ĉio estas plej bona, sekve okazis nek peko nek puno.

– Mi tre humile petas pardonon de via moŝto, – respondis Pangloso ankoraŭ pli ĝentile, – la pekfalo de l' homo kaj la sekva malbeno necese eniris la sistemon de la plej bona el la eblaj mondoj.

– Sekve vi ne kredas je libera volo, – diris la najbaro.

– Via moŝto pardonos al mi, – diris Pangloso; – la libero povas kunekzisti kun la nepra neceso: ĉar necesis, ke ni estu liberaj; kaj ĉar finfine la kaŭzece determinita volo... [p. 30]

Ĉiuokaze certe estas io, kio daŭre estas tre interesa kaj igas la libron valora kaj leginda, kaj tio estas la stilo de Voltero kaj la bunteco de la aventuroj de Kandido. La vojaĝoj priskribataj fakte kondukas la ĉefrolulojn kaj liajn akompanantojn de Eŭropo al Ameriko ĝis Azio, trairante la tutan malnovan kontinenton kaj Mediteraneon, montrante interesan antropologian perspektivon pri amaso da nacioj. Kvankam ne ĉiuj aspektoj veras, certe ili ĉiuj estas tre ŝueblaj. La rakonto havas fakte strukturon kaj formon tute similajn al tiuj de samepokaj vojaĝromanoj kiel *Vojaĝoj de Gulivero* (1726) de Jonathan Swift aŭ *Robinsono Kruso* (1719) de Daniel Defoe. Verŝajne do moderna leganto povas plezure legi ĉi tiujn fantaziajn aventurojn kaj samtempe aprezi la antropologian vidpunkton de tiutempulo pri aliaj landoj kaj popoloj, aŭ liajn opiniojn pri eklezio kaj religiaj ordenoj – opiniojn kiuj tute ne mankas en ĉi tiu romano ofte tre klare kontraŭeklezia. Sume, *Kandido* restas do plezura legaĵo, kvankam de tempo al tempo ĝiaj ritmo kaj longeco povas esti iomete tedaj, ĉar ili estas eble tro lantkadencaj por la moderna gusto – ĉiuj ĉapitroj havas fakte preskaŭ saman longon kaj saman kvanton da informo, kvazaŭ oni timus zorgigi Aristotelon[3] pri la ekvilibro de la verko, restas do malmulte da loko por suspenso.

La traduko kaj ĝia analizo

Ni revenu do al la jena eldonaĵo. Mi diris pli frue, ke ĝia graveco estas ne nur en la Voltera teksto mem sed ankaŭ en la sekva analizo de ĝia traduko. Temas fakte ne pri unuamana tradukaĵo, sed pri profunda revizio de la origina traduko de Lanti'[4], eldonita unue en 1929 kaj poste en 1956. Tia revizio celis plibonigi la lanti'an laboron, preterirante ĝian laŭvortismon kaj donante al la verko formon pli pure Esperantan. Inspiro de la tuta laboro estis la ideo ke "plenvalora traduko estas tia, kiu precipe strebas transdoni *la enhavon* de la verko (ĝiajn ideojn, ĝian impreson sur la leganton) konforme al la sistemo cellingva – plie ol la apartaĵojn de la originala lingvo nacia." [p. 6, kursivo originala] Konsekvence, temas pri profunda revizio akurate akompanata de detalaj motivigoj de la efektivaj ŝanĝoj kaj elektoj. Plie, ĉi tiu nova

---

3 Laŭ Renesancaj pensuloj, Aristotelo, helena filozofo, en la verkoj *Poetiko* kaj *Retoriko* menciis tri unuojn pri tempo, loko kaj ago por difini la normon de bona teatraĵo.

4 eo.wikisource.org/wiki/Kandid

traduko naskiĝas ne nur kun la intenco revizii fundamentan verkon de la okcidenta literaturo, sed ĝi originas de specifa lingvistika celo de la tradukisto.

Fakte, per ĉi tiu verko, Sergio Pokrovskij celis "kontroli la ĵus publikigitan teorion pri la vortordo en Esperanto [...] La stilo de la artikoloj de Lanti' ŝajnis al [li] sufiĉe esperanteca ĉi-rilate, kaj [li do] decidis ekzameni iom pli grandan prozàĵon: lian tradukon de la Voltera verko" [p. 129] Klaras do, ke la origino mem de ĉi tiu verko estas en tradukteorio kaj lingvistikaj studoj. Sekve, ne mirigas la fakto, ke la libro estis nun tradukata komparante plurajn tiutempajn kaj modernajn tradukojn. Plie, la verkon akompanas tre ampleksa apendico, kiu donas al leganto abundon da detaloj pri la elektoj de Pokrovskij teme de vortordo, traduko de naciaj nomoj kaj mezurunuoj, sed ankaŭ pluraj specifaj tradukelektoj (se doni nur unu ekzemplon: trouzado de la verbo *vidi* laŭ la franca uzmaniero). La tuta eseo estas treege interesa, kompetenta kaj serioza. De tempo al tempo, eble ĝi estas eĉ iom tro serioza. Mi pensas ekzemple pri la kompleksa rezonado pri mezurunuoj kaj monunuoj en la diversaj landoj de la romano. Mi opinias, ke en kelkaj okazoj Voltero mem eble ne estis tiom akurata en sia uzado kaj iam fanfaronis uzante ciferojn kaj mezurunuojn ne precizege sed simple por doni ĝeneralan impreson pri foraj vojaĝoj al la legantoj.

Ĉiuokaze, plejparto de la elektoj de Pokrovskij estas tute apogindaj. Ĉefe estas tute apoginda la ĝenerala principo sur kiu li konstruis sian revizion: igi la tekston plejeble alirebla por ĝia nova nuntempa publiko. Plie, tia principo tute konformas al la ĉefaj modernaj tradukteorioj (vidu ekz. BAKER (1992), CAVAGNOLI (2012) kaj ECO (1992)). Ĝuste pro tio, mi devas tamen konfesi, ke sonis al mi sufiĉe foriga kaj distanciga la elekto ĉiuokaze konservi la ciadon elektitan de Lanti' (vidu p. 143). Se antaŭ sepdek jaroj oni eble povis ankoraŭ konsideri "ci" kiel validan malformalan opcion, nuntempe ĝi ŝajnas fakte malaperanta, eble eĉ malaperinta – estus sendube interese priesplori akurate la temon.

Konklude

Mi ŝatus fini ĉi tiun mallongan recenzon substrekante la gravecon de ĉi tiu libro pro ambaŭ siaj flankoj. Temas pri fundamenta mejloŝtono de la okcidentaj filozofio kaj literaturo. Estas do sendube riĉiga sperto ĝia legado, kaj ĝi povas doni sufiĉe novan vidpunkton pri Eŭropo kaj la mondo de la 18-a jarcento. Plie, ĝia lingvistika kaj traduka analizo donas amason da deirpuktoj por plibonigi ĉies stilon ne nur por tradukistoj sed ankaŭ por verkistoj. Estas do eta ĉagreno la fakto ke la nuna libro ne enhavas paralele la originan francan tekston, se konsideri la multegajn referencojn al la originala teksto. Bonvolu do trakti ĉi tion kiel sugeston por ontaj eldonoj.

Esenca bibliografio

ABBAGNANO, NICOLA (1993), *Storia della Filosofia – volume quarto: La Filosofia moderna dei secoli XVII e XVIII* [*Historio de la Filozofio – Kvara volumo: La moderna Filozofio de la 17-a kaj 18-a jarcentoj*], UTET, Torino.

BAKER, MONA (1992), *In Other Words – a coursebook on translation* [*Alivorte – kurslibro pri tradukado*], Routledge, Londono – Novjorko.

CAVAGNOLI, FRANCA (2012), *La voce del testo – L'arte e il mestiere di tradurre* [*La voĉo de iu teksto – La arto kaj metio traduki*], Giangiacomo Feltrinelli Editore, Milano.

ECO, UMBERTO (1992), *Dire quasi la stessa cosa – Esperienze di traduzione* [*Diri preskaŭ la samon – Traduk-spertoj*], Bompiani, Milano.

HUCHON, MIREILLE (2002), *Histoire de la langue française* [*Historio de la franca lingvo*], Librairie Générale Française, Parizo.

REALE, GIOVANNI – ANTISERI DARIO (1997), *Storia della Filosofia – 2. Dall'Umanesimo a Kant* [*Historio de la Filozofio – 2. De Humanismo ĝis Kantio*], Editrice La Scuola, Brescia.

SCRIBANO, EMANUELA (1993), *Voltaire* [*Voltero*] in *Enciclopedia Garzanti di Filofia* [*Garzanti Enciklopedio pri Filozofio*], Garzanti Editore S.p.A., Milano, pp. 1205-7.

Tolkien kaj Esperanto:
ĉu io novas sub la interlingvistika suno?

de Federico Gobbo

J.R.R. Tolkien the Esperantist.
Before the arrival of Bilbo Baggins,
de Oronzo Cilli, Arden R. Smith,
Patrick H. Wynne. Antaŭparolo
de John Garth. Barletta: Cafagna
Editore, 2017, 144 p., ISBN
9788896906330.

Ĉi tiu volumeto (144 paĝojn entute, en formato pli-malpli A5) estas la angligo de samtitola itala libro publikigita fare de la sama eldonejo en 2015, iom pli longa (160 paĝojn) pro la kontribuo de Renato Corsetti, siatempe prezidanto de Itala Esperanto-Federacio, en la itala versio, kiu kurioze ne estis angligita ĉi-okaze. Kio legeblas en ĉi tiu volumo estas du originalaj eseoj, unu fare de Tim Owen, prezidanto de Brita Esperanto-Asocio (kiu strange ne estas listigita kiel kunaŭtoro de la volumeto), kaj la alia de Oronzo Cilli, kiu vere estas la ĉefa reĝisoro de la tuta publikaĵa iniciato. Kroma originalaĵo estas la mallonga antaŭparolo de John Garth, liberentreprena verkisto, tre specialigita pri la verkaro kaj vivo de Tolkien. Permesu al mi komenci mian recenzon per flanknoto pri la uzo de la angla lingvo: bedaŭrinde la volumo ne estis atente provlegita; tio aparte videblas en la frape nekutimaj kaj eĉ gramatike eraraj esprimoj en la angligo de la kontribuo de Cilli; aliflanke, eĉ la kontribuo de Owen profitintus el pli atenta relegado: mi diras nur, ke en piednoto 8, p. 20, oni legas: "Eĉ se Francio [tiel] estis la lingvo de diplomatio..." (mia elangligo). Cetere, enhave la ĉapitro de Owen povas esti ampleksigita kaj iĝi libro pri historio de la E-Movado en Britio, simile al tio kion faris antaŭ iom da jaroj Carlo Minnaja pri Italio. Sed ni turnu nian atenton ekde nun al la enhavo.

Cilli estas sendependa esploristo kaj mondfama kolektanto de Tolkienaĵoj. Antaŭ pli-malpli dek jaroj li remalkovris dokumenton pri la eduka valoro de Esperanto subskribita interalie de Tolkien en 1933, la jaro de la Brita Esperanto-Kongreso en Oksfordo. Li jam publikigis itallingvan artikolon pri tiu dokumento en 2014, kiu poste tradukiĝis almenaŭ al la angla, franca kaj Esperanto[1]. Kelkaj versioj de ĝi estas senpere alireblaj tra Tolkienaj portaloj. La ĉapitro ĉi tie estas reverkaĵo kaj ampleksigo de tiu artikolo. Oni devas koncedi, ke verdire multaj fonaj informoj pri Esperanto kaj Britio jam aperas en la kontribuo de Tim Owen; ĉi lasta fakte fokusiĝas je la fruaj jaroj de esperantismo en Britio, aparte antaŭ 1925, kiam en Oksfordo fondiĝis E-klubo kaj Tolkien instaliĝis kiel profesoro de la katedro pri la anglosaksa en la samurba, monde prestiĝa, universitato. Alivorte, kelkaj partoj de la du eseoj estas vere tre, tre similaj, eĉ se evidente sendepende verkitaj. Ĉiuokaze, Cilli elektas utiligi multajn paĝojn por hipotezi pri ebla partopreno de Tolkien en la Universala Kongreso en Oksfordo en 1930 (resume: ne tro probablas), kaj kunligas la faman leteron sur *The British Esperantist* en 1932 kaj la dokumenton, de li retrovitan, origine publikigitan unu jaron poste, en 1933.

Tiu dokumento el la jaro 1933 pri la eduka valoro de Esperanto esence reprenis la argumenton de la Ligo de la Nacioj en 1922 pri la oportuno lernigi la lingvon kadre de la publikaj lernejoj tra la mondo pro la tiel nomata propedeŭtika valoro de Esperanto, alivorte la fakto, ke lernantoj de Esperanto orientiĝas lingvistike danke al ĝia travidebla morfologio; rezulte, lernejanoj scipovantaj Esperanton lernas aliajn lingvojn pli rapide. Iom strangas, ke bezonatis neesperantisto kiel Cilli por atentigi pri tiu dokumento, pri kiu eĉ aperis raporto en la novembra numero de la sama jaro 1933 en la revuo *Esperanto*. Ni

---

1 Oronzo Cilli: *Tolkien kaj Esperanto*, trad. Luigi Fraccaroli, *L'Esperanto*, revuo de Itala Esperanto-Federacio, anno 91, numero 2, marzo-aprile 2014, p. 3-10; cinquantini.it/esperant/scarico/201402.pdf

RECENZO

almenaŭ notu ĉi tie, ke, krom Tolkien, unu el la subskribintoj estis prof. William Edward Collinson, d-ro-John-Buchanan-lektoro de Esperanto kaj spertulo pri ĝermanistiko en la Universitato de Liverpolo. Notindas ankaŭ, ke ne aperas informoj en la volumeto ĉu la dokumento havis iun konkretan efikon, ie kaj iam ajn. (Supozeble ne?)

Ambaŭ kontribuoj, de Cilli kaj de Owen, klarigas, ke Tolkien estis amiko de Esperanto ekde 1909, kiam li uzis ĝin kiel sekretan lingvon por poeziumi, probable influite de la instigo lerni Esperanton sekretcele fare de la fondinto de skoltismo, Robert Baden-Powell, en broŝuro el 1908, en la tutpionira epoko de skoltismo. Tiu amikeco daŭris ĝis 1937, kiam radielsendo pri Esperanto planita de la Kimria Radio estis blokita fare de BBC kaj ĝenerale subteno al la lingvo kaj movado haltis en Britio kaj en Eŭropo. Samjare publikiĝis la anglalingva originalo de la romano *La Hobito*. Ne klaras ĉu Tolkien iam ajn uzis Esperanton kiel "patrolan sekretan lingvon"; certe li neniam sin difinis "praktika" esperantisto, kiel li asertis; lia intereso ĉiam iris al lingvoinventado por la celoj de la fantasta mondo, kiun li tiam (1909-1937) estis kreanta, antaŭ ol paŝi al publikigo.

Eble la plej grava laŭdinda aspekto de la libro estas la raportado skane de historiaj dokumentoj pri Tolkien kaj Esperanto, kiuj enhavas preskaŭ ĉiujn citaĵojn pri la rilato inter Esperanto kaj Tolkien ĝis la jaro 1937. Aprezindas krome la decido represi fakartikolon verkitan de la aliaj du kunaŭtoroj, kiuj aperas en la titolo de la libro. Unu estas Arden R. Smith, universitata esploristo pri ĝermanistiko en Kalifornio, kiu, krom Tolkien, interesiĝetis pri Volapuko, kaj la alia estas Patrick H. Wynne, esperantisto, *BA*-kunlaborinto, kaj unu el la ĉefaj figuroj de la 'Elflingvistika Fratularo', *Elvish Linguistic Fellowship (E.L.F.)*. Efektive tiu fakartikolo, publikigita origine en revuo *SEVEN* en la jaro 2000, estas hodiaŭ preskaŭ netrovebla; eĉ nur pro tio, la publikigo de la volumeto valoris la penon. La celo de la fakartikolo estas montri, ke Tolkien certe uzis Esperanton almenaŭ skribe, en sia junaĝo, ĉar Esperanto aperas en unu paĝo de lia kajero *La Libro de Foxrook*, pli-malpli 'Vulpokodo', en kiu la juna Tolkien verkis kelkajn frazojn poeziece kaj donis skribmanieron por transskribi Esperantece anglajn grafemojn. La lingvouzo estas neregula, kaj leksike ('skaŭta' anstataŭ 'skolta', esperantigo, kiu aperis en 1912, atente raportas la aŭtoroj), kaj gramatike. Fakte la du aŭtoroj analizas preskaŭ vorton post vorto lian lingvouzon tre skrupule. Mi nur volas atentigi la leganton, ke Tolkien ne celis uzi Esperanton por komuniki kun aliaj homoj, sed, male, li volis sin ekzerci por sia propra plezuro, kiel li poste faris per siaj lingvoj por fikciaj celoj. Laŭ mi, en la artikolo aparte interese aperas noto (n-ro 13, p. 44), en kiu listiĝas ĉiuj Esperantaj vortoj aperantaj rekte en la ĉefaj elfaj lingvoj Quenya kaj Sindarin.

La plej grava limigo de la tuta volumeto estas la manko de kritika pripensado pri la aliro de Tolkien al Esperanto; ĉu tabuo? La fakto, ke Tolkien klare kabeis post la dua mondmilito estas nur aludita en la antaŭparolo². La tono de la aŭtoro estas tia, ke li ŝajnas trankviligi la (neesperantistan) publikon, ke Tolkien entuziasmiĝis pri Esperanto ĉar tiam li estis juna kaj naiva, sed poste li saĝiĝis pri tio kaj forlasis la aferon. Por havi pli da informoj pri lia kabeo, ni povas sekvi denove Arden R. Smith, kiu raportas en la artikolo "Esperanto" de la pritolkiena enciklopedio³, ke, en malneto (notu bone!) de letero al iu sinjoro Thompson, datita la 14-an de januaro 1956, Tolkien deklaras, ke Esperanto kaj la rivaloj (kiel Ido aŭ Novial) estas pli mortaj ol antikvaj neuzataj lingvoj, ĉar iliaj aŭtoroj (kiel ekzemple Zamenhof) neniam inventis iun ajnan Esperantan legendon.

Kia ŝango ekde la devizo "revenu lojale al Esperanto!" de 1932 fine de lia artikolo pri la temo sur la paĝoj de *The British Esperantist*! Inter la du mondmilitoj Tolkien esperis, ke Eŭropo alprenos Esperanton por eviti, ke la aliaj mondopartoj iĝu centraj kaj Eŭropo periferia, geopolitike. Kaj la rezulto de la dua mondmilito ĝuste montris, ke la timoj de Tolkien realiĝis. Do, estas perfekte konsekvence ke homo, kiu jam batalis en la unua mondmilito (kiam li renkontis esperantiston inter la britaj soldatoj, cetere, laŭ sia propra rakonto), perdis la esperon pri pluvivo de la Esperanto-movado. Kompreneble, faktoj diras klare, ke li tute malpravis tiurilate, ĉar Esperanto fine postvivis Tolkien.

Estas alia spuro en la volumeto pri la Tolkiena kabeo. Ĝi aperas en noto 19, p. 51 de la artikolo de Smith kaj Wynne, en kiu ili raportas pri "iomete diversa vidpunkto" de Christopher Fettes. Ĉi lasta fakte verkis postparolon al *La Kunularo de l' Ringo*, la esperantigo de unu el la volumoj de la ĉefverko de Tolkien *The Lord of the Rings*, kaj tie – iel polemike – li sin demandis ĉu la afrikansa, laŭ la kriterio de Tolkien, havas sufiĉe da legendoj por esti konsiderata vivanta; la ekzemplo

---

2   La antaŭparolo en la itallingva versio libere legeblas en Tolkiena portalo: jrrtolkien.it/2015/12/18/tolkien-lesperantista-la-prefazione-di-garth

3   Arden R. Smith. 2007. "Esperanto". En: J.R.R. Tolkien: *Encyclopedia Scholarship and Critical Assessment*, red. Michael D.C. Drout, p. 172.

ne estas hazarda, ĉar Tolkien naskiĝis kaj pasigis sian infanaĝon en Sud-Afriko. Por solvi la aferon rilate al Esperanto, Fettes proponas la esperantan poezion kiel bazon por la supozata mankanta "legendaro". Tre klare li skribas pri la temo: "oni ja povas malfacile imagi legendon pri la pasinteco, kiu taŭgus por Esperanto: sed povas esti, ke taŭga epoko por tia legendo estus la estonteco". Sur la paĝoj de *La Gazeto*, antaŭ iom da jaroj Eugène de Zilah proponis *La Majstro de l' Ringoj* kiel legendon pure esperantisman, pro ties fundamente homaranisma karaktero, sed lia alvoko restis krio en la dezerto.

Mi proponas ĉi tie, sekvante Christopher Fettes, ke estu *Poemo de Utnoa* la legendo pure esperanta. Laŭ mi, ĝi portas la homaranismajn valorojn de Zamenhof nuksoŝele troveblajn en la interna ideo de Esperanto, per lingvaĵo, kiu estas alirebla al ĉiu esperantisto: krome taŭgas la elekto de la sciencfikcia ĝenro, la ekologiisma fono, kaj la literatura formo, kiu kreas ligon al la *Dia Komedio* de Danto (kies esperantigo fare de Kalocsay ne povas esti subtaksata), kaj tra tio *Utnoa* ligiĝas al ĉiu granda epopeo okcidenta kaj orienta, ekde Homero ĝis Gilgameŝo, sen forgesi la influon de la Biblio, evidentan en la elekto de la protagonisto. (Utnoa estas alia nomo de Noa, en la Biblio la savito el la tutmonda diluvo.) La epopeo de Utnoa metas la esperantan originalan literaturon en la sulkon de la mondliteraturoj de la pasinteco. Bedaŭrinde Tolkien preterpasis la gravecon de la originale esperanta literaturo; oni ne trotaksu la influon de Esperanto sur liaj verkaro kaj lingvaro; ĉi tiu volumeto diras, kvankam ne ĉion, ja multon pri kion ni scias kaj kion ni povas racie supozi pri la rilato inter Tolkien kaj Esperanto. Ĝi ne alportas apartajn novaĵojn, sed spite al tio ĝi estas konvena fonto, ĉar en ĝi troviĝas preskaŭ ĉiu grava informo.

Plu staras tre alta...

de Antonio Valén

Semo de matenruĝoj

MONDIAL

Miguel Fernández: *Semo de matenruĝoj*, Mondial, 2023, ISBN 9781595694539, 153 p.

Dubojn forlasu:
faru, ke ĉia bono
ebla okazu.

Jen poemaro de matureco: matureco viva kaj matureco poeta. Homo neniam leginta eĉ unu linion de Miguel Fernández (1950) povus foliumi la libron ajnapaĝe kaj tuj malkovrus sin antaŭ verko de tre bona poeto, kiu profunde scipovas sian metion. La poeta matureco signifas ankaŭ, ke oni ne rimarkas la fajladon, kiu sendube kuŝas malantaŭ ĉiu poemo. La libro estas tre facile legebla, oni senpere trairas de unu poemo al la sekva, kaj ofte surprize floras sparkoj de rekta, nuda, kortuŝa poezio.

La strukturo de la poemaro konsistas el longaj poemoj, eĉ plurpartaj, ĝenerale kun longaj linioj kaj liberaj versoj belsonaj kaj belfluaj, ĉar Fernández mastras la ritmon. La aŭtoro aranĝis ilin laŭteme: historio, politiko, poezio, milito... Nur escepte ni legas mallongajn poemojn.

Nehazarde, la libron malfermas la spertoj de la aŭtoro, kiam li devis trapasi operaciojn kontraŭ kancero. La unua tre longa kaj tre bona poemo ne povas ne impresi la leganton. La aŭtoro parolas pri sia malsano kaj pri siaj esperoj tute honeste kaj senkliŝe. Ni legas antaŭen kaj konstatas, ke li sukcesas poezii tra anestezoj, kirurgoj kaj blankaj kiteloj, afero ne ĉiam facila. Poeziado pri malsano kaj pri milito ĉiam riskas aspekti ne nur prozeca, sed ankaŭ hipokrita, kaj ofte la rezulto subnivelas – ne en ĉi poemaro, feliĉe:

> *Matenruĝo alvenis. Duonsvena,*
> *mi min fordonas al timata nepro.*
> *(...)*
> *Stelnoktas. Mi min kroĉas, kara, viatalien.*
> *Ni kuniras havenen. Ni sidiĝas*
> *kontraŭ ŝipego baldaŭ forŝiponta,*
> *intense prilumita. Ĉie pendas*
> *kermesaj lampionoj kaj lampetoj.*

Eble la aŭtoro ne konsentus kun mi, sed mi trovas, ke la morto iel traarkas la tutan libron, t.e. la pensoj pri la propra morto, pri la kovimaj mortoj aŭ pri la mortoj en Ukrainio kaj en Gazao. Aŭ, se vi preferas, li parolas pri la fragilo de l' vivo. Kaj fojfoje tute eksplicite kaj persone, kiel en la pugnofrapa *Korodaj antaŭsentoj* (p. 112), kiu tamen havas ĉarme kapriolan finon...

Krom la atendeblaj ampoemoj, en ĉi kolekto superregas politikaj kaj sociaj poemoj, kiuj perfekte spegulas la zorgojn kaj pensojn de la aŭtoro. Li jen parolas pri milit-viktimoj en Sirio, pri la murdo de Lorca, pri migrintoj el Hispanio antaŭ sesdek jaroj, pri migrintoj al Hispanio nuntempe, pri Kropotkin, pri krima neagado kontraŭ klimatŝanĝo, pri la okcident-sahara popolo... Oni rajtas demandi sin pri la titolo de la poemaro: la "matenruĝoj" iom post iom **aperas** sur paĝoj 11, 27, 31, 39, 76, 82 kaj 108, se mi bone atentis. Indas diri, ke Fernández jam de pluraj jaroj tre aktivas en socia-poezia rondo de Madrido.

Ne povus manki longa poemo (p. 23-28) pri unu el la ŝatataj ĉevaletoj de Fernández, nome pri la katolika eklezio, kiun la aŭtoro kutime aludas per la esprimo "la Sankta Patrino Eklezio", t.e. per la nomo, kiun uzadas tiu eklezio mem. Piednote mi povas ĝoje aldoni, ke la menciita fondaĵo omaĝintan la lastan diktatoron de Hispanio (p. 27) estis malleĝigita antaŭ ne tre longe, iom post la publikigo de la poemaro.

RECENZO

163

Antonio Valén

Kompreneble estas muzikaj aludoj en multaj poemoj, ĉar muziko estas alia pasio de Fernández, kaj en *Poezio-4* (p. 50), li parolas pri la rilatoj inter muziko kaj poezio. Kaj plur-paĝas ankaŭ omaĝ-poemoj i.a. al William Auld (p. 117), al la hispanaj mortintaj poetoj Celaya (p. 110) kaj Goytisolo (p. 35), al diversaj grandaj muzikistoj kaj al siaj poetoj-amikoj (p. 77). Elstaras la omaĝoj al Ragnarsson (p. 16) kaj al Lorca (p. 40), du poemoj eksterordinare bonaj.

Ĉu ĉio en la libro estas do elstara? Ne nepre. Mi trovis nesukcesaj la poemoj sur paĝoj 141-143 (ja malfacilas verki politikajn poemojn, ve!) kaj 93-95 (pri la "mafio sankta"), kies titolojn mi ne diros... Eĉ Fernández iafoje pekas... Sed nu, nur ses paĝoj el cent kvardek naŭ...

Kompense la cetero en la libro ege bonas kaj eĉ brilas. La aŭtoro mem diris al mi, ke ĉi verko estas la plej vera, la plej kerna Miguel, kaj ke li rigardas ĝin sia pinta poemaro. Eble li pravas. Krom la jam priparolitaj poemoj, mi ŝatus mencii kelkajn, kiuj certe ne lasos la leganton indiferenta. Mi pensas pri la mirindaj poemoj *Historia memoro pri antaŭkvinjaraĵo* (p. 29), kiu elegante miksas partojn en ŝajna prozo kun klasika poezio-formo; *Gelaboristoj en la unua mondo* (p. 114), pri la elreviĝemaj impresoj de la poeto dum metroa vojaĝo – socia kritiko en ĉiuj sencoj de la vorto; kaj *Ĉiame je la servo de libero* (p. 56), klarvida, ironi- kaj tristo-plena resumo de la siria milito.

Kaj juĝu mem per kelkaj fragmentoj el aliaj poemoj:

Al la okuloj polvaj de morta ruandano (p. 58):

Tiuj okuloj! Du angoraj ĉuoj,
sur kies vitroj grincas
pinglaj sableroj, sol', indiferento.

Poezio-3 (p. 49):

Putin hitleris al Ukrainio.
Por momentoj, la mondo ĉesis spiri
kaj nune spiras plu nur grandapene.
Endas uzi armilon ŝargitan per futuro
por pafi niajn versojn en ĉi tago.

Aŭtuna balado. Unua variacio (p. 71):

Subite jen vi haltas.
Subite io – odoro, sono, bildo,
surfrunta kiso de la vesperruĝo –
alportas freŝan brizon
el tiamaj printempoj de Madrido,
kiam revoj kaj sonĝoj proponis sin tuŝeblaj.

Aŭtuna balado. Dua variacio (p. 76):

kaj iras en la urbon por serĉadi
eĉ se nur unu homon
– trae de ĉiuj tristaj sentrajnaj stacidomoj,
de ĉiuj trotuaroj sur senlumaj stratoj,
sub haŭtoj plenaj de pikiloj brulaj (...)

Fine mi volas diri, ke, antaŭ ol mi eklegis la libron, mi timis kaj eblan sobiron kvalitan kaj eblan ripetiĝemon, tipajn ĉe multjaraj verkistoj kun longa kariero, kiuj jam ĉion diris – sed tute ne! La sola vera kontrasto kun la "junulaj" poemoj de Fernández (tiuj en la bonega *El la sonoraj soloj* de 1996) estas, ke li tiam impete serĉadis sian vojon, sian stilon, kaj nun la serĉado ĉesis – ĉar li jam trovis kion li celis. La beletra nivelo en *Semo de matenruĝoj* plu staras tre alta, malkiel okazas en la plejparto de niaj kompatindaj E-poemaroj. Kaj ni ne forgesu, ke la poemoj de Fernández ĉiam sonas bele kaj karesas la orelon de la leganto dum laŭtlego. Nur provu.